KB120296

소 장 행

소 장 행

초판 1쇄 발행 2024년 1월 4일

지 은 이   김병규
발 행 인   권선복
편   집   한영미
디 자 인   최새롬
전 자 책   서보미
발 행 처   도서출판 행복에너지
출판등록   제315-2011-000035호
주   소   (157-010) 서울특별시 강서구 화곡로 232
전   화   0505-613-6133
팩   스   0303-0799-1560
홈페이지   www.happybook.or.kr
이 메 일   ksbdata@daum.net

값 22,000원
ISBN 979-11-93607-10-7 03810

도서출판 행복에너지는 독자 여러분의 아이디어와 원고 투고를 기다립니다. 책으로 만들기를 원하는 콘텐츠가 있으신 분은 이메일이나 홈페이지를 통해 간단한 기획서와 기획의도, 연락처 등을 보내주십시오. 행복에너지의 문은 언제나 활짝 열려 있습니다.

소 장 행

내 마음의 종소리 울리다

김병규 지음

도서
출판 행복에너지

곱게 익어가고 싶어서

60이 넘도록 도시생활의 늪에 깊숙이 빠진 사람이 농촌에 발을 디디기는 그리 쉬운 일이 아닙니다. 하지만 나는 홀연히 도시를 떠나 충북 괴산의 한 산골마을에서 농사를 지으며 13년째 살고 있습니다.

지금껏 도로며 아파트며 온갖 인공 구조물로 꽉 찬 도시에서 바삐 혼란스럽게 살았으니, 노후에는 산이며 들이며 온갖 자연의 정취가 물씬 나는 농촌에서 자연과 더불어 느긋하게 살아보고 싶어서입니다. 이 세상에 태어나서 하고 싶은 게 얼마나 많습니까. 그 하고 싶은 것을, 하고 싶을 때 즐겁게 한다면, 참으로 행복한 삶이라 할 것입니다.

불과 몇 해 전까지만 해도 '백세시대'가 생소하고 그림의 떡에 불과했습니다. 그러나 요즈음은 '백세시대'를 대세로 받아들이는 분위기입니다. 백세까지 건강을 보장한다는 보험이며, 백세까지 곱게 살아가는 길을 안내해주는 각종 다양한 정보도 넘치고 있습니다.

　근심걱정 없이 백세까지 건강하게 살아가기만 해도 복을 받은 사람입니다. 게다가 앙금 없는 포도주처럼 맑고 부드러운 이미지로 곱게 익어가기까지 한다면 복 중에 복이요, 그야말로 노년의 가슴 벅찬 희망입니다.

　곱게 익어가는 비법으로 이런 저런 방법들이 있다지만 나는 글쓰기만큼 더 좋은 게 없다고 생각합니다. 산골의 오붓한 나만의 보금자리에서 오롯이 마주하는 글쓰기는 외로움을 달래주는 벗이요, 삶의 보람을 안겨주는 기폭제가 되었고, 그 덤으로 이 책이 탄생했습니다.

　일상에서 소소한 느낌으로 기쁘고 즐겁게 쓴 이 책〈소장행小長幸〉은 100살까지 곱게 익어가는 비법으로 5가지 마음 다스리기를 들었습니다.

　· 소통에서 정겨움을 느끼다
　· 배려에서 고마움을 느끼다
　· 순응에서 평온함을 느끼다
　· 소망에서 새로움을 느끼다
　· 추억에서 그리움을 느끼다

세상살이가 고달프고 무디어 갈수록 '소통·배려·순응·소망·추억'이라는 마음의 보석을 가슴에 고이 간직하고 느긋하게 살아가면 자연스레 행복이 따르고, 우리네 인생의 가슴 벅찬 소망인 '곱게 백세 살기'가 절로 이루어질 것입니다.

인생살이 희로애락喜怒愛樂 속에서 느끼고, 생각하고, 쓰고, 읽고, 다듬기를 반복하는 글쓰기야말로 노인성 질병, 특히 치매예방에 탁월한 효과가 있습니다. 주위의 사물에 대해 관심과 애정을 가지고 자신의 생각이나 느낌을 친구와 이야기하듯 정겹게 표현하면 바로 글이 되는 것입니다.

소일거리 면에서도 그 어느 것보다 건전하며 마음만 먹으면 죽을 때까지 펜대를 잡을 수 있습니다. 그러니 글쓰기야말로 노년을 지혜롭고 당당하게 살아가는 활력소요, 노년의 황금알이라 할 만합니다.

이 책은 이미 출간된 〈망둥이의 춤(2008년)〉과 〈하루 7분 기적의 글쓰기(2013년)〉의 노하우를 살려서 좀 더 무르익고 숙성되도록 애썼습니다.

끝으로 어두운 서랍 속에서 10여 년간 쌓여왔던 80여 편의 메마른 원고를 산뜻하고 화사한 책으로 잘 꾸며준 행복에너지 출판사의 권선복 사장과 직원들께 감사드립니다. 아무쪼록 이 책이 독자 여러분의 노년의 삶이나 글쓰기에 다소라도 도움이 되기를 바랍니다.

2024년 1월

충북 괴산 한 산골, 나만의 보금자리에서 김 병 규

차례

제1부 소통에서 정겨움을 느끼다

제2부 배려에서 고마움을 느끼다

제3부 순응에서 평온함을 느끼다

제4부 소망에서 새로움을 느끼다

제5부 **추억에서 그리움을 느끼다**

제1부

소통에서
정겨움을 느끼다

새해 첫 약속

나의 모임 중에 직장 동료 모임이 있다. 지금까지 40여 년 이어지고 있다. 처음은 12명이었으나 세월이 흐르는 사이 다른 일터로 떠나가면서 소식이 뜸해지더니 연락이 끊기곤 했다. 지금은 6명만이 모임을 갖는다. 지난해까지만 해도 우리는 분기에 한 번씩 만나 함께 저녁 식사를 하며 담소하는 정도였다.

이제 우리도 60대 중반이라는 노인의 대열에 선 것이다. 세상을 잘 살고자 발버둥 쳐 왔지만 지난 세월이 몹시도 아쉽다. 앞으로 남은 세월이 얼마인가. 넉넉하게 쳐주어도 고작 20년, 그때는 우리가 80대 중반이 되는 셈이다. 요즈음 시쳇말로 '80대는 돈이 있거나 없거나, 90대는 집에 누워 있거나 산에 누워 있거나 똑같다.'고 한단다. 별 볼일 없다는 세대인 것이다.

새해부터는 활동의 폭을 넓히자고 우리는 다짐했다. 매월 정기적인 등산모임을 갖기로 했다. 2010년 1월 8일, 우리는 그 첫 약속으로 서울 근교의 청계산을 오르기로 했다.

그런데 새해 초부터 매서운 추위가 계속되더니 1월 4일에는 폭설이 내렸다. 그것도 25센티나 쌓여 서울지역에서 40년 만에 가장 많은 눈이 내린 것이다. 영하 13도까지 내려간 맹추위가 이어져 눈이 녹지도 않은 채 약속한 날이 되었다. 매서운 추위에 눈까지 많이 쌓인 산행이어 우려의 목소리도 있었다.

그러나 우리는 새해 첫 약속을 깨는 것도 그렇고 조금이라도 더 젊었을 때 고난의 산행을 경험하고 싶었다. 맹추위를 견디기 위해 완전무장을 했다. 내복에 두꺼운 샤쓰를 껴입고 폭신한 털 잠바를 걸쳤다. 귀와 볼까지 감싸는 털모자를 쓰고 마스크를 했다. 내 모습에서 외부로 노출된 것은 오직 눈뿐이었다.

오전 10시경 등산모임 장소인 양재역 7번 출구에 도착하니 벌써 동료 세 명이 나와 있었다. 다가가 곁에 서 있는데도 나를 몰라보았다. 시커먼 눈만 보이는데 어느 누가 알아보겠는가. 나는 모른 척 태연히 다른 동료가 오기를 기다렸다. 이윽고 약속한 동료들이 다 왔고 나만 빠졌다. 나에게 H가 전화를 걸어왔다. 내가 바로 곁에서 능청맞게 받으니 그제야 알아보고 너털웃음으로 나를 반겼다.

눈길이라 평탄한 등산로인 양재동 화물터미널 쪽을 택했다. 다들 배낭을 메고 등산지팡이를 든 차림이었다. 나만 맨몸이다. 나는 등산을 썩 좋아하지도 않지만 몸에 무얼 부착하고 다니는 것을 귀찮아하는 편이다. 더구나 추운 날씨라 점심은 산행 후에 음식점에서 먹기로 해서 가볍게 나섰다.

눈을 밟고 걸어간다. 한적한 등산로를 택했음에도 사람들의 발자국이 많다. 매서운 추위와 무척 쌓인 눈 속에서도 이처럼 발자국이 많은 걸 보면 우리나라 사람들의 등산 열기는 대단하다. 발자국 눈길을 밟고 따라가는데도 푹푹 파져 눈이 등산화를 에워싼다.

누가 맨 처음 눈에 푹 빠지면서 첫 발자국을 내었을까. 필시 힘겨웠을 것이다. 하지만 새하얀 눈에 새로운 발자국을 내며 한 걸음 한 걸음 나아가 마침내 정상에 오른 보람도 있었을 것이다. 이런 저런 생각을 하며 한참을 올라 평탄한 길에 들어섰다. 등산길 좌우에 길차게 자란 소나무들로 울창한 군락을 이룬 곳이다.

우리는 눈꽃 속으로 들어갔다. 소나무 잎이나 가지 위에 매달린 여느 때의 조그마한 눈꽃이 아니다. 소나무 전체를 풍성하게 다 덮고도 남아 소나무 사이사이까지도 온통 눈으로 치장되어 있다. 울창한 소나무 군락 전체가 새하얀 옷을 입은 것 같았다. 더 없이 맑은 파란 하늘이 보이지 않는다. 고요 속의 하얀 세상이다.

이런 설경에 도취되어 눈길을 걸으니 '뽀드득, 뽀드득, 뽀드득……' 정겨운 소리가 들려온다. 어렸을 적에 고향에서 들어본 소리다. 그렇다. 한적한 초여름밤, 집 앞 논가에서 개구리 떼들이 울어대는 소리다. 우리들의 눈 밟는 소리가 분명 나에게는 그리운 향수를 젖게 한다.

드디어 정상에 도착했다. 청계산 정상에 우뚝 서 몇 차례 심호흡을 하고 눈 덮인 풍경을 조용히 내려다본다. 울창하게 자란 커다란 나무들이 눈꽃을 듬뿍 달고 도열해서 나를 반기는 것 같다.

등산을 좋아하고 동네 등산모임의 회장이라는 E가 배낭 속에서 먹을거리를 꺼냈다. 양주와 양갱이었다. 온통 하얀 눈으로 신비롭게 차림을 한 산천초목을 바라보며 마시는 술 한 잔, 그 맛과 기분이 어찌나 좋은지 저마다 감탄사를 연발했다.

정상에서 마시는 술, 이른바 '정상주'는 그 맛이 달랐다. 봄, 가을 등산하기 좋은 때에 자리를 펴고 차분히 앉아 막걸리와 소주는 종종 먹어본 적은 있어도 이 처럼 맹추위에 선 채로 양주를 마셔본 적은 없었다. 나는 석 잔이나 거뜬히 마셨다. 온 몸에 따뜻한 기운이 돌고 기분이 상쾌했다.

바람 한 점 없는 맑은 날씨 속에서 하얀 산천을 한참동안 바라본다. 내 마음도 하얗게 된 것 같다. 눈처럼 마음이 가볍고 깨끗하게 느껴진다. 나도 모르게 입가에 흐뭇한 미소가 지어지고 허공에 붕 떠있는 야릇한 기분이 든다. 이 순간만은 산천초목이 나를 위해 존재하는 그야말로 내 세상 같았다.

다른 동료들은 배낭을 열어보지도 않고 그냥 하산했다. 등산길에 뒤로 넘어지면 등을 보호하기도 하고 오늘처럼 추운 때에는 등을 따뜻하게 해준다는 실속 있는 배낭이었다. 의례히 먹을거리가 들어있을 거라는 나의 생각이 짧았다.

산행을 마치고 점심식사 장소인 원터골에 도착했다. 한옥으로 단장한 아담한 식당에서 우리는 두부와 녹두전을 안주삼아 거나하게 막걸리를 마셨다. 기막힌 맛이었다. 우리처럼 눈꽃 산을 오른 사람들만 이심전심으로 알 것이다. 우리의 새해 첫 약속이요, 첫 등산은 마냥 즐겁고 행복했다.

기분 좋은 승리

그날은 2010년 2월 26일, 서울 교대역 근처 기원에서 친구와 바둑을 두기로 약속한 날이었다. 오후 1시 10분경 점심식사를 하기 위해 근처 식당에 들어섰다. 설렁탕을 전문으로 하는 쾌 큰 식당인데 사람들로 입추의 여지가 없었다. 사람들이 식사를 하면서 TV에 눈을 떼지 못했다. 캐나다 밴쿠버에서 열리고 있는 동계올림픽에 피겨스케이팅 선수로 출전한 김연아의 연기를 보기 위해서다.

드디어 김연아의 차례가 되었다. 식당 안이 쥐 죽은 듯 조용하다. 하늘색 드레스를 입고 우아하게 입장한 김연아를 보자 우레와 같은 박수가 터져 나왔다. 나도 금방 입에 떠 넣은 밥을 씹다 말고 숟가락을 손에 든 채 힘껏 박수를 쳤다.

조지 거슈윈의 피아노 협주곡 F장조에 맞추어 자유롭게 리듬을 타면서 트리플 러츠(연속 3회전 비상점프)며, 콤비네이션 스핀(쪼그린 자세로 팽이처럼 빙글빙글 돎)이며, 스파이럴 시퀀스(오른손이 오른발의 스케이트를 잡고 왼발로만 스쳐감) 등의 다양한 기술 연기를 내 어찌 평하겠는가. 그저 아름답고 자유스럽게 은반을 누비는 김연아의 모습에 도취될 뿐이다.

4분여 동안 김연아의 연기는 숨이 금방 멈출 것 같은 긴장감 속에서 완벽하게 끝났다. 마치 세상에서 가장 아름다운 파랑새 한 마리가 내 앞에 나타나 춤을 추고 멀리 파란하늘 나라로 사라져간 느낌이 들었다. 바로 이어 금메달 경쟁자로 알려진 아사다 마오(일본 선수)는 김연아의 신비롭고 환상적인 연기에 위축되어 빛을 발하지 못하였다. 김연아가 무려 23점이나 많은 228점으로 세계신기록을 세우며 금메달을 땄다. 역사상 유례없는 쾌거에 우리 온 국민이 환호하고 마음껏 승리의 기쁨을 나누었다.

그날 그 기쁨이 친구와의 바둑 게임 내내 가시지 않았다. 기분 좋은 마음으로 여느 때보다 여유롭고 차분하게 두었다. 정말이지 오래간만에 내가 이겼다. 기분이 어찌나 좋은지 너털웃음이 자꾸만 절로 나왔다.

무슨 일이나 기분 좋은 사고로 대하면 잘 풀린다는 평범한 진리가 통한 것이다. 김연아의 감격스런 승리, 비록 대리 만족이지만 나에겐 그 여파가 심오하고 대단했다. 어디 나 뿐이랴. 우리 국민 모두가 '대한민국 만세'를 외친 역사적 승리였다.

다음날인 2월 26일자 한 신문을 보니 김연아의 기사가 무려 11면이나 실렸다. 1면의 톱기사에는 '김연아'라는 대문짝만한 이름 석 자와 승리의 울음을 터트리는 김연아의 모습으로 꽉 찼다. '그녀가 울었다. 세계가 숨죽였다. 역사가 바뀌었다.'란 감격적인 부제가 실리기도 했다.

사설에서도 '도약하자 대한민국, 김연아처럼'이란 제목으로 김연아의 승리를 우리나라가 선진국으로 발전하는 계기로 삼자고 강조했다. 그도 그럴 것이 불과 반세기 전만해도 피겨스케이팅의 선도

자들이 한강 얼음판 위에서 연습하다 풍기문란죄로 경찰에 연행되기도 했다니 우리나라가 얼마나 후진국이었는 지 알만하다.

이러한 열악한 여건에서도 김연아는 역사상 가장 위대한 연기로 여자 피겨스케이팅의 세계를 완벽하게 지배했다. 우리나라만 그리 평가하는 게 아니라 미국 등 선진국은 물론이요 이번 벤쿠버 동계 올림픽에서 우승 경쟁국이었던 일본도 김연아의 승리를 깨끗이 인정했다. TV 뉴스에서도 힐러리 클린턴 미국 국무장관이 김연아의 연기를 보고 감탄해하는 모습도 나왔다.

김연아는 5살 어린 나이에 남이 버리려던 낡은 스케이트 부츠를 얻어 신고 얼음을 처음으로 지쳤다. 초등학교 1학년이던 7세에 '국가선수'가 되어야겠다는 다짐을 했다. 키가 작고 가냘픈 아이가 힘들어하는 기색 없이 방과 후에 어김없이 경기도 군포의 집에서 어머니를 따라 과천의 빙상장으로 연습하러 다녔다. 12살 때의 일기에서 '힘들어도 참아! 어차피 해야 하는 거 열심히 하자.'라고 스스로를 다잡는 의지도 강했다.

김연아의 성공 뒤에는 어머니 박미희 씨의 뒷바라지의 힘도 컸다. 비용이 많이 들어 경제적으로 어려웠지만 어린 딸을 분신처럼 돌봐 주었다. 세계적인 선수가 될 때까지 15년 동안이나 하루도 빠지지 않고 김연아의 운동을 지켜보고 함께했다. 참으로 장한 어머니이다. 세계를 제패한 영광스런 김연아 선수와 그 뒷바라지를 훌륭히 한 어머니에게 진심으로 축하한다.

아이고, 버티고

아침밥을 먹으려고 식탁 의자에 앉자마자 '아이고, 밥 먹자', 밥을 다 먹고 일어나면서 '아이고, 잘 먹었다', TV를 보며 커피를 마실 때도 '아이고, 맛있다'고 내가 했나보다. 나이는 들었어도 입속에 음식을 넣기만 하면 혀가 지칠 줄 모르고 신나게 장구질 하여 입맛을 돋우는데 식후 중독성 커피 맛이야 꿀맛은 저리가라다. 이런 내 기분을 모르고 아내가 여느 때와 달리 정색을 하며 따진다. "당신, 그 '아이고' 소리 안하면 안 돼, 영 귀에 거슬린단 말이야!"

지금껏 반백년을 함께 살아온 아내의 뜬금없는 저항에 어안이 벙벙하다가 짐짓 정신을 차리고 "아이고, 왜?"하고 태연하게 되물었다. 아내가 "또 그놈의 '아이고' 소리야! 늙어 가면 행동거지도 보기 싫은데 말까지 그러면 영 추하게 보인다고요."하며 짜증을 냈다. 아내가 말 중에 '영'자를 강하게 쓰면 몹시 기분이 안 좋다는 신호다. 늙어 갈수록 말이나 행동에 품격이 깃들어야 그나마 추한 모습을 어느 정도 커버할 수 있다는 아내의 말뜻에 나도 동감한다.

뒤돌아보니 언제부터인지 몰라도 나는 '아이고' 소리가 입에 단단히 배었다. 나이 70이 넘어서부터는 더 심하다. 잠자리에서 일어날 때도 '아이고', 잠자리에 누울 때도 '아이고' 소리가 나도 모르게 절로 나온다. 몸이 불편하거나 조금만 뻑적지근해도 입버릇이 되었다. 이처럼 '아이고' 소리를 내야만 고리삭은 노년의 몸이 그나마 생기가 돈다. 그러니 나와 같은 늙은이로서는 '아이고'야 말로 버거운 몸동작의 추임새요 살아있음의 증표인 셈이다.

어디 그 뿐인가. 어디서든 알고 지내는 사람을 만날 때도 '아이고, 안녕하세요?'하고 대한다. 반갑거나 친한 정도에 따라 그 소리가 다르다. 그냥 인사치레인 사람은 평범한 말투지만 반갑고 기분 좋은 사람에게는 '아이고' 소리가 길고 크며 감탄의 감정이 담긴다.

이런 나의 인사법에 지인들의 반응은 대부분 좋아한다. 인사하는 나의 표정이 밝아 다정함의 표시로 인지해서다. 하지만 언젠가 딱 한 번 이런 나의 인사법에 반기를 들고 따지는 사람이 있었다. 그는 '아이고' 소리를 어디가 아파 고통을 느끼거나 사람의 주검 앞에서 슬퍼하는 소리로 부정적으로 받아들인 것이다.

'아이고'는 감탄사로 그 뜻이 무려 다섯 가지나 된다. 첫 번째는 '아이고, 기분 좋다' 와 같이 반갑거나 기분이 좋을 때, 두 번째는 '아이고, 어떻게 이런 일이'와 같이 놀라거나 기가 막힐 때, 세 번째는 '아이고, 허리야'와 같이 힘이 부치거나 아플 때. 네 번째는 '아이고, 또 졌네'와 같이 절망하거나 탄식할 때, 다섯 번째는 '아이고, 우리 어머니'와 같이 가까운 사람이 죽는 등 슬픔으로 울 때에도 쓴다. 나는 첫 번째 반갑거나 기분이 좋을 때와 세 번째 힘이 부치거나 아플 때만 쓴다.

얼마 전 다섯 친구들의 부부 동반 모임에서 남녀 가리지 않고 '아이고'소리가 여기저기서 들렸다. 앉으나 서나 '아이고' 소리가 고리삭은 늙은이의 버거운 추임새요 살아 있음의 증표로 낙인이 찍힌 것이다.

하지만 몸짓 손짓 하나할 때마다 입에 '아이고' 발동기를 달고 사는 것은 지나치고 주위 사람, 특히 젊은 층에게는 더더욱 추한 영감탱이로 눈총을 받아도 싸다 하겠다. 나는 아내가 지적한 대로 '아이고'소리를 내지 않으려고 마음을 다잡았다.

아내의 도움을 받기로 했다. 내가 '아이고'소리를 낼 때마다 아내가 지적하고 범칙금으로 나에게 천 원씩 받아내는 것이다. 아내와 서너 시간 집에서 함께 있는 동안 '아이고'를 20여 회나 하고 2만 원을 아내에게 바쳐야 했다. 입에 단단히 배인 말버릇을 갑자기 잠재운다는 것은 애초부터 불가한 것이었다. 천원이라고 얕보고 대뜸 나 댄 게 낭패를 본 것이다.

더 이상 이런 내기를 하다간 몇 푼 안 되는 용돈이 거덜날 게 불을 보듯 훤하다. 곧바로 돈내기 약속 파기를 선언했다. 아무리 고리삭은 노년의 버거움을 달래주는 추임새요 살아 있음의 증표라 해도 어떻게든 '아이고' 소리를 잠재우는 다른 대안을 찾아야 했다.

이런 나를 딱하게 여겼던지 '아이고' 소리를 '버티고'로 버꾸면 어떠냐고 아내가 제안했다. 어차피 늙은이의 버거운 몸동작에 무언가 추임새가 필요하다면 '아이고' 보다 '버티고'가 더 밝고 긍정적이라는 판단이 선 것이다.

그렇게 아내의 제안에 따라 '아이고'를 잠재우려 애썼다. 처음엔 나도 몰래 '아이고' 소리가 나오면 뒤 늦게 알아차리고 '버티고'로 다부지게 외친다. 얼마 전 나보다 한 수 위인 친구들과 골프를 치면서 '버티고'를 외쳤다. 다들 '버디고'로 알아듣고는 '그래, 자네도 버디 한 번 해야지'하고 응원하여 살짝 웃으면서 가볍게 쳤더니 진짜 버디를 낚았다. 그 뒤부터 나는 '아이고' 대신 '버티고'를 마음속으로 외치고 산다. 말 한마디를 살짝 긍정적으로 바꾼 게 이처럼 자신감이 생기고 기분이 좋을 줄 미처 몰랐다.

농담 따먹기

직장에서 퇴직한 후 어느 모임에서였다. 함께 근무했던 상사가 나에게 뜬금없이 요즈음 "몇 식입니까?" 하고 질문을 해왔다. 나는 무슨 질문인지 잘 몰라 머뭇거려야 했다. 그랬더니 일식이, 두식이, 삼식이 중 어디에 속하느냐고 3다형식으로 되물었다. 나는 그때서야 퇴직한 사람들의 가엾은 신세에 빗댐을 알고는 "삼식이입니다."라고 대답했다. "아! 그래요. 삼식이 세끼네요." 하면서 멋쩍게 웃지 않은가.

2년간 함께 일했지만 업무 이야기 이외는 별다른 대화가 없었고 근엄했던 분의 우스갯소리였다. 그 정도 가지고 어디 농담 축에 끼기나 하는가. 요즈음은 4다형(영식님, 일식씨, 두식군, 삼식세끼)으로 버전이 향상되어 유행하고 있는 판국인데….

나는 주위에서 정말이지 전혀 예상치 못한 사람들로부터 진한 농담을 들었다. 내 깐엔 이 농담들이 잘 익은 홍시맛 같아 나 혼자만 따먹기 아까워 여기에 몇 가지 남기고자 한다.

몇 해 전인가, 어느 따스한 봄날, 우리 글쓰기 공부모임은 서해안의 해변가에 자리잡은 어섬이라는 곳으로 여행을 갔다. 모임의 분위기 메이커인 K여사가 그녀의 별장으로 우리 일행을 초대한 것이다. 별장은 새로 단장하여 깨끗하고 아름다웠다. 확 트인 바다에서 불어오는 시원한 바람이 선사하는 생끗한 공기를 마시며 우리 일행은 모처럼의 야외 글쓰기 모임을 잘 마쳤다.

그날 오후 헤어질 무렵의 다과시간에 부잣집 맏며느리처럼 믿음직스럽고 인자한 S여사가 "까불지 마라(까스불 조심해라, 지퍼 잘 잠궈라, 마누라 찾지 마라, 라면 잘 끓여 먹어라)의 후속타를 아십니까?" 하고 농담을 던졌다. 나도 이 농담은 여러 차례 들어서 알고 있지만 그 후속타는 처음 들어본 것이다. 짐작컨데 가엾은 남자의 대반격이 시작된 듯하여 모임에서 청일점인 나로서는 은근히 그 답이 기대되었다. "웃기지 마라(웃고 있네, 기회는 이때다, 지퍼 잠그는 것은 내 맘이다, 마누라를 아직도 찾는 사람이 있나, 라면은 박스조차 뜯지도 않았다.)"였다. 이어서 S여사가 보너스로 던진 농담이 더 일품이었다. 99살까지 88하게 살다가 복상사하면 애인과는 안락사요, 과부와는 과로사요, 아내와는 순직이다.

S여사의 농담이 어찌나 재미있었던지 우리 경기도 일산팀 4명은 돌아오는 승용차 안에서도 S여사가 했던 농담을 하나하나 복습하기도 했다. 나는 S여사의 농담을 한 자도 놓치지 않고 수첩에 잘 적어 놓았다. 함께 동석한 여사님들이 틀리면 정정해주는 아량도 베풀었다.

그런데 운전 중인 L여사가 느닷없이 "남자가 골프를 칠 때 벙커를 싫어하는 이유를 아세요?" 하고 농담을 걸지 않은가. 정숙한 옷차림에 할 말도 엄청 아끼는 요조숙녀 같은 그녀가 "구멍이 너무 커서, 이놈 저놈 다 들어가서, 잔디가 없고 황막해서" 라고 말할 때, 우리는 좁은 차 안에서 죽어라 웃는 바람에 고속도로 출구를 놓쳐 되돌아가는 수모도 겪었으나 오히려 그마저 즐거웠다.

나는 그날 저녁 잠자리에서 여사님들의 농담을 슬그머니 자랑삼아 꺼내었다. 아내는 웃음보 대신 얼음보를 달고 태어났는지 어쩌다 웃어보여도 그 웃음에 냉기가 풍긴다. 그런 아내가 피식 웃더니 가담했다.

아내는 10년 전만 해도 동사무소에서 주민등록 한 통도 제대로 못 떼어오는 집안 뜨기였는데 지역에서 적십자활동을 한 뒤에 확 달라졌다. 외부활동을 하고 온 날이면 이따금 주어들은 농담을 했다. 나처럼 신명나서 수첩에 적어 놓지는 않아도 그런대로 머릿속에 잘 저장해 두는 편이었다. 아내가 최신 버전이라며 털어 놓았다.

부동산업을 하는 60대 남자가 돈을 많이 준다며 40대 과부를 꼬셔서 하룻밤을 잘 지냈다. 그런데 남자가 문도 고장 나고, 잔디도 죽고, 샘도 말라서 못 쓰겠다며 돈을 안주려고 하니까, 과부가 문은 고치면 되고, 잔디는 심으면 되고, 샘은 파면 되는데 왜 그러느냐며 버티기 작전으로 맞섰다는 이야기.

시아버지 칠순잔치에 세 며느리들이 인사를 했다. 큰며느리가 "학처럼 오래오래 사세요", 둘째 며느리가 "거북이처럼 오래오래 사세요", 셋째 며느리가 "X같이 오래오래 사세요"로 마무리했다. 시아버지가 유독 셋째 며느리의 인사가 특이해서 이상하게 생각하며 물어보니 "남자의 X는 죽었다 살았다 하는데 학이나 거북이에 비하겠어요."했단다.

과부 시어머니와 과부 며느리가 함께 외롭게 사는데 기름 값이 올라도 너무 올랐다. 그래서 시어머니가 며느리더러 에너지 절약차원에서 각 방을 쓰지 말고 한 방을 쓰자고 제안했다. 며느리가 시어머니와 함께한 잠자리에서 한숨을 크게 쉬며 "이럴 때 바나나 하나 떨어지면 얼마나 좋을까?" 하니까, 시어머니가 "이년아 두 개 떨어지면 어디 덧나냐?"고 했다지 뭔가.

재치 있는 농담 한마디는 딱딱하고 어색한 분위기도 금방 누그러뜨린다. 갈수록 각박해지는 우리네 삶에서 웃음과 즐거움을 선사하는 농담이야말로 참으로 좋은 소통매체이다.

농담 본질이 대부분 남녀의 성적 묘사라는 것, 그리고 농담한 사람의 면면에서 농담 이상의 야릇한 기분을 느낀다. 실없는 말이라고는 입에 달지도 않은 얌전한 사람이 생뚱맞게도 음담패설 같은 진한 농담을 하는 것도 그렇다. 농담 속의 주인공도 그 농담을 전파하는 주인공도 여자일 때 농담의 묘미는 더욱 진득하다.

나는 농담 듣기는 좋아하나 하기는 꺼려한다. 남들처럼 농담을 잘하여 웃겨보려고 배꼽 빠지게 웃었던 것을 내세워 여러 차례 시도해보았으나, 그때마다 나만 실없는 사람처럼 맥없이 웃고 말았다. 일찍이 남들보다 말주변이 없어서다. 이번 나의 농담 글만은 제발 그 효험이 있기를 바란다.

명품 노래교실

직장생활을 마감한 지 어언 3년이 흘렀다. 직장에 다닐 때 자유롭고 여유로운 시간을 얼마나 동경했던가. 마침내 나에게도 그러한 기회가 주어진 것이다. 하지만 사람의 마음은 변덕스럽다고 했던가. 지난날 직장에서 일하며 바삐 살았던 젊은 시절이 이따금 그리워지기도 한다. 이제 내년이면 전철에서 공짜표로 버젓이 경로석에 앉을 수 있는 나이다. 세월의 무게를 한층 무겁게 느낀다.

최근 들어 이런 나의 노후생활을 살맛나게 해주는 것이 있다. 바로 노래교실이다. 매주 목요일 오전 10시부터 2시간 동안 내가 살고 있는 경기도 일산의 종합사회복지회관에서 노래교실이 열린다. 200여 석 규모의 4층 강당에 수강생들이 가득하다.

성별과 나이 제한이 없지만 대부분 여자이고 65세 이상 고령층이 많다. 남자는 다섯 손가락으로 헤아릴 정도이고 그나마 여자들 틈새에 끼어 눈에 잘 띄지 않는다. 저녁때 거나하게 취한 남자들의 목소리로 북적이는 노래방과는 매우 대조적이다. 나이 들어 일자리를 떠나 나처럼 소일하는 남자들이 많을 터인데 말이다. 아무튼 나만 별 볼일 없이 여자들 틈새에 꼽사리 긴 신세 같아 처음엔 초라하고 어색했지만 지금은 잘 적응하고 있다.

아내와 함께 이 노래교실에 다닌 지 일 년쯤 되었다. 아내는 전부터 다녔고 뒤늦게 내가 합류한 것이다. 지난해 6월의 어느 날, 아내가 노래교실에 가는 날인데 비가 많이 내렸다. 그날 아내가 나에게 노래교실까지 차로 태워다 달라고 했다. 모처럼의 부탁이라 흔쾌히 들어주고 기왕에 나선 김에 아내를 따라 노래교실까지 들어가 보았다.

아내가 무척 좋아했다. 기껏 20여 분 거리인데 큰 대우라도 받은 듯이 말이다. 아내가 좋아하니 나도 덩달아 기분이 좋았다. 나도 좋고 아내도 좋은 일거양득의 일을 어찌 그만둘 수 있겠는가.

그 뒤부터 나는 아예 정식 노래교실 수강생이 되었다. 일주일의 소일거리에서 아내와 함께하는 노래교실을 가장 좋아한다. 맨 뒤에서 두 번째 열, 중앙 쪽 두 자리가 우리 부부의 지정석이다. 노래교실의 잉꼬부부 자리라며 주위 사람들이 특별히 배려해 주는 것 같다.

노래교실 장은희 강사는 40대 중반의 여자다. 전문 MC처럼 미리 준비한 프로그램에 따라 진행을 하고 코미디언처럼 웃는다. 2002년 KBS 도전 주부가요제 연말결선 대상을 수상하였고 지금은 노래강사뿐만 아니라 TV출연 등 연예계 활동도 활발하다고 한다.

당신 멋져! 당, 당당하게 살자! 신, 신나게 살자! 멋, 멋지게 살자! 져, 져주며 살자! 모두 오른손 엄지손가락을 힘껏 치켜세우고 그녀의 선창에 따라 목청이 터지도록 외친다. 노래교실의 워밍업이다.

그녀는 나이든 사람들이 부르기에 적당한 가사와 곡을 선택해 온다. 최근에는 '부초 같은 인생'을 배웠는데 어찌나 좋은지 길거리에서도 흥얼거리다 지나가는 사람의 눈총을 받기도 한다. 수강생의 건강을 위해 노래에 맞추어 체조도 하게 한다. 신나는 메들리 곡을 틀어 놓고 그녀가 읍내 장터의 약장수처럼 온몸을 흔들어 대며 춤을 추면 강당 안은 삽시간에 '묻지 마 관광버스'처럼 흥이 넘친다.

지난번 노래교실 시간이었다. 40대 초반쯤으로 보이는 한 여성이 노래방에서처럼 신청곡을 부르는 무대에 섰다. 웃음을 머금고 활달하게 노래를 잘 불렀다. 노래가 끝나자 느닷없이 그녀가 노래 강사를 껴안고 흐느껴 우는 게 아닌가. 병원에서 3개월째 약을 먹고 치료를 받았어도 별 효과가 없었던 극심한 우울증이 노래교실에 다닌 지 1개월 만에 나았다며 노래 강사에게 "감사합니다. 고맙습니다."를 연발했다. 노래강사도 흐느끼며 "감사합니다. 고맙습니다."며 화답했다.

고마움을 받은 자와 고마움을 준 자의 정감어린 장면, 참으로 감격스런 모습이었다. 잠시 숙연했던 교실 안에 우레와 같은 박수소리가 울려 퍼졌다. 웃고 즐기며 혼신을 다해 노래교실을 이끌어간 그녀의 노력이 크나큰 보람으로 꽃피운 것이다. 우리 모두는 그녀를 무척 좋아하고 고마워한다.

미국 홉킨스 병원의 임상실험에 따르면 웃고 즐기면 '내적 조깅'의 효과가 있다고 했다. 순환기를 청소하고, 소화기를 자극하고, 혈액순환을 높이고, 근육의 긴장을 완화하고, 스트레스·긴장·근심을 풀어준다고 한다. 10분 동안 입을 크게 벌리고 유쾌하게 웃는 이른

바 홍소哄笑는 불면증 환자를 2시간 동안 편히 잠자게 할 수 있다고 웃음치료사들은 주장한다. 그러니 우리를 2시간 내내 노래하며 웃고 즐기게 하는 장은희 강사의 명품 노래교실은 우울증환자의 치료에 특효임을 입증하기에 충분했다.

젊었을 때는 술에 거나하게 취한 뒷심으로 그저 목청 높여 불렀던 노래다. 그러나 이제는 다르다. 〈부초 같은 인생〉에서 '어차피 내가 택한 길이 아니냐, 웃으면서 살아가 보자.'라는 소절이라든가, 〈천생연분〉에서 '인연이라는 강물 위에다 부부라는 배 띄어 놓고.' 등은 나를 주인공으로 한 한 편의 시를 감상하는 느낌이 든다.

노래교실은 불과 1년 사이에 나를 '당신 멋져!'로 확실하게 변모시켜주었다. 웃고 즐기니 한밤중에 두세 번 깨던 설 잠이 언제부턴가 사라지고 아침까지 푹 자는 날이 많아져 몸이 가뿐하다. 항상 구닥다리만 불렀던 내가 노래교실에서 배운 신곡을 흥에 겨워 부르면 함께한 사람들이 앙코르를 외치며 부러워한다.

남에게 도움과 즐거움을 주며 산다면 참으로 보람 있고 아름다운 삶이 될 것이다. 잘 먹고 즐기는 단조로운 여생만을 생각해온 나에게 삶의 진가를 깨우쳐준 노래교실이다. 일거양득을 넘어 일거삼득, 아니 일거다득의 소중한 산물이다. 명품 노래교실이 있어 오늘도 하루가 즐겁다.

어느 민초가 대통령님께 드리는 글

대통령님, 안녕하십니까? 저는 충청북도 괴산의 한 농촌마을에서 농사를 지으며 살고 있는 김병규입니다. 대통령님의 국정운영에 대한 국민여론이 안 좋을 때마다 저의 마음이 아팠습니다. 그 아픔을 달래기 위해 인수위 때부터 최근 3년간 대통령님을 가까이서 모신 고위직을 통해 3차례나 대통령님께 충정어린 서신을 드린 바 있습니다.

저의 대통령님에 대한 기대가 너무 지나친 걸까요? 담당비서실에서조차 서신을 접수했다는 기별조차 없었습니다. 청와대가 저와 같이 순박한 농민의 목소리를 야멸치게 외면하는 소통부재를 실감했습니다. 고리삭은 농사꾼 주제에 감히 대통령님의 국정운영에 관심을 갖는다는 제자신이 무척 얄밉기도 하지만 부득이 이런 번거로운 공개서한을 드립니다.

얼마 전 대통령님께서 여당 원내대표를 '배신의 정치'로 여기신 이후, 3주간이나 온 나라가 갈등과 분열의 도가니에 빠졌습니다. 이곳 순박한 농민들조차 대통령님에 대한 호감도가 점점 떨어지고 있습니다.

역대 어느 대통령님보다 국가의 번영과 국민의 삶의 질 향상을 위해 애쓰신다는 대통령님께서 왜 그리도 국민의 여론을 몰라주시는지 참으로 안타깝습니다. '비정상'을 '정상'으로 바로잡아야 한다고 강조하시지만 정작 대통령님의 국정운영 결과는 거꾸로 가고 있습니다.

아직도 늦지 않았습니다. 남은 임기 반은 지금까지의 실책을 거울삼아 '화합과 소통 有 대통령'으로 거듭나시고 국민으로부터 가장 훌륭한 대통령님으로 존경받으시길 간절히 바랍니다.

첫째, 국민은 소통과 화합의 통 큰 인사를 바랍니다. 손바닥 인사이니 수첩 인사이니 하는 대통령님의 주변인사에서 벗어나 범국가적 '추천·검증·낙점'이라는 권위 있는 인사시스템이 요구됩니다. 지난 대선 때 '광화문대첩'이라는 살벌한 선거전으로 맞섰던 야권에 적임자가 있다면 과감히 등용할 수 있어야합니다. 대통령님께서 선뜻 낙점할 인물이 없으면 시간을 끌고 고민하기보다 당이나 재야 원로의 의견수렴에 따르시면 국민이 환호할 것입니다.

둘째, 훌륭한 통치자는 가급적 말을 아껴야 한다는 것입니다. 박정희 대통령님께서는 말씀이 적고 엄중하셨기에 지금까지도 국민으로부터 존경과 신뢰를 받고 있습니다. 대통령님은 인수위 때부터 말씀이 지나치다는 평이 있었습니다. 국회의원 시절에는 말씀을 근엄하게 아끼시어 좋은 평을 받았는데 대통령님이 되신 후에 많이 변하셨다는 것입니다.

마치 초등학교 선생님처럼 사소한 것을 들추고 챙기십니다. 언어

구사도 통치자로서 적절치 못합니다. 이를테면 '손톱 밑의 가시, 신발 안의 돌멩이, 신상털이식' 등은 실무자들이나 씀직한 예민하고 감성적인 표현입니다. 만에 하나 '손톱 밑의 가시도 못 뺀 정부'라는 역풍으로 되돌아온다면 얼마나 가슴 아픈 일입니까?

셋째, 정부조직은 웬만하면 기존체제를 유지하는 게 바람직합니다. 얼마 전 '행정안전부'는 별다른 기능변화가 없는데도 명칭만 '안전행정부'로 바꾸었다가 다시 원위치 하여 정부의 위상과 신뢰만 떨어뜨렸습니다. 언어논리로도 정책추진의 주체인 '행정'이 앞서야 맞습니다. 또한 다른 부처명과 형평성에도 어긋납니다. 안전을 그 무엇보다 중시한다면 '식품의약품안전처'나 '국가안보실'도 당연히 '안전, 안보'를 앞에 내세워야하지 않을까요?

'과학기술부'를 '미래창조과학기술부'로 바꾼 것도 겉치레입니다. '미래와 창조'가 근본인 '과학'이라는 빛나는 알짜 단어를 허수아비로 만든 꼴입니다. 우리보다 과학기술이 앞선 미국 등 선진국은 본래의 부처명을 역사처럼 그대로 이어가는데, 왜 우리나라는 정권만 바뀌면 정부기능을 뜯어고치는 건가요? 이처럼 형식적이고 구호에 그친 부처의 명칭변경은 선량한 국민의 혼선과 불편만을 초래할 뿐입니다. 공무원의 멀쩡한 명함이며 소속기관들의 간판과 이정표의 교체, 정부문서유통시스템 업그레이드 등에 소요되는 제반 경비며 행정·인력 낭비도 만만치 않습니다.

넷째, 국가의 번영을 위해 '혁신'과 '창조'를 강조하시는 것도 좋지만 법과 질서를 준수하는 국민의식 수준이 따라주지 않으면 더욱 살벌한 세상이 되고 맙니다. 이즈음 보복운전이라는 신종 교통질서 위반, 각종 불량식품 제조·판매, 악질 사기·폭력 범죄 등이 갈수록 기승을 부리고 있습니다.

국민들은 일상생활이 걱정되고 불안한데 정부와 정치권은 허울 좋은 혁신만 남발하고 있습니다. 오직 국민만을 위한 국가운영의 진정한 혁신책은 최소한의 자원(인력, 예산, 설비 등)으로 최적의 유익을 추구하는 시스템입니다. 이를 위해서는 과잉과 유사·중복을 철저하게 털어내고, 공정하고 합리적인 절차와 법규에 따라 일사분란하게 추진해야합니다.

지금과 같은 구태의연한 정치권이라면 대통령, 국회의원 등 국가 최고위직의 보좌관·비서진부터 반으로 확 줄여서 남은 인력을 더 긴요한 곳에 투입하는 게 진짜 혁신입니다. 국회 안에 10명의 인력을 둔 사업체가 300개나 됩니다. 국회의원들이 자기 돈으로 자기 일을 꾸려나간다면 그리 많은 보좌관이 필요할까요? 아니지요. 돈이 아까워 한두 명도 안 쓸 겁니다.

같은 길거리 다툼인데 하루 품팔이 서민은 즉결심판으로 단죄되어 생활고에 시달리고, 국회의원 등 위정자들은 1년이 넘도록 기소조차하지 않아 뻔뻔하게 국민의 혈세를 축내고 있습니다. '모든 국민은 법 앞에 평등하다'는 헌법조문(11조)이 통탄하지 않도록 하는 게 혁신다운 혁신입니다.

어디 그뿐입니까? 선거위반, 뇌물죄 등 비리에 연루된 위정자들은 뻔히 그 죄가 인정됨에도 대법원의 결판이 날 때까지 길게는 몇 년씩이나 얼굴에 철판을 깔고 버티며 국민의 혈세를 축내고 있습니다. 그 파렴치한 위인들을 단죄하는 이른 바, '범죄기간 세비 환수법'을 제정해야 합니다. 제아무리 간 큰 위정자라 해도 그간 받은 세비 년수에 법정이자 12%를 붙여 환수한다면 1심에서 손을 들고 말 것입니다. 그리되면 국민혈세도 절감되고 법원 등의 행정업무도 덜어짐은 물론 위정자들의 범죄도 확 줄어들 것입니다. 이거야말로 국민이 환호하는 국가의 대혁신책이 아니겠습니까?

다섯째, 이 정부에는 대통령님만 보이고 다른 공직자들은 안 보인다는 것입니다. 대통령님이 지시하실 정책과 자료를 손수 챙기시고 작성하시면 관련 공직자들은 복지부동할 게 불을 보듯 훤합니다. 이번 여당 원내대표에 대한 '배신의 정치'라는 다량의 말씀자료도 대통령님이 손수 작성하시고 그대로 공개하신 게 실책입니다. 유능한 연설비서진이며 국회의원 정무특보를 두시고 그처럼 주요 현안에 안 쓰시면 언제 쓰실 겁니까? 한 편의 가벼운 산문도 제 삼자의 조언을 담아 보완하면 그만큼 객관성을 유지하고 좋은 글이 된다는 사실을, 수필가이시기에 잘 아실 텐데 참으로 이해하기 힘듭니다.

세월호 참사 현장에서 수습하느라 1년여 동안 수염도 깎지 않는 허름한 모습의 해양수산부장관을 국무회의에서 칭찬하신 것도 정부의 권위를 떨어뜨렸다고 생각합니다. 아무리 정부의 부실한 대처로 일어난 대형 참사라지만, 국장급 실무자가 맡아도 될 현장 일을 명색이 한 나라의 장관이라는 분이 꼭 그런 민낯을 보였어야 했는지 아쉬움이 많습니다.

이곳 농촌에도 국가와 민족을 위해 걱정하는 일꾼들이 많습니다. 그 민심에 저의 신념을 더하여 감히 대통령님께 진언 드렸습니다. 혹시라도 무례한 점이 있다면 대통령님께서 이끌어가는 대한민국이 잘되기를 바라는, 그저 농촌 노인의 순박한 애국심이라 여겨 널리 양지하여 주시기 바랍니다.

대통령님께서 더욱 건강하시고 대한민국의 훌륭한 대통령이 되시기를 거듭 바라면서 이만 물러가겠습니다.

2015년 8월 6일, 충북 괴산에서 김병규 드림

그 뒤 2017년 3월 10일, 당신은 최순실 국정농단사건으로 대통령령직에서 파면되었습니다. 손톱 밑의 가시(최순실)도 못 뺀 무능한 대통령, 내 진즉 그럴 줄 알았습니다.

주례사

　지금 이 자리에서는 "검은머리가 하얀 파뿌리가 될 때까지 아무리 어려운 일이 있거나, 어떤 고난이 있더라도 서로 아끼고 사랑하며 서로 돕고 살겠는가?" 하고 물으면, "예" 하며 약속을 해놓습니다. 하지만 3일, 잘해야 3개월, 아니 길어도 3년을 못 넘기고 "남편 때문에 못 살겠다. 아내 때문에 못 살겠다." 며 갈등을 일으키고 다투기 십상입니다.

　아내는 남편에게 덕 보고자 하고, 남편은 아내에게 덕 보겠다는 마음이 다툼의 원인이 됩니다. 아내나 남편이나 30%만 주고 70%를 덕 보려고 합니다. 70%를 받으려고 하는 데 실제로는 30%밖에 못 받으니까, 결혼을 괜히 했고 속았다는 생각을 하게 됩니다. 그러니 오늘 이 순간부터 덕 보겠다는 생각을 버려야 됩니다. 내가 아내에게, 내가 남편에게 무얼 해줄 수 있을까? 함께 살면서 서로 덕 본다는 생각으로 살아야 합니다.

　옛날부터 세 살 버릇 여든까지 간다는 말이 있습니다. 아기를 옆에 두고 짜증내고 다투면, 사진 찍듯이 그대로 아기 심성이 결정 납니다. 아기를 낳으려면 직장을 다니지 말아요. 아니면 아기를 업고 직장에 나가든지. 안 그러려면 안 낳아야 합니다. 안 그러면 아이가 복덩어리가 되는 것이 아니라 인생을 망치는 고생덩어리가 됩니다.

3년까지만 잘 키우면 아이를 과외 안 시켜도 괜찮고 아무 문제가 없습니다.

부모에게 불효하고 자식에게만 정성을 쏟으면 자식이 어긋나고 불효합니다. 애를 키우다 "저게 누굴 닮아 그러나?" 하면 안 됩니다. 누굴 닮겠습니까? 둘을 닮습니다. 나쁜 인연을 지어서 후회하지 말고 좋은 인연을 지으세요. 처음에 조금만 노력하면 나중에 평생 편안하게 잘 살 수 있습니다.

일단 아내와 남편을 우선시 할 것, 두 번째 부모를 우선시 할 것, 세 번째 자식을 우선시 할 것, 이렇게 우선순위를 두어야 집안이 편안해집니다. 이러면 돈이 없고 비가 새는 집에 살아도 재미가 있고, 나물 먹고 물 마셔도 인생이 즐거워집니다. 즐겁자고 사는 거지, 괴롭자고 사는 것이 아니니까, 두 부부는 이것을 중심에 놓고 살아야 합니다.

이상은 성철性徹스님의 주례사 7쪽 중에서 내가 감명 받은 부분을 인용하여 간추려 본 것이다. 1993년 11월 4일, 대한불교조계종 종정宗正으로 열반하신 성철스님은 평생에 딱 한 번 주례를 하셨다고 한다.

나는 이 주례사를 3년 전, 한 지인으로부터 이메일로 받아 보았다. 그 지인은 어디에선가 이메일을 받거나 좋은 정보가 있으면 나를 비롯한 20여 명의 지인들에게 가끔 보내준다. 나 같으면 귀찮고 번거로워 엄두도 못 낼 일이다. 특별히 좋은 내용은 전에 보내주었음에도 나중에 다시 보내주기도 했는데 성철스님의 주례사도 그랬다. 두 번째로 읽었지만 처음처럼 감명 깊게 읽었다.

서로 남남인 사람을 일심동체로 맺어주는 결혼식, 여러 하객의 축복 속에서 신랑과 신부에게 베풀어주는 주례사야말로 그 가치가 크다고 생각한다. 주례를 맡은 사람은 필시 밤잠을 설치며 많은 준비를 했을 것이다. 모처럼 시간을 내어 예식장에 참석하면서 그러한 주례사를 듣지 않고서야. 나는 예식장의 빈자리가 없으면 서서라도 주례사를 열심히 듣는다.

　짧게는 5분이요, 길게는 20분 정도의 주례사를 들어보면 답답하고 짜증이 날 때도 있다. 양가의 혼주나 신랑과 신부를 잔뜩 치켜세우거나, 부모에게 효도하고 부부가 서로 돕고 사랑하라는 식의 두루뭉술한 훈계조의 주례사가 그렇다. 부부의 인연으로 새 출발을 하는 사람들에게 오래 오래 기억되고 도움이 될 만한 교훈이 깃들어 있어야 한다고 생각한다.

　성철스님의 주례사는 처음부터 끝까지 평이한 대화식으로 설득력 있게 전개되고, 오직 신랑과 신부를 위한 구체적이고도 알찬 내용으로 가득하다. 부부의 다툼 원인이 서로 덕을 보려는 마음, 이를테면 덕을 30%를 주고 70%를 받으려고 한다는 것이며, 아이를 낳아서 3년간 부부가 정성을 다해 키우면 과외 공부 안 시켜도 공부 잘하고 복덩어리가 된다는 등의 내용이 그렇다. 정말이지 결혼 35주년이 넘은 나에게도 새삼 반성하게 하는 충언이다.

　이제 와서 생각해보니 우리 부부 사이에 다툼이 있었던 원인 중에 하나가 대화 중의 엇박자였다. 가령 아내가 "오늘 사온 수박 맛있지요?" 하면, 나는 "별로 맛이 없는데." 하고 건성으로 대꾸하였다. 부부동반 모임이 있어 집을 나설 때, 내가 "시간 없어. 빨리 좀 해!" 하면, 아내가 "다급한 사람, 재촉하지 마!" 하고 얼굴을 붉히며 아귀센 반응을 보였다. 이런저런 엇박자 대화 속에서 살아 온 것이다.

사소한 말 한마디가 상대방의 기분을 상하게 하고 부부싸움으로 번지기도 했다. 마음이 내키지 않고 언짢아도 곰살갑게 배려하고 맞장구 쳐주는 배려가 아쉽다. 부부싸움은 칼로 물 베기이고 부부싸움을 해야 정이 더 깊어진다는 말이 있다. 누가 이런 말을 만들었는지 모르지만 언뜻 그럴듯하다.

그러나 냉정히 따지고 보면 부부 싸움을 잘하는 사람들의 변명에 지나지 않는다고 생각한다. 비 온 뒤에 땅이 단단하게 굳어지는 것처럼, 부부싸움 뒤에 든직하게 정이 깊어진다면 성철스님도 굳이 이러한 주례사를 하시지 않았을 것이다. 아무렴 평생 다툼 없이 오순도순 정겹게 사는 부부사랑에 비할까.

성철스님의 주례사를 읽고(2011. 10)

제1부

세븐업 인생

이제 집 안 청소는 아내보다 내가 많이 하게 되었다. 애초부터 내가 하고 싶어서 한 게 아니라 퇴직 후 집 안에 틀어박혀 있는 시간이 많다 보니 그리되었다. 공기청소기로 먼지를 빨아내고 물걸레질을 한다. 방바닥과 현관바닥을 닦는 것은 기본이고, 집안의 가재도구에 붙은 먼지까지도 닦아낸다.

내가 청소를 하고 나면 초등학교 선생님처럼 아내의 점검이 따른다. 휴지통에서 하얀 휴지 한 장을 꺼내어 들고 서너 군데를 닦아내는데 그때마다 꼭 걸려든다. 전기 콘센트 구석까지도 점검하니 안 걸려들 수 있겠는가. 휴지에 먼지가 조금이라도 묻어나오면 무슨 큰 건수라도 잡은 듯 회심의 미소를 지으며 '클린업!' 을 외친다.

무더위가 계속되는 여름의 어느 날이었다. 땀을 흘린 만큼 아내의 점검에 자신을 가지고 기분 좋게 커피 한잔을 마시고 있는데 외출한 아내가 들어왔다.

내가 청소를 방금 끝냈다고 하자 잽싸게 점검에 나섰다. TV뒷면에서 시커먼 먼지가 묻어 나왔다. 앞면만 닦았고 그 뒷면은 아예 손이 가지 않은 곳이다. 또 아내의 의기양양한 점검에 걸려들어 의기소침 되고 말았다. 내가 청소를 잘못 했는지 아내의 점검이 엄격한지 모르겠다.

아내는 집으로 배달되는 몇 가지 간행물 중에서 월간 공무원연금지를 좋아한다. 처음에는 잡지에 나온 가로 세로 낱말 맞히기 문제를 풀어서 도서상품권을 받으려는 감바리였다. 잡지가 도착하자마자 며칠간을 온통 낱말 맞히기에만 매달려 문제를 풀어서 엽서로 보냈다. 아마 10여 년은 계속했을 것이다. 그런데도 답이 틀려서인지 아니면 운이 억세게 없어서인지 상품권 한 장 받지 못했다.

지금은 감바리는 접고 잡지의 글만 읽는다. 자기 딴에는 좋다고 생각하는 것은 내 의사를 물어보지도 않고 거침없이 나에게 전수해 준다. 여기에 대두된 '세븐업'도 그랬다. 은퇴 후 세븐업을 잘하는 것이 곧 마무리 인생을 잘 사는 비법이라며 아내는 무슨 진리를 발견이라도 한양 강조했다. 그럴듯하여 여기에 남겨둔다.

첫째 클린업Clean up 인생이 되어야 한다. 몸을 깨끗하게 씻는 것은 물론이고 집 안의 청소를 깨끗하게 자주하는 것이다. 집안의 불필요한 물건까지도 버릴 것은 버리고 간결하게 한다는 취지이다.

얼마나 공감을 했던지 아내는 얼마 전 전축이며 피아노까지도 처분해버렸다. 특히 피아노는 시집간 애들이 집에 오면 심심할 때 칠 것 아니냐며 그냥 놔두자고 가장으로서 목에 힘주어 만류했지만 들은 체도 안 했다. 오히려 "그 알량한 텐트도 버릴 거예요!" 하고 나에게 역습을 가했다.

나는 1985년도 일본 유학시절에 구입한 야외용 텐트를 지금도 못 버리고 있다. 당시 바닷가에서 애들과 텐트를 치고 놀며 수영을 하던 젊은 시절이 그립기도 하지만 불과 3년 전까지만 해도 사용했던 것이다. 여름휴가 때 바닷가에 텐트를 치고 아내와 단둘이 파도소리를 들으며 밤을 지새운 낭만이 깃들어 있다.

이제는 텐트 속에서 잘 용기가 안 난다. 더군다나 노인이 바닷가에서 텐트 치고 자면 꼴 보기 사납다는 둥, 새벽녘의 찬 땅기운에 턱이 돌아가고 팔 다리가 마비되면 어쩔 것이냐는 둥 아내의 그럴듯한 으름장에 선뜻 나서지 못하고 있다.

더도 말고 덜도 말고 꼭 필요한 물건만 집 안에 두고 살자고 하지만 어디 그게 제대로 되는가. 1년간 한 번도 쓰지 않은 물건은 과감하게 버리는 용기가 필요하다는 둥 그럴듯한 기준을 들기도 하지만 물건에 따라서 다르다.

내가 애지중지한 텐트는 3년간이나 쓰지 않고 창고에 방치되어 있으니 버릴 만도 하다. 그런데 왠지 버리기가 아깝다. 그간에 잘 써먹고 버린 것처럼 매정한 마음이 들기도 하지만 언젠가 꼭 한 번은 요긴하게 써 먹을 것 같아서다. 예전의 바닷가가 아닌 다른 어떤 곳에서도 말이다.

나머지 세븐업에 속하는 것들도 간략히 소개한다.

둘째 드레스업Dress up 이다. 예로부터 의복이 날개라는 말이 있듯이 복장은 늘 단정히 하고 기왕이면 멋진 것으로 골라 입는다. 노인일수록 밝고 화려한 옷을 입어야 좋다.

셋째 셧업Shut up이다. 노인이 되면 잔소리가 많다. 잔소리가 많으면 쓸데없는 말을 하게 되어 주위의 눈총을 받게 된다. 꼭 할 말만 하고 가급적 입을 굳게 다문 편이 좋다.

넷째 쇼업Show up 이다. 집 안에 틀어박혀 있지만 말고 밖으로 나서야 한다. 밖에서 친구들도 만나고 이런 저런 모임에도 참석해서 얼굴을 보인다.

다섯째 취어업Cheer up이다. 웃는 얼굴로 사람을 대한다. 그래야 마음이 즐겁고 늙은 모습이 어느 정도는 커버된다.

여섯째 페이업Pay up이다. 자기 몫을 낼 줄 아는 매너가 필요하다. 늙을수록 깍쟁이란 말을 들으면 비참해진다. 남에게 신세지지 않도록 자기 돈을 적절히 쓸 줄 알아야한다.

일곱째 기브업Give up이다. 나이 들면 포기할 것은 포기해야 한다. 젊었을 때 애썼어도 안 됐던 일을 다시 꺼내어 시작한다는 것은 무리다. 편하게 즐기며 순리대로 살아갈 수 있는 방편을 찾는다.

나는 무엇보다 클린업에 신경이 쓰인다. 사실 주위를 청결하게 하고 살면 얼마나 좋은가. 그런데 잠자리에서 일어나서 이부자리를 가지런히 하는 것부터 잘 안 된다. 책상 위에는 읽지도 쓰지도 않은 책이며 문구들이 널브러져 있다.

서랍 속에는 언제 찍었는지도 모르는 사진 꾸러미들이 산만하게 쌓여 있다. 볼 때마다 좋은 추억거리가 되도록 정리하려 마음먹지만 금방 시들어 버린다. 조만간 예쁜 앨범 속에 지난날의 추억들을 잘 간직하련다. 노후의 인생에서 이만큼 보람 있는 소일거리도 없을 것이다.

수첩 애호가

1980년대 초, 그러니까 거의 40년 전쯤이다. 고향에서 한 친구가 모처럼 서울 나들이를 했다. 나는 저녁식사 때 집에 데려가 삼겹살에 술잔을 기울이며 회포를 풀었다. 단칸 셋방에서 가족이랑 함께 식사하고 잠도 잤다.

그 시절 그 각박한 시절에도 친구들이 얼마나 반갑고 좋았던가. 결혼하여 아내와 애들, 4식구가 단칸 셋방에 살면서도 고향 친구들을 집에까지 데려오는 살가운 우정이 있었다. 하지만 그렇게 친하게 지냈던 사람들이 하나 둘씩 내 수첩의 연락처에서 사라진 지 이미 오래다.

매년 새해가 되면 수첩의 지인 연락처를 정리했다. 퇴직 전까지만 해도 연락하는 지인들이 많아 컴퓨터로 했다. 컴퓨터에 저장해 놓고 변동사항만 보완하고 새로 인쇄해서 수첩의 뒤쪽에 붙여 놓고 사용했다.

나는 수첩 애호가다. 최근 20여 년의 수첩을 서랍에 보관하고 있다. 지금도 나들이할 땐 항상 수첩과 볼펜을 소지한다. 언제 어디서든 글감이나 생소한 정보를 보면 메모를 하는 버릇이 있어 호주머니에 지니고 다녀야 마음이 편하다.

2004년에 퇴직하면서 수첩의 지인 연락처를 일일이 살펴본 적이 있다. 앞으로 내가 이 사람과 연락을 취할 때가 있을까. 이 사람이 과연 나에게 언젠가 한 번이라도 안부를 물어 줄까. 이렇게 내 입장과 상대방의 입장에서 번갈아 따지며 점검해보고 깜짝 놀랐다. 200여 명의 명단 중에 긍정적 대상이 30여 명 밖에 안 되었다.

수첩은 망각으로부터의 보존 장치이며 언제든지 연락을 취할 수 있는 통신 수단이다. 수첩을 뒤적이다가 이런 저런 지난날의 추억을 발견한다. 기분 좋게 술 한잔했던 추억이 되살아나 금방이라도 만나고 싶은 사람도 있다. 내가 애타게 연락을 해도 영원히 받아 주지 않을 사람도 있다. 이미 저세상으로 가신 분이다. 연락 두절이 있는가하면 연락을 하기가 서먹서먹한 사람도 있다. 이젠 연락을 하지 말아야 할 사람도 있다.

수첩은 인간관계와 삶의 여정을 보여준다. 낡은 수첩 속엔 따스한 인정의 불빛이 있고 망각으로 사라지는 뒤안길이 있다. 정과 인연이란 시간의 경과와 삶의 변화에 따라 달라진다. 그러니 새 수첩으로 바꾸는 데는 고뇌가 따른다. 수첩을 정리하면서 인간관계를 반성해보고 삶을 점검해본다는 의미도 있다.

한창 신분이 좋고 잘 나갈 때는 지인의 이름들이 무척 많아지는 반면, 나이 들어 현직을 떠나 별 볼일 없으면 확 줄어든다. 마치 바다의 밀물과 썰물 같다고나 할까. 수첩에 적힌 이름들을 하나하나 차분하게 불러본다. 불러보는 이름마다 정감이 다르다.

어떤 이름은 나에게 따뜻한 인정으로 가깝게 다가오고, 어떤 이름은 나에게 삭막한 기분을 남기며 멀어져 간다. 나에게 고마움을 준 사람도 있다. 일 년 내내 안부 한 번 전하지 못한 나의 무정함도 발견한다. 이처럼 내 불찰로 말미암아 정이 식어져 망각 속으로 사라져가는 이름들도 많다.

요즈음은 핸드폰이 있어 언제 어디서나 마음만 먹으면 연락을 할 수 있다. 그럼에도 1년 이상 내가 상대방에게 전화 한 번 안 했고, 상대방도 나에게 전화 한 번 없었다면 굳이 수첩에 남겨둘 필요가 없다고 생각한다.

이번에도 수첩을 새로 정리하면서 아쉬웠던 사람이 있었다. 고등학교 선배다. 그 선배는 지금도 서울에서 개인 병원을 운영하고 있고 나와 같은 경기도 일산 지역에서 살고 있다. 가끔 퇴근길에 만나 술잔을 기울이며 형제처럼 다정하게 지내 왔다. 알고 지낸 세월만도 반백년이 넘는다. 그럼에도 최근에는 4년째 한 번도 만나지 못했다. 내가 서너 차례 만나자고 연락을 해보았지만 그때마다 다른 약속이 있다고 했다.

2004년 5월, 둘째 딸 결혼으로 청첩장을 가지고 선배의 병원을 방문했다. 선배는 외출하여 간호사에게 청첩장을 전달하고 허전하게 돌아왔다. 그 뒤 선배로부터 아무런 소식이 없다가 결혼식이 끝나고 며칠 후엔가 우편환으로 축의금을 보내왔다. 웬만한 지인들은 식장에 와서 축하해 주었고 못 온 사람들은 전화로 미안하다는 말을 남긴 인정에 비하면 심히 무정하게 느껴졌다.

이쯤 되면 지난날 아무리 다정했던 사이라도 분명 금이 간 것이다. 무엇 때문에 우리 사이가 이 지경이 되었는지 모르겠다. 그저 안타까울 뿐이다. 퇴직하면 외로운 지라 더 가깝게 지내고 싶었던 사람이었는데 퇴직하자마자 멀어져버린 관계가 되고 말았다.

내가 마음먹은 대로 인간관계를 이어간다면 얼마나 좋을까. 내가 좋으면 상대방도 나를 좋아하면 더 이상 바랄게 없을 것이다. 그런데 현실은 참으로 아이러니하다. 내가 좋아하는데도 상대방은 싫어하고, 내가 싫어하는데도 상대방은 좋아하는 경우도 있으니 말이다. 어쨌거나 정을 주고 정을 받은 사이라면 그 정이 변치 말고 오래오래 지속되기를 바란다.

썰렁한 집 안에 홀로 있으니 외로움이 짙게 깃든다. 레코드를 켠다. 노래 반주가 정겹게 들린다. 내가 요즈음 배우고 있는 노래다. 목소리 높여 따라 부른다. '…… 정을 주고 정을 받고 사랑하며 사는 게 행복이지요. 오래오래 사랑 주고 싶어요. 오래오래 사랑 받고 싶어요. 우리네 가슴에 시들지 않는 그런 사랑 만들고 싶어요. …….' 마음이 한결 가볍다.

오라버니

오라버니는 '오빠'를 정중하게 호칭하는 말로 주로 나이가 많은 사이거나 예절을 중시하는 가문에서 쓰인다. 하지만 30대 중반의 여자가 60 후반의 아버지뻘 되는 남자에게 쓴다는 것은 보통의 상식으로는 격에 맞지 않는다.

그런데 참으로 이해할 수 없는 심보라고 할까. 내가 직접 그 호칭을 들었을 때 나는 참으로 기분이 좋았다. 마치 내가 30년이나 젊어져 그녀의 진짜 오라버니가 된 것처럼 말이다.

2012년 초가을 무렵이었다. 충북 충주시에 있는 건국대학교 부설 전문농업교육원에서 매주 목요일 1년간 교육을 받는 프로그램이 있었다. 농촌관광과라는 과정인데 농촌에서 부가가치가 높은 사업을 활성화하고 도시민의 관광객을 유치하는 데 중점을 둔 교육이었다.

교육 중에 몇몇이서 점심을 함께하는 그룹이 생겼다. 내가 60대 후반으로 가장 나이가 많았고 아직 결혼도 안 한 J라는 여자가 30대 중반으로 나이가 제일 적었다. 우리는 점심시간에 충주시내의 맛집을 여기저기 찾아가며 식사를 하는 중에 서로 친분이 두터워졌다.

그러던 어느 날, 여느 때보다 교육이 일찍 끝나자 나의 농장을 방문하고 싶어 하는 그들을 초대하게 되었다. 나는 손님맞이 먹을거리로 송어횟감을 택했다. 나 홀로 생활하는 단출한 농막에서는 그게 제격 같아서다. 충북 괴산에 있는 나의 농장으로 가는 초입 길가에 송어횟집이 있어 횟감을 떠가지고 가느라 일행보다 학교에서 먼저 출발했다.

횟감을 떠 집으로 가는 도중, 4차선에서 2차선으로 좁아지는 갈림길에 들어서자 어떤 여자가 차 밖으로 나와 전화하는 모습이 보였다. 그날따라 날씨가 여름처럼 따뜻하여 차 창문을 활짝 열었다.

그녀가 세워놓은 차 가까이 가서는 대화하는 소리를 또렷하게 들을 수 있었다. 다른 일행에게 '병규 오라버니 농장으로 가는 길목에서 기다리고 있으니 빨리 오라'는 J의 통화내용이었다.

아무리 함께 강의를 듣고 친분이 있는 사이라지만 이런 상황에서 십중팔구는 나에 대해서 '김병규 씨'라던가 '김병규 선생님'으로 묵직한 호칭을 하는 게 일반적이다. 그런데 "병규 오라버니'라고 성을 뺀 이름에다, 오라버니라고 다정스레 호칭하는 대화를 들으니 얼마나 흐뭇했는지 모른다.

더군다나 내가 없는 상황에서도 주저 없이 그리 자연스레 호칭한다는 것에 더욱 정감이 갔고 그녀가 고맙기까지 했다. 이즈음 갈수록 진정성이 없고 가식이 많아지는 이기적인 사회에서 그녀의 이러한 매너는 나를 감동시키기에 충분했다.

그런 분위기가 우리 농장에 도착해서도 이어졌다. 별다른 먹을거리 없이 송어회를 주 메뉴로 술잔을 주거니 받거니 다들 거나하게 취기를 느끼며 즐거운 한때를 보내고 헤어졌다.

그 뒤 교육과정을 수료하고 동기생 모임에서 서너 차례 J를 만났다. 그러다 지난 2015년 2월 말경, J의 결혼식이 충주에서 있었다. 오라버니라고 정감 있게 대해준 그녀의 결혼식에 기꺼이 참석하여 축하해 주었다.

일행과 점심을 마치고 나오며 다른 일행을 기다리는 동안 예식장 안으로 들어가 보았다. 기념촬영 등 모든 예식이 다 끝나고 마침 그녀가 신랑의 팔장을 끼고 예식장을 나오고 있었다. 나와 눈이 마주치자 그녀가 활짝 웃는 표정으로 주저 없이 "오라버니 식사하셨어요?" 하며 하얀 장갑을 낀 오른손을 입에 대며 밥 먹는 시늉을 하는 게 아닌가.

엄숙한 예식장에서 웨딩드레스를 입은 그녀의 모습도 아름다웠지만, '오라버니'라고 다정히 불러준 그녀의 진심어린 마음이 참으로 곱게 여겨졌다. 별 볼일 없는 이 늙은이에게도 그리 잘 대해주는데 사랑하는 남편에게야 어떠하겠는가.

이 신혼부부에게는 '결혼하여 행복하게 잘 살기를 바란다.'는 나의 기원이 무색하리라. 지금도 J의 그 다정한 모습은 생각만 해도 고리삭은 이 늙은이에게 정겹고 생기가 돈다.

숙성된 관계

2020년 10월 말경, H로부터 오랜만에 전화를 받았다. 서울에서 줄곧 직장생활을 하다 정년을 앞두고 충남 천안으로 일자리를 옮겼다는 소식을 알린 것이다. 충북 괴산에 살고 있는 나와 충청도 물과 공기를 마시는 같은 부류라는 느낌이 들었을까, 나는 여느 때보다 H가 반갑게 여겨졌다.

H는 20여 년을 서울에서 나와 같은 직장에 다녔고 내가 퇴직한 후에도 지금까지 10여 년 직장모임의 일원으로 만남이 지속되어 왔다. H는 모임의 홍일점이며 막내인데다 항상 미소를 머금은 밝은 표정으로 상냥하여 다들 좋아한다.

나는 반가운 나머지 하루라도 빨리 그녀를 만나고 싶었다. 마침 그즈음에 천안 인근에서 골프모임이 있어 마치고 돌아오는 길에 저녁식사나 하자고 제안했다. 약속이 잡혔고 얼마 전 퇴직하여 서울에서 한창 신나게 놀고 있는 S도 함께하기로 했다. 나보다 먼 거리이지만 서울에서 천안까지 전철을 타고 여행 삼아 기꺼이 동참한 것이다.

저녁 식사 장소는 그녀가 점심 때 먹었다는 홍어집이었다. 서울에서 함께 근무했을 때 홍어회에 삼겹살과 김치를 곁들인 이른바 홍합에 막걸리를 마시며 즐거워했던 추억을 떠올리며 그녀가 미리 예약해 둔 것이다.

사실 반가운 사람과의 홀가분한 술자리로 치면 홍어집만큼 좋은 곳은 없다. 홍어 특유의 숙성된 진득한 맛이 정겹고, 시큼하고 짭조름한 냄새가 더없이 허물없는 분위기를 자아낸다.

하지만 점심 때 먹었던 음식, 그것도 시큼하고 짭조름한 생선 썩은 냄새가 나는 홍어를 몇 시간 지나지 않아 또 먹고 싶은 사람이 어디 있겠는가. 홍어회를 무척 좋아하는 나도 그 독특한 냄새에 질려 일주일 정도는 지나야 겨우 구미가 당길 것 같다.

그녀는 자신의 취향은 뒤로하고 오로지 나와 S를 배려한 것이다. 나는 오랜만에 삼합을 대하자 군침이 절로 돌았다. 홍어 특유의 숙성된 냄새가 오히려 구미를 당겼다. 삼합을 안주 삼아 반가운 사람들과 주거니 받거니 술잔을 돌리며 거나하게 마셨다.

그날따라 비가 하염없이 내리는 촐촐한 분위기에 젖어 오랜만에 홍어를 실컷 먹으며 지난날의 회포를 풀었다. 밤늦도록 그렇게 즐거운 시간을 보내고 숙소를 정하려고 하자 그녀가 좋은 곳이 있다고 안내했다. 가서보니 그녀의 숙소인 직장 관사였다. 방도 3개나 있고 콘도처럼 편하게 지낼 수 있을 거라며 나와 S를 가족처럼 허물없이 대해주어 하룻밤 신세를 졌다.

그 다음 날 아침, 충북 괴산의 나의 집으로 돌아와서도 홍어 냄새가 옷에서 물씬 났다. 지난밤에 잘 씻고 잤는데도 손등에서 심지어 얼굴이며 머리에서도 느껴졌다. 며칠 후 읍내에 볼일이 있었다. 차

문을 열고 차 안으로 들어갔다 반사적으로 숨을 멈추고 황급히 탈출했다.

내 생전에 이처럼 고약한 냄새는 처음이었다. 썩을 대로 썩은 은행열매나 분뇨는 저리가라였다. 홍어를 먹고 천안에서 집에 돌아온 추적에 따르면 차 안에 머문 시간은 2시간 정도인데도 그 냄새는 홍어를 먹을 때보다 더 심하게 느껴졌다.

그날따라 비가 와서 습한 공기로 차안이 밀폐된 상태라 악취가 전혀 가시지 않은 것일까. 어쩌면 악취의 세균들이 차 안에서 악성으로 변질되어 냄새가 더욱 지독해졌는지 모른다.

외출을 포기하고 차 문을 활짝 열었다. 따스한 햇살과 시원스럽게 부는 바람이 합세해 아침부터 저녁 해질 무렵까지 차 안의 악취를 쉼 없이 몰아냈으나 그 악착스런 악취의 기세를 완전히 제압하지 못했다.

농촌에서 농사를 지으며 거름이며 가축분뇨 등 이런저런 악취에 익숙해진 나지만 며칠이 지나서도 가시지 않은 차 안의 홍어냄새에 비위마저 상했다. 그러니 나와 S가 홍어를 실컷 먹고 하룻밤 묵은 그녀의 숙소는 얼마나 악취로 진동할까. 생각만 해도 그녀에게 미안한 마음이 들었다.

남자보다 생리적으로 냄새에 민감하다는 여자가 고리타분한 홍어 냄새를 집안에서 며칠간이나 맡는다는 것은 참으로 괴로운 일이다. 나는 그녀에게 '집 안에 홍어냄새를 남기고 와서 미안합니다.'라는 메시지를 보냈다. '저는 홍어냄새가 싫지 않아요. 제 후각에 문제 있나 보죠?'라는 그녀의 대수롭지 않다는, 의외의 답을 받았다.

그녀의 말대로 그녀의 후각에 문제가 있는 걸까. 아니면 나의 후 각에 문제가 있는 걸까. 일순 헷갈렸다가 '아! 그렇지!'하고 나름의 결론을 내렸다. 그녀나 나나 후각은 정상이다. 다만 살고 있는 환경 이 다른 것이다.

내가 살고 있는 산골은 자연 그대로의 신선한 공기 덕분으로 길 섶의 풀 향기도 느낄 수 있는데, 그녀가 살고 있는 도시는 온갖 인공 구조물의 공해로 공기가 혼탁하여 길섶의 풀 향기는커녕 악취 같은 홍어 냄새에도 둔하다는 사실을 알게 된 것이다.

아무튼 그녀의 더없는 배려의 마음에 정겹고 고맙기 그지없다. 우리는 홍어의 진득한 맛과 냄새로 더욱 숙성된 관계가 된 것이다.

청일점

청일점靑一點이란 말은 그 시초가 확실치 않은 것 같다. 홍일점紅一點과 대비되는 말로 쓰여 온 것이라고 한다. 그렇다면 홍일점은 어디서 유래한 것일까. 옛날 중국 송나라의 문장가이자 학자로 이름을 날린 왕안석王安石의 석류시石瑠詩 한 구절에 이러한 문장이 있다.

만록총중홍일점萬綠叢中紅一点

동인춘색불수다動人春色不須多

온통 푸른 잎 속에 핀 붉은 꽃 한 송이,

사람의 마음을 들뜨게 하는 봄 색깔은 굳이 많은 것을 필요로 하지 않는다.

즉, 여럿 가운데서 오직 하나가 이채를 띠는 것을 말하는데 붉은 치마처럼 홍紅이 여성을 연상시킨다 해서 지금의 뜻이 생겼다고 한다.

홍일점과 청일점은 이채를 띠는 존재가 여자이냐 남자이냐 라는 대비 상황은 같지만 그 실속은 현저한 차이가 있다고 한다. 남자들 여럿에 홀로 놓인 홍일점은 화사하게 빛난다. 평소보다 애교는 두 배로 늘고, 눈웃음과 콧소리는 극에 달한다.

그러니 그 자리는 항시 즐겁기 마련이다. 그러나 청일점은 어떨까. 평소 유머 감각과 말발이 센 남자라 해도 그 자리는 어색하기 짝이 없다. 여자들의 세심한 관심 공세, 까르르 넘어가는 웃음소리, 엄청난 소음의 수다를 견뎌낼 배짱이 부족하단다.

나는 우리 글쓰기 공부모임에서 지금까지 6년째 용케도 청일점으로 잘 지내온 것 같다. 어찌 보면 남다른 인연이 있는 것 같다. 광화문에서도 그렇고 인사동에서도 그렇고 직장에서 한 발짝 물러나 글쓰기로 마음을 달래고 있을 때, 그 모임터가 가까이 있어서 깊은 산속의 옹담샘처럼 정겹게 이끌리게 되었다.

나의 글은 신변잡기 일색이어서 문학적인 가치로 보면 빈약하기 짝이 없다. 어떤 글은 나 자신의 치부를 몽땅 들어내 놓는 것 같아 부끄럽기도 하다. 하지만 나는 이런 글들을 쓰는 게 마음이 편하고 잘 써진다. 직접 피부로 느끼고 경험하여 그 무언가 자극을 받으면 펜을 잡고 싶어진다.

쓰고 싶은 글을 쓰고 싶을 때 쓰는 마음의 여유, 그 자체만으로도 흐뭇하다. 나는 글을 잘 써서 훌륭한 수필가가 되려는 꿈은 없다. 다만 나의 글쓰기가 한적한 길섶의 들국화처럼 끈기 있고 은은하게 피어나가기를 바란다.

얼마 전 건강을 다지고 취미의 안목을 넓히기 위해 내가 살고 있는 일산의 문화센터에 교육을 신청한 적이 있다. 웰빙요가와 노래교실에 관심이 있었다. 웰빙요가는 다른 사람보다 몸이 굳어 있어서 몸을 유연하게 만들고 싶어서이고, 노래교실은 노래방에 갈 때마다 레퍼토리가 옛날 케케묵은 것이어서 신선해지고 싶어서였다. 그러한 나의 희망에도 불구하고 교육담당자는 애초부터 접수를 꺼려했다.

"남자는 교육을 끝까지 마친 사람이 없답니다. 수강료가 아깝지 않습니까?" 하는 담당자의 말에 오기가 돋아, "나는 달라요!" 하고 등록하고 싶었지만 선뜻 내키지 않았다. 요즘 같은 불경기에 백수가 일금 기 만원을 날리기라도 하면 큰 일 아닌가. 지레 섬뜩한 생각마저 들었다.

청일점은 글쓰기 공부모임 하나로 족해야 했다. 그러나 이러한 나의 마음도 최근에 변했다. 모처럼 아내와 단둘이 노래방에 들려 몇 곡조 뽑았더니 한갓 케케묵은 구닥다리라고 아내로부터 푸대접을 받았다. 불현듯 수필모임의 여사님들이 떠올랐다. 6년째 그 얼굴 그 모습인 청일점, 나를 대하는 여사님들이 얼마나 따분하겠는가.

나는 하루 속히 청일점에서 벗어나고 싶다. 이참에 나의 친구 L을 잔뜩 꼬드겨서라도 우리 글쓰기 모임에 발을 딛게 하련다. 여사님들도 필시 좋아할 것이다.

눈물

나는 눈물에 참 약한 것 같다. 눈물은 주로 슬플 때 흘린다고 한다. 나는 슬플 때는 물론 처량할 때도, 기쁘거나 누군가 선하고 자랑스러운 일을 할 때도 눈물이 곧잘 나온다. 남은 멀쩡한데 나만의 이런 눈물이 쑥스럽지만 나도 모르게 흐르는 눈물을 어찌하랴.

내가 가장 슬펐던 건 어머니를 잃었을 때였다. 내가 대학을 막 나와 강원도 최전방 군복무 중에 어머니가 갑작스런 병환으로 45세에 돌아가셨다. 가난살이에 남의 식당 일을 도우며 나를 대학까지 보내느라 손발이 터지도록 고생만 하신 어머니셨다.

쌀밥에 소고기 한 번 못 대접하고 서울 구경 한 번 못 시켜드린 비통함에 6개월 동안 거의 매일 울었다. 하루 중 아침 식사 때는 왜 그리 슬픔이 엄습하는 지 도저히 참을 수가 없었다.

내 스스로의 일로 지금까지 기분이 가장 좋았던 건 공직에서 일본 국비유학시험 합격이었다. 1984년도에 전산별정직 5급으로 총무처 근무 중에 일반직 5급 고시출신들이나 가능했던 유학길에 오르게 된 게 어찌나 기뻤던지 아내와 두 딸을 얼싸안고 감격의 눈물을 흘렸다.

1974년도 학사장교ROTC로 군복무를 마치고 당시 총무처 정부전

산소에서 프로그래머라는 신규 별정직에 입사했다. 공무원 직군은 일반직, 별정직, 기능직, 고용직 등으로 분류되었고 일반직이 정부 조직의 각 부서를 좌지우지했다. 그나마 별정직은 공무원 연금혜택도 있고 일반직과 같은 대우를 받았지만 고용직은 연금도 없고 공직사회의 머슴처럼 천대를 받았다.

거만한 일반직 상사는 우리 별정직까지도 자기네 머슴으로 알고 함부로 대했다. 자존심이 강했던 나로서는 이에 대한 거부감에 그들과 심히 다투기도 했지만 그만큼 열등감에 빠지기도 했다.

이런 내가 유학길에 오르게 된 건 공무원 유학을 관리하는 총무처 인사국 업무의 전산개발 유공자로 대통령 표창을 받고 우수공무원으로 인정받은 덕이다.

당시 유학 면접시험에서 한 대학교수 면접위원이 나를 대 놓고 '별정직이네'하고 의아하게 여기자, 인사국장이 '별정직이지만 일반직 못지않은 우수공무원입니다'하고 나를 지원한 자상한 모습이 지금도 눈에 선하다.

내가 남의 일로 기뻐서 눈물을 흘린 건 2010년 2월 26일이다. 오후 1시경 서울 교대역 인근 이름난 설렁탕 식당에서 점심 식사를 했다. 손님들이 캐나다 밴쿠버에서 열리고 있는 동계올림픽 피겨스케이팅 선수로 출전한 김연아의 연기를 보면서 식사 중에 박수를 치고 난리였다. 나도 덩달아 설렁탕 먹는 것도 잊고 응원했고 김연아가 역사상 유례없는 세계신기록을 세우며 금메달을 차지할 때 감격의 눈물이 났다.

나는 일상에서 TV를 보면서도 가끔 눈물을 흘린다. 언젠가 어느 섬인가에서 주인이 버리고 간 개(발발이)가 차들이 지나가는 도로변에서 몇 달째 주인을 기다리는 모습, 그 처량함, 그 순진함에 그만 눈물이 났다. 무정한 주인이 언젠가는 찾으러 올 거라고 믿고 버려진 그곳을 하염없이 지키고 있다. 이런 걸 두고 짐승이 사람보다 인정머리가 있다는 비유가 생긴 지도 모른다.

또 언젠가는 어린 여자 아이가 두 남동생의 보호자 역할을 하며 초라한 반 지하 단칸방에서 연탄불을 가는 모습이 안쓰럽기도 하지만 그 어린 가장의 착하고 늠름한 모습이 나의 눈시울을 뜨겁게 적시었다.

최근에 서울 지인 3명을 충북 괴산 나의 농촌 집에 초대했다. 서울에서 분기별로 바둑모임을 갖다가 코로나로 중단한 지 3년 만이다. 4명이서 밤새도록 돌아가며 바둑을 두었다. 난생처음 4명이서 연달아 11판을 둔 것이다.

그중 지인 한 명은 폐암 말기 환자로 공기 좋은 우리 농촌 집에 오는 걸 좋아했다. 그런 그가 담배를 연신 피우는 모습이 어찌나 나의 마음을 아프게 하는지, '폐암환자가 죽으려고 환장했나!'라는 얄미움이 입에서 막 나오려는데 그가 한때 나의 직장 상사였기에 참느라 애쓴 게 눈물로 변한 것이다.

폐암으로 유명을 달리한 원로 코미디언 이주일 씨가 "일주일 전에 담배를 끊었어도!"라는 말이 새삼 떠오른다. 환자에게 독약과 같은 담배를 피우고 있는 그가 이주일 씨처럼 뒤늦게 후회하지 않기를 바란다.

나의 이런 눈물은 나이 들어 갈수록 더 많이 더 자주 나오고 있다. 선천적으로 남달리 감성이 풍부해서 그런다면 별일 아니겠지만 늘그막에 기가 빠져 저세상으로 가는 날이 가까워진 생리현상이라면 참으로 슬픈 일이다. 허나 아직은 내가 살아 있음의 한 증표이니 그저 고마워해야 할 것 같다.

동반 신분상승

　　2023년 여름은 홍수와 무더위가 기승을 부렸다. 나는 반바지를 입고 괴산 읍내 나들이를 했다. 반바지는 홍수에도 무더위에도 참 좋은 장점을 지닌다. 비가 많이 올 때는 바지 끝이 안 젖어 좋고 무더위일 때는 바지 끝으로 들어오는 살랑바람에 땀방울이 하나라도 덜 맺힌다.

　　나는 본디 반바지 체질이 아니다. 아무리 더위가 극성을 부려도 외출할 때는 긴 바지를 입고 나선다. 오랜 선입관인지 모르지만 반바지는 상대방에게 예의가 없는 것 같고 무언가 허전하다. 더구나 탄탄한 젊은 시절의 장딴지도 못 내밀었는데 7학년 7반의 해거름에 왜소한 장딴지를 남에게 보인다는 게 면구스럽기도 하다.

　　그럼에도 내가 반바지를 입게 된 동기는 순전히 Y군수의 영향이다. 나는 충북 괴산에 정착한 2011년 여름, 반바지 차림의 그를 처음 보았다. 당시 그는 괴산 군수시절이었고 휴일에 지인들과 가족 동반으로 점심 식사를 하러 온 식당에서였다.

　　예전엔 그가 서울 정부청사 행정자치부 윤리담당관으로 재직 중, 업무 차 잠시 만난 게 전부였다. 총무처와 내무부가 통합된 조직인지라 내무부 인사인줄 알았고 외관상 별 말도 없고 순박해 보였다.

　　내가 괴산에 정착해서야 그가 괴산군수라는 걸 실감하게 되었고,

그의 괴산지역 발전 노력에 찬사를 보내게 되었다. 그는 괴산 댐 주변에 소나무 숲과 어우러진 '산막이옛길'이라는 올레길을 조성, 괴산이 산 좋고 물 맑은 청정 지역임을 전국적으로 이름을 날리게 했다. 중원대학이며 학생군사학교며, 괴산호국원 등을 유치해 열악한 농촌지역의 인구증가와 경제 활성화에도 크게 기여했다.

그는 괴산군민으로부터 친화적인 인품과 적극적인 군정공적을 인정받아 3선을 했고 전국 시군구 자치단체협회 의장의 명예까지 받고 은퇴했다. 그와 다시 사적으로 만나게 된 건 2022년 9월초 괴산바둑회관에서였다. 바둑모임이 있어 참석했더니 그도 참석한 것이다.

알고 보니 바둑 실력이 나보다 한 수 위였고 바둑을 즐겼다. 그 뒤 그와 단둘이 만나 바둑을 두기 시작했고 나이가 같아 친구처럼 지내게 되었다. 그가 "언제 수담 나누겠습니까?"하고 메시지를 보내어 처음 어리둥절했으나 바둑을 두자는 걸로 인지하고는 참 멋진 제안으로 여기며 더욱 가까워졌다.

일주일에 한 번 정도 기원이 여는 10시부터 수담을 나누고 점심을 먹고 오후까지 7판 가까이 승부를 가른다. 컨디션이 좋은 날은 내가 이기는 날도 있지만 대게는 그의 승률이 좋다. 군수시절의 정열이 아직도 남아 있는지 바둑판을 노려다보는 눈빛이나 바둑알을 놓는 손끝 놀림도 강렬하다. 게다가 반바지를 입어서 그런지 나보다 훨씬 젊고 박력이 있어 보인다.

7월 중순쯤 찜통더위, 이곳 농촌지역에서 35도를 오르내릴 때 나도 그처럼 반바지를 입고 외출하고 싶었다. 집 안에서 입은 반바지가 너무 오래되어 빛이 바랬고 초라해 보였다. 마침 서울의 한 친구가 집에 와서 반바지로 갈아입다가 배통이 작아서 못 입겠다며 나더러 입어보라 하여 입었더니 딱 맞고 마음에 들었다. 하얀색으로 고급스러웠고 친구가 여름 골프복으로 입기도 했단다.

　이후 수담 날은 나도 과감하게 반바지 차림으로 그와 마주했다. 그는 전혀 나의 반바지 차림을 인지하지 못했다. 나는 그의 반바지 차림을 처음 만나는 순간에 인지했는데 그는 아예 나의 복장에는 눈길 하나 안 주고 오직 수담에 집중했다. 그런 그는 대장부답고 남의 복장이나 인상에 신경 쓰는 나는 졸장부 같이 느껴졌다.

　점심시간이 되어 우리는 반바지 차림으로 기원 인근의 식당에서 식사를 하고 계산을 하려는데 식당 주인이 "오랜만에 군수님을 뵙는다."며 식사비를 받지 않았다. 그런 주인이 고마워서 수담하는 날의 점심 단골식당이 되었다.

　나는 그 식당의 된장찌개를 좋아한다. 그저 맑은 물에 된장만 들어간 국도 잘 먹는데 두부와 어린 호박을 숭숭 썰어 넣어 잘 익힌 그 맛, 어찌나 진국이던지 숟가락과 젓가락이 분주히 움직였다. 여느 때와 달리 그보다 식사를 빨리 마쳤다. 음식도 맛이 있었지만 나의 반바지 차림의 색다른 기운도 살짝 발동한 것 같다.

　괴산에 살면서 그와 함께 수담을 나누는 날은 그와 동반 신분상승을 느낀다. 기원에서는 음료수며 옥수수며 고구마며 이런 저런 간식도 대접받고, 식당에서는 식당주인들이며 손님들이 그를 알아 보고 음식 값을 대신 내주기도 했다. 길거리에서도 그에게 정중히 인사하는 사람들이 많으니 말이다.

사실 그를 만나기 전에는 괴산 읍내 나들이도 별로 없었고 산골 농촌에서 그저 나 홀로 소일했다. 간간히 300여 평의 밭에 옥수수, 참깨, 들깨 등 곡식을 심고 가꾸는 일이며 마당의 잔디나 길가 주변 의 풀 깎기를 해왔다.

이런 나로서는 그와 바둑을 두는 날이 기다려지고 바둑을 두는 게 낙이 되었다. 식사하며 이따금 나누는 정치권 이야기도 중도성 향이라 공감하는 부분이 많다. 이제 젊은 시절에 쑥스러워 외면했 던 반바지도 거뜬히 입게 되었다.

인생 해거름에 그것도 외로운 타향에서 공직동료 Y군수를 만난 게 행운이다. 오늘도 수담으로 정겹고 즐거운 하루를 보냈다. 이 좋 은 만남이 오래오래 지속되기 바란다.

무너진 우정탑

1.

"야, 서울 갔다 왔다. 내일이나 모레 오전 10시 30분쯤 금강건재에서 만나, 니 차로 루바하고 개집 좀 실어 오자" 내 말이 떨어지기 무섭게 "야, 사과나무를 심었는데 전정도 해야 하고 지지대도 세워주어야 하고 바쁘다" H가 거세게 엇박자를 놓았다. "그래, 그러면 됐다" 나도 거세게 포기 선언을 했다.

내가 서울에 진료를 받으러 가기 전 만나자고 했더니 사과나무를 심느라 바쁘다고 하여 서울에 갔다 와서 만나자고 하고는 또 미룬 거다. 아니 미룬 게 아니라 바쁘다는 핑계로 H가 나를 기피하는 것이 분명하다. 내가 이번만 H에게 냉대 당한 게 아니다. 몇 차례나 된다. 사실 진즉 H와 단절하려 했으나 그놈의 우정 때문에 참고 또 참아왔다. 이제 결말을 내야 한다.

H는 나의 반백년지기 직장 친구다. 나는 군 복무를 마치고 1974년 9월에 서울정부종합청사에 있는 총무처 정부전자계산소GCC에 입사했다. 이곳은 정부기관의 행정업무를 컴퓨터로 처리해주는 정부혁신의 신생기관이었다.

당시 이곳에는 컴퓨터 프로그래머가 40여 명 있었다. 나와 H 등

입사 동기 12명이 충원된 것이다. 동기 중 나만 제외하고 서울에 있는 일류대학, 서울대 출신만 5명이었다. 지방대학생으로는 유일하게 내가 들어간 것은 참으로 행운, 아니 기적이었다.

나는 군 제대 후 여기저기 취직시험을 보았다. 대기업과 공무원 시험을 보았는데 떨어졌다. 세 번째로 시험을 본 GCC의 프로그래머(프로그램을 작성하는 사람, 컴퓨터에 명령을 지시하는 사람) 공모에서 특히 '명령'이란 단어가 장교출신인 나에게 매력으로 떠올라 지원했던 것이다. 입시로 영어, 수학에 적성검사까지 치렀는데 어느 시험보다 더 어려웠다.

내가 자신 있어한 영어는 반타작은 했고 수학과 적성검사는 첫 문제부터 어려워 시험시간 내에 3분의 1도 풀지 못했다. 모두 4지선다형인지라 자신 없는 답안은 무조건 내가 좋아하는 숫자 3으로 정신없이 다 채워 넣었다. 그러고도 합격을 바란다는 것은 염치없고 부끄러운 일이다.

공중에 고무풍선 띄워 올려 보내듯 거뜬히 포기하고 다른 취직자리를 준비하고 있는데 1차 시험 합격통지서를 받았다. 그러니 나로서는 행운, 아니 기적 같은 일이 벌어진 것이다. 나중에 알고 보니 문제 중에 3번 정답이 많아서 요행히 합격하게 된 거였다.

나는 당시 군 복무 중에 어머님이 병환으로 돌아가셔서 오갈 데 없는 신세가 되었고 가진 것이라고는 오직 몸 하나로 처가살이를 하는 신세였다. '겉보리 서 말만 있어도 처가살이는 안 한다.'고 한다는 데 나는 그럴 처지도 못 되었다. 하루라도 빨리 취직하여 이 비참한 고비를 넘겨야 했다.

오로지 취직에 목숨을 건지라 일찌감치 자포자기한 시험에 합격
했다니 나는 뛸 듯이 기뻤다. 2차 면접시험이야 자신이 있었다. 당
시 군대 출신을 선호한데다 나는 더구나 학사장교ROTC였다.

생각대로 무사히 최종합격이 되어 3개월의 신임 교육을 받게 되
었다. 교육을 받는 첫날 나는 비로소 '프로그래머'가 내가 생각하는
직업이 아님을 알았다. 당시 컴퓨터라는 듣지도 보지도 못한 기계
에 대한 전문교육이었고 순 영어로 된 생소하고도 어려운 용어들이
쏟아져 나왔다.

나의 귀와 머리가 워낙 버거워해 도저히 이해도 안 되고 온몸이
뻑적지근하고 심장이 벌렁거려 견딜 수가 없었다. 명령이란 단어를
스케일이 큰 군대식 지시나 명령문인줄 알았던 나는 크게 실망했
다. 컴퓨터라는 기계에게 지시하는 기계언어로 점 하나, 숫자 하나
까지 세세하게 집중해야 하는 그야말로 초정밀 일로 나의 적성에는
전혀 맞지 않았다.

나와 달리 다른 동기들은 흥미롭게 강의를 잘 들었다. 서울 일류
대학의 실력자들로 컴퓨터에 대한 사전 지식까지 습득해온 거였다.
나는 컴퓨터 컴자도 모르는 완전 백지상태였으니 그들과 하늘과 땅
차이였다.

3개월의 교육을 마치고 시험을 보았는데 내가 꼴등이었다. 실력
없이 온전히 기적 같은 요행이라 불을 보듯 훤한 결과이고 나는 당

연히 퇴사 당할 줄 알았는데 살아남았다. 이것 역시 나에게 요행이 따랐다. 마침 교육이 끝나기 무섭게 동기생 2명이 삼성과 현대라는 최고 일류기업의 프로그래머로 스카우트 되어가 어쩔 수 없이 나를 남긴 거였다.

나는 본업에 들어가서도 영 적응을 못 했다. 나에게 프로그램 개발 업무가 처음 배당되었는데 산림청의 수목표본 작성이었다. 그러니까 우리나라 산에서 자라는 소나무, 잣나무, 밤나무 등의 직경, 크기, 수형, 수명, 사용처 등 20여 항목에 대한 목록을 작성하는 초보적인 일임에도 내 실력으로는 도저히 감당할 수 없었다.

하는 수없이 서울대 출신인 H에게 도와 달라고 간절히 부탁했다. H는 '프로그램을 작성할 때는 마치 자전거를 타는 것처럼 기분이 좋다'고 흥얼거리며 신나했다. 나는 H가 숙직하는 날 사무실에서 함께 밤을 지새며 도움을 받았다.

아니, 도움을 받은 게 아니라 H가 거의 다 끝내주었다. H는 컴퓨터와 대화를 하듯 영어로 명령문을 작성하는 데 불과 1시간도 안 걸렸다. 다 작성해 놓고 나에게 명령문 하나하나 유치원생 한글 가르치듯 설명해주는데 그제야 간신히 이해가 되었고 프로그램을 작성하는 감을 잡은 것이다. 이 일로 H와 나는 너냐 나냐 하는 터수가 되었다.

2.

H는 바둑도 나보다 두 수 위였다. 당시 토요일은 오전 근무였다. 오후 내내 술내기 바둑을 두고는 밤늦게까지 술을 마시곤 했다. H는 고스톱도 잘 쳤고 무엇이든 나보다 월등한 머리를 가졌다. 아이큐가 145라는데 120정도라는 내가 상대하기는 역부족이었다.

H는 입사 1년도 안 되어 전문 프로그래머로 업계에 알려져 여러 곳에서 스카우트 제의가 있었다. 무조건 보수가 많은 곳을 택했고 국내는 삼미, 현대, 삼성에서 해외는 일본, 싱가포르, 말레이시아에서 일하기도 했다.

당시 공무원 봉급은 형편없었다. 나보다 3배나 더 받는 H가 고급 술집에서 술을 샀다. 서울 종로 2가, 우리나라에서 제일 높은 3·1빌딩 인근의 술집에서 박정희 대통령이 즐겨 마신다는 양주 시바스리갈을 젊고 예쁜 여자가 애교부리며 따라 줄 때는 정말이지 H가 한없이 부러웠다.

1980년대 중반 무렵 내가 30대 후반에 일본 이바라키 대학 유학 중에는 H가 일본 동경에서 1년간 근무했는데 매주 토요일마다 3시간이나 기차를 타고 나의 집까지 찾아왔다.

테니스장에서 테니스를 치고 바둑을 두고 술을 마시고 일요일 오후에 떠났다. 아내와 국민학교 2, 4학년 두 딸과 조그마한 방 두 개의 허술한 판자 임대주택에서 불편하게 지내고 있음에도 나와 우리 식구들은 H를 반겼다.

외국에서의 외로움도 느꼈지만 H가 올 때마다 내가 좋아하는 양주며 애들이 좋아하는 과자를 푸짐하게 사들고 왔다. 동경의 좋은 호텔에 묵으며 편히 휴일을 보낼 수 있지만 이국의 외로움을 달래기 위해 H도 기꺼이 친구가 있는 먼 길을 찾아 온 거다.

먹고살기에 힘겨웠던 나는 H처럼 봉급도 월등하고 후생복지도 잘 챙겨주는 일류회사로 가고 싶었으나 그럴만한 실력도 없었다. 누군가의 뒷배로 뒷문으로 입장할 처지도 못 된 참으로 초라한 신세였다.

H는 30대 초반부터 일류 회사에서 부장 직함을 달았다. 한 달에 서너 번은 고객접대용 골프를 쳤고 병원비가 무료였다니 이 얼마나 좋은 직장을 가진 건가. 골프로 치면 내가 골프를 배운 60대 초반보다 30년이나 앞섰으니 그야말로 잘나간 친구였다.

3.

이처럼 잘나간 H가 50대 중반쯤에 일찍 직장을 접었다. 미인일수록 박명이듯 머리꾼일수록 일찍 직장을 그만두는 것 같다. 워낙 마리가 좋은데다 성격도 자기 위주여서 회사의 상관들과 크게 한판 다투고는 그만두는 거다. 그렇게 8번을 직장을 옮겨 다니다 결국은 직장을 완전 그만두었다.

보수가 적은 공직에 한번 들어가 찰거머리처럼 딱 붙어있는 나와는 극과 극이다. 빈곤한 모습으로 나는 H보다 10년 더 직장을 가졌다. 이런 H를 우리 동기들은 한곳에 오래 못 있고 떠돌아다니는 '역마살 인생'이라 했고 H 자신도 그리 생각했다.

H의 가정사는 그리 순탄치 못했다. 아내가 결혼 전부터 폐병을 앓았는데 그걸 감추고 결혼을 했다. 아이들도 폐병에 걸려 H가 그 사실을 알고 한동안 별거 했다. 다행히 아이들이 완쾌되고 아내도 폐 수술로 나아졌다.

H는 서울 강남에서 나는 경기도 일산에서 오래 살았는데 H는 내가 살던 일산까지 자주 놀러왔다. 그러니까 1994년쯤이라 기억한다. 경기도 일산 한 점술원에서 나와 H가 점을 본 적이 있는데 'H는 초창기에 잘나가다 말년에는 고생할 팔자'며, 나는 초창기에는 고생하다 말년에는 잘될 팔자'라며 정 반대로 나왔다.

미신을 믿진 않지만 우리 둘만을 놓고 보면 맞는 것 같다. 60대 이후부터 H는 기초생활 대상자로 국가로부터 보조금을 받고 나는 공무원 연금 수혜자로 제외 되었으니 말이다. 나는 용돈으로 골프를 치는 등 월 평균 100만 원을 쓰는데 H는 골프도 접고 월 30만 원쯤의 용돈이니 H가 잘나가던 젊은 시절과 정반대현상이다.

H의 아내는 나이 들수록 폐기능이 약해져가니 자연 호흡량이 떨어져 걷는데도 힘들어해 좋은 공기를 마셔야 했다. 그래서 청정지역인 충청북도의 속리산 인근의 농가를 빌려 아내와 같이 살게 되

었다. 그만큼 H가 아내를 생각한다고 여기겠지만 꼭 그렇지만은
않다.

H는 젊은 시절부터 워낙 떠돌이 생활을 해서 전기밥솥에 밥 한
끼도 해먹을 줄 모른다. 밥상 차리는 일만은 아내의 전매특허인 것
이다. 밥을 먹지 않고는 살 방법이 없어 울며 겨자 먹기로 부인과
함께하는 것이다.

그러다 H는 청정 지역으로 이름 난 충북 괴산의 한 농촌마을에
오두막 집이 딸린 800여 평의 땅을 사서 농사를 지으며 지금까지 15
년째 살고 있다. 서울의 집을 5억 원에 처분하여 농촌생활에 2억 원
을 투자하고 나머지 3억 원은 은행에 예금하여 생활비로 쓴다.

H와 바둑을 두고 뒤풀이로 술 한 잔 마시며 시간을 보내는 노년
의 삶에서 H와의 만남은 더 자주 진득하게 이루어졌다. 나는 H가
속리산에서 살 때도 만났지만 충북 괴산에 살 때는 서울에서 지방
나들이 할 때면 꼭 H의 집에 들려 하룻밤 자며 함께 시간을 보냈다.

나도 퇴직 후 3년 후인 2011년 5월에 H와 가까운 충북 괴산의 한
산골 마을에 정착하게 되었다. 원래 농촌 출신으로 도시보다 공기
좋고 한가로운 농촌이 정서에 맞아서다. 도시에서 할 일 없이 지인
들과 어울려 등산 가고, 바둑 두고, 술 마시는 등 퇴직 후 3년간을
놀고먹었지만 갈수록 지루하고 삶이 무의미해져 갔다.

농촌에서 풀 한 포기 뽑고 돌멩이 하나 주어내도 농작물이 고맙
다고 잘 크고 그 답례로 푸짐한 먹거리를 안겨준다. 그러니 이런 농

사일이야말로 얼마나 신선하고 공정한가. 이 세상에 농사일처럼 순응하며 그 보답을 잘하는 게 또 어디 있을까.

게다가 50년 지기 친구가 이곳 가까이 있으니 얼마나 좋은가. 일주일에 한 번씩은 만나 바둑을 두고 술 마시며 우정을 다지고 헤어지는 게 H와 나는 노년의 낙으로 여겼다.

어디 그뿐인가. 각자 나름의 농사를 지으면서 바쁠 때는 서로 도왔다. 나는 그저 콩, 참깨, 들깨 따위의 신토불이 농산물로 자급자족하는 아마추어 농사일인데 H는 농사로 수입을 올려야 생활이 가능한 프로 농사일이었다. H는 초기에 괴산지역의 특산품인 옥수수와 배추를 주 생산물로 해서 어느 정도 수입을 올렸다.

그러다 일거리가 많아지고 수입도 그리 나아지지 않자 그 무렵 건강식품으로 떠오른 아로니아에 빠져들었다. 1천여 주를 300여 만 원에 사서 심고 3년 만에 딱 한번 수확하여 2백만 원 정도 수입을 올렸다. 그 뒤 워낙 생산량이 많아 그냥 따 가라고 해도 누구 한 사람 덤벼들지 않은 똥값이 되자 다 뽑아내는 생고생도 했다.

4.

최근에는 사과나무를 심어 한 몫 하겠다고 덤벼들었고 그 일로 바쁘다며 나와 만남을 고의로 회피하고 있는데 H의 본심은 불을 보듯 훤하다. 2022년 3월의 대선에서 H가 무조건 확실하게 지지했던 J가 패배해서 실의의 구렁텅이에 빠져 헤어져 나오지 못한 것이다.

H는 젊은 시절부터 진보 골수파였다. 1990년대 중반쯤이라 기억한다. 어느 해인가, H가 내가 살고 있는 경기도 일산으로 이사를 오겠다고 했다. 나는 일산이 신도시라 쾌적하고 나와 함께 가까이서 바둑도 두고 테니스도 치는 등 친구 따라 이사하는 줄 알고 어찌나 고마운지 "야, 잘 생각했다. 고맙다!"고 대환영의 말을 꺼냈더니 "아니야, 내가 좋아하고 지지하는 S가 일산에서 국회의원에 출마한다기에 한 표 찍어줄려고" 하지 않은가.

참 기가 막혔다. 어디 그뿐인가. 우리 입사 동기들의 모임에서 H가 먼저 정치이야기를 꺼내는데 보수 쪽의 대통령은 완전 나쁜 쪽으로 진보 쪽의 대통령은 완전 좋은 쪽으로 편 가름하는 것이다. 그 지나침이 도를 넘어 나와 동기들로부터 무색도 당하고 욕도 얻어먹었지만 그 외골수 성격은 지금까지도 전혀 변하지 않았다. 아니 오히려 더 심해갔다.

2010년 서울시장 선거 때였다. 각종 여론 조사에서 보수당이 유리한 편인데도 끝까지 진보당이 이긴다고 장담하고 나대어 내가 내기하지고 제안하니, H가 통도 크게 50만 원을 걸었다. 동기들이 증인까지 섰고 결국 내가 이겨 H의 한 달 용돈보다 많은 50만 원이 나의 계좌에 입금 되었다. 50만 원을 동기들과 술 마시며 다 써버리려다 하도 안타까워 30만 원은 H에게 되돌려 주었다.

조국사건으로 온 나라가 떠들썩할 때 충북 괴산에서 서울 서초동까지 버스를 타고 가 조국을 응원한 실로 조국수호자다. 천안함도 북한의 폭침이 아니요, 박근혜 대통령도 프로그램 조작으로 당선되었다는 등 인터넷 유언비어를 지금까지도 시원스럽게 털어내지 못하고 있다. 이번 대선에서 패한 것도 민주당과 J의 탓이 아니라 우리 국민이 멍청해서라니 이 얼마나 어처구니없는 괴변인가.

최근의 일이다. 내가 괴산에서 한때 단골로 다니는 이발관에서 내 차례를 기다리며 TV를 켰더니 이발사가 이발을 하다 말고 다가와 "보수 편인 TV조선을 왜 봐요"하고 신경질을 내며 TV를 꺼버린 게 아닌가. 정말이지 어이가 없고 황당했다. 나는 두말없이 그냥 나왔고 다른 이발관에서 이발을 하며 그 이야기를 했더니 진보골수로 소문이 난 자였다.

며칠 뒤 H를 만나 진보골수 이발사 이야기를 했더니 "그래, 거기서 이발 해야지"하고 반색하는 게 아닌가. 알아보나 마나 그 둘은 지금쯤 진보골수파 한통속으로 오직 그들만의 편파적 사고에 매몰되어 있을 터다.

H는 나와 같은 50년 지기 평범한 친구보다 자기와 같은 진보골수파들을 만나면 하루 이틀 사이에 형님, 동생하고 금방 친해진다. 내가 알기로도 이번 이발사까지 4명이다. 그들과의 약속은 나와 약속보다 더 잘 지키고, 그들과의 만남은 나와 만남보다 더 즐겁고 기쁜 것이다.

5.

나는 홀로 서기에 나섰다. 그동안 H에게 부담을 주었고 나에게는 고마웠던 부피가 큰 물건 나르기를 H의 트럭 도움 없이도 해내야 한다. 다행히도 바로 이웃집에 소형 트럭이 있다. 내가 소지한 2종 자동차 면허도 가능하단다.

H와 과감하게 단절할 결심으로 나는 윗집 트럭 운전대를 잡았다. 시동을 걸었다. 천천히 액셀을 밟고 출발했다. 읍내까지 가는 길 8킬로를 수십 번 천천히 액셀과 브레이크 기어를 번갈아 밟으며 처음 몰아본 트럭과 친해지려 애썼다.

마침내 내가 단골로 정한 금강건재에 도착했다. 개집과 루바 2단을 차에 싣고 나의 집에 무사히 도착했다. 불과 1시간 동안에 내가 원한 일을 해 낸 것이다. 소소한 전화위복轉禍爲福이다.

지난해부터 키운 어른 개 '마루' 가까이 개집을 안착시키고, 며칠 전에 입양한 새끼 개 '누리'를 살게 했다. 마루와 누리가 서로 좋아라 꼬리치며 잘 논다. 기분이 참 개운하다. 50년 지기 우정탑이 왕창 무너져 산산조각이 났는데도 말이다.

제2부

배려에서
고마움을 느끼다

치매예방 전도사

"아저씨, 어디가세요" 마을 입구에서 걸어오는 K씨를 보고 차창 너머로 말을 걸었다. 8년 전, 내가 이 마을에 처음 둥지를 틀었을 때는 K씨를 '어르신'이라 불렀다. 어느덧 내 나이 70에 이르러 어르신 축에 끼다 보니, 그 호칭이 왠지 어색해 지금은 아저씨로 부른다.

"응, 감기가 들어서 보건소에". 면소재지의 보건소에 가려면 한 시간 간격으로 다니는 마을버스를 이용해야 하는데, 30여 분을 기다려야 한다. 추수가 끝난 늦가을의 텅 빈 농촌 들판에는 한기마저 감돌았다. 볼일이 있어 읍내에 나갔다가 마을 위쪽 언덕바지에 자리 잡은 나의 농막으로 돌아오던 나는 곧바로 차를 돌려 K씨를 태우고 8킬로쯤 떨어져있는 보건소로 향했다.

나는 일주일에 두 번 정도 인근 면이나 읍 소재지로 나들이 한다. 그때마다 마을에서 걸어 나가거나 마을 앞 버스 정류장에서 기다리는 마을 사람들을 태워다 준다. 그들이 고마워한다. 손수 만든 두부며 삶은 감자나 옥수수 따위를 살갑게 바리바리 싸주기도 한다.

40대 초반으로 보이는 보건소 여직원이 K씨에게 감기약을 지어주고는 '연세가 많으시니 치매검사를 해보자'고 했다. 나도 검사를 받고 싶었으나 멀쩡한 사람이 괜히 바쁜 직원에게 헛일을 시키는 것 같아 K씨 곁에서 보호자처럼 지켜보며 마음속으로 따라 해보았다.

직원이 묻는 설문 내용, 이를테면 오늘이 몇년, 몇월, 며칠, 무슨 요일인가? 100에서 7을 빼면 얼마인가? 비행기·자동차·소나무 3단어를 유치원생 국어 공부시키듯 따라하게 하고 기억하는지 여부 등을 묻는 검사였다.

놀랍게도 K씨는 처음부터 끝까지 하나도 맞히지 못했다. 이름과 사는 곳, 그리고 주위 사람만 알아본다. 오래전부터 익숙한 것들은 인지하나 날짜처럼 달라지는 것들은 백지상태였다. 직원은 '치매가 의심되니 전문병원에서 정밀검사를 받아야 한다'고 했다.

나는 가볍게 다 맞혔으나 단어 기억하기에서 3단어가 하나도 생각이 나지 않았다. 불과 2, 3분 사이에 까맣게 다 잊어버린 것이다.

마을로 돌아와 K씨 가족에게 치매 검사결과를 알려주었지만 '사람도 잘 알아보시고, 말도 잘 하시는데 무슨 치매냐?'며 대수롭지 않게 여겼다. 멀쩡하다고 여긴 나도 사위스러운데도 말이다. 농촌 사람들은 순박한 것인지, 느긋한 것인지 매사에 긴박감이 없어 보인다.

최근들어 기억력이 예전같지 않음을 종종 실감한다. 얼굴도 또렷한 친구 이름이 떠오르지 않아 수첩을 뒤적이거나, 외출할 때 전등을 껐는지 문을 잠갔는지 헷갈려 가던 길을 되돌아와 확인한 적도 있었다. 어쩌면 나도 K씨처럼 시나브로 기억력이 쇠퇴하여 날짜 바뛰는 줄도 모르는 날이 닥쳐올지도 모른다.

치매! 자신의 존재조차 몰라보는 불치병! 이거야말로 우리네 삶에서 가장 무서운 질환이 아닌가. 독거노인인 나로서는 각별히 신경을 써야만 했다. 나름의 치매 예방법을 고안해 실천에 옮기기 시작했다.

일상에서 눈에 띄는 사물에 관심을 갖는다. 꽃과 나비, 새는 물론 잡초를 뽑을 때도 그 이름을 떠올리고 대화하듯 중얼거린다. 농작물을 못 살게 괴롭히는 쇠뜨기란 잡초는 날씬한 몸에 여러 개의 날카로운 삼지창으로 완전 무장한 놈인데 어찌나 생명력이 강한지 '제발 죽어 다오'라고 애원하며 뿌리째 뽑아내도 금세 새끼를 친다.

하루 2시간씩 꼬박꼬박 글을 쓴다. 일상에서 보고 느낀 정감을 진솔하게 쓰고, 읽고 다듬어가는 조탁彫琢의 창작활동이야말로 자신의 성찰과 뇌의 활성화 촉진에 으뜸이라 믿는 까닭이다.

잠을 잘 때는 100부터 거꾸로 숫자를 센다. 고요한 호흡에 리듬을 실어 '백~, 구십~구, 구십~팔, 구십~칠……' 마음속으로 세어나간다. 대개는 50쯤에 이르기 전 잠에 빠져든다. 기억력 향상에도 좋지만 잠을 불러오는 주문같아 애용하고 있다.

선천적으로 기관지가 허약한 나였다. 은퇴 후 공기 좋고 물 맑은 산골에서 대자연의 최상품인 흙을 밟고 만지는 특혜를 누려왔다. 게다가 나름의 치매예방법을 3년째 꾸준히 익히니 몸과 마음이 한결 활기차고 편안하다. 소박한 농촌에서 그저 내 마음이 편하자고 마을 사람들에게 먼저 인사하고 자동차를 태워주곤 했던 작은 생각이 나에게 덕으로 되돌아온 것 같다.

지난 5월의 어버이날 무렵, 우리 지역 노인복지관 독서실에 들렀다가 1,500원짜리 싸구려 점심 식사를 하러 10시쯤부터 줄을 서 기다리는 30여 명의 노인들을 보았다. 몇몇 낯익은 사람도 있어 어찌나 측은하던지 나는 무언가에 홀린 듯 얼떨결에 나의 치매예방 사례를 몇 마디 그들에게 알려주고 점심을 대접했다. 정말이지 느닷없고 어설픈 나의 돌출 행동에도 꿩도 먹고 알도 먹은 것 마냥 기뻐하는 그들을 보니 흐뭇했다.

내친김에 우리 지역과 같이 열악한 농촌 노인복지관 등을 찾아가 나름의 '치매예방 전도사' 노릇을 또바기 할까 한다. 비록 황혼의 막다른 길목이지만 지금처럼 무탈하고 자연과 더불어 자연스럽게 살아가니 수나롭다.

도로 위의 불청객

도시이건 농촌이건 도로와 가까운 마을을 자동차로 지나려면 촉각을 곤두세워야 한다. 도로를 가로지른 콘크리트 턱, 이름하여 과속방지턱이 딱 버티고 있어서다.

농촌에서 살고 있는 나는 10리길 읍내의 작은 나들이에도 20여 개의 이 불청객을 만나야 한다. 도로 위로 가로 누워 밤낮으로 꼼짝도 않아 만나지 않으면 안 되는 실상에 안타깝고 노이로제에 걸린 듯 가슴이 답답하다.

과속방지턱도 밤낮으로 꼼짝없이 내가 몰고 가는 자동차에 짓밟히는 고통을 겪는다. 그리고 보면 나와 과속방지턱은 피차 영 만나고 싶지 않은 불청객인 셈이다. 하지만 아무리 좋게 보아도 과속방지턱은 순기능보다 역기능이 더 많다.

순기능이라는 게 차를 서서히 몰고 가도록 유도하는 물리적 강제 수단이라는 것뿐이다. 차의 속도를 이를테면 왕복 2차선 60킬로에서 30킬로로 줄이면 그만큼 소음과 먼지의 피해가 없을 것이라는 지극히 단순한 셈법이다. 이처럼 통과하려면 최소한 20미터 전방에서 속도를 서서히 줄여가며 마치 바다에서 파도타기처럼 조심스럽게 타고 넘어야 한다. 하지만 파도타기처럼 순조롭고 기분 좋을 리 없다.

이곳 농촌지역 과속방지턱은 같은 마을에 설치한 것들도 턱의 높낮이와 폭이 일정하지 않다. 관리도 제대로 하지 않아 망가지고 밤에는 야광표시도 안 되는 것도 있다. 그러니 아무리 조심스럽게 차를 몰아도 차체가 흔들리고 덜컹거린다.

또 어떤 곳은 과속방지턱과 같은 모양새의 가짜도 있다. 진짜인 줄 알고 조심스레 지나가다 가짜라는 걸 인지하는 순간 속임수에 놀아난 것같아 허망하고 불쾌감마저 든다. 법질서를 잘 지키는 착한 사람들까지 이런 저질의 올가미를 씌워야 하는 건지, 우리의 도로교통 실상이 한심하고 실망스럽기 그지없다.

나는 금년 여름, 우리 지역 농촌 마을회관 쉼터에서 가마솥 더위를 피하면서 과속방지턱을 지나가는 차들을 2시간 정도 유심히 관찰한 적이 있다. 노인보호구간 70미터 가량을 지나는 차가 80여 대였는데 30킬로 정도의 규정 속도로 제대로 지나가는 차는 단 한 대도 없었다.

대부분의 차가 과속방지턱을 넘을 때만 얌체처럼 속도를 줄였다가 넘기 무섭게 60키로 이상으로 지나갔다. 부끄럽게도 나도 이 얌체족에 속한다. 본래의 취지인 지역주민 배려가 아니라 장애물로부터 자신의 재산인 차를 보호한다는 순전히 이기적 반응이다. 그마저 귀찮고 신경이 쓰여서일까, 과속방지턱을 무시하고 거칠게 통과해 덜컹거리는 소음마저 요란한 차도 있었다.

이 정도면 과속방지턱은 도로 위의 애물단지 같은 장애물에 지나지 않는다. 운전자는 한창 매끄럽게 달리던 도로에서 뚜벙 불청객을 만나 심리적 부담을 안고 차체의 물리적 충격으로 차가 망가지는 피해를 보게 된다.

도로가에 살고 있는 주민들은 고요한 밤중에 과속방지턱을 막무가내 지나치는 차들, 특히 대형 트럭의 덜컹거리는 굉음에 깜짝 놀라 단잠을 깨는 날도 적지 않다는 것이다. 어디 그뿐인가. 지방 자치단체 별로 이처럼 쓸모없는 수많은 장애물을 설치하고 보수하느라 애쓰는 수고와 그 비용도 만만치 않다.

지난해 일본 여행을 하면서 우리나라와 같은 과속방지턱이 없는 것을 알게 되었다. 일본 사람들은 과속방지턱이 없어도 제 속도를 잘 지킨다고 한다. 같은 사람인데 나라에 따라서 이처럼 하늘과 땅 차이가 난다는 게 믿어지지 않는다.

사실 우리나라의 법질서는 있으나마나한 것들이 수두룩하다. 국회나 정부에서 무슨 일들이 터질 때마다 관련 법규를 땜질식이나 임시방편으로 만든다. 어떤 법은 만들어만 놓고 단 한 번도 적용해 보지 않은 것도 있다. 또 어떤 법은 위반했어도 단속하는 사람이 없고, 설사 단속을 한다 해도 그때뿐이고 언제 그랬냐는 듯이 흐지부지 끝나버리기도 한다.

어린이나 노인 보호구역으로 지정해 놓고도 단속하지 않으니 그 자리를 낮이나 밤이나 꼬박 지키고 있는 안내판이 무색하다 하겠다. 우리는 법질서도 그럭저럭 엉성하고, 범칙금도 그럭저럭 후하니 국가 기강도 국민의식 수준도 좋을 리 없다.

도로교통법규에서 주행속도로 고속도로에서는 100킬로, 4차선은 80킬로, 2차선은 60킬로, 1차선은 40킬로, 어린이나 노인 보호지역 등은 30킬로로 지정되었으면 지속적으로 철저하게 단속하고 위반 시는 일본 등 외국처럼 범칙금 폭탄을 정확히 투하한다면 어느 누가 감히 위반하겠는가.

제 아무리 용가리통뼈라 해도 몸 사리고 조심스레 운전할 것이다. 이리되면 우리 사회가 얼마나 좋아지겠는가. 교통사고는 말할 것도 없고 도로 보수비용이며 먼지나 소음 공해도 확 줄어들 것이다.

그러나 아무리 생각해보아도 과속방지턱이라는 물리적 장치나 강제적 범칙금보다는 법질서를 잘 지키도록 국민의식 수준을 질적으로 높이는 길만큼 바람직한 대안은 없는 것같다. 매끈한 도로 위의 장애물이요 흉물스런 불청객인 과속방지턱이 하루 속히 사라지기를, 이 순간에도 나는 간절히 바란다.

지금 우리나라 공공기관 중심으로 다 지나간 일들을 들추어 적폐청산이니 무어니 하고 떠들썩하지만, 좀 더 건설적이고 앞을 내다보는 밝은 사회의 디딤돌, 바로 이런 게 진짜 시급한 적폐청산 대상이 아닐까 곱씹어본다. 정의롭고 공정한 사회의 기본은 국민들의 품격있는 의식수준에 달려있음이다.

청색 완장

여느 때와 같이 아침에 일어나 세수를 하면서 팔목을 씻었다. 왼쪽 팔꿈치가 뜨끔했다. 자세히 살펴보니 약간 부어올랐다. 언제 어디서 다친 적이 없고 별 통증이 없어 느끼지 못했다. 일주일쯤 지나니 심하게 부어올랐고 식사하면서 의자에 살짝 부딪쳤는데 나도 모르게 '아야'소리를 냈다.

걱정되어 읍내 병원으로 갔다. 엑스레이를 찍고 진단결과가 나왔다. 팔꿈치 끝의 뼈에 좁쌀 크기의 돌출로 염증이 생기고 물이 차 부풀어 오른다는 것이다.

우선 약을 먹어가면서 압박 붕대로 자극을 주어 부기를 가시게 해보자고 했다. 그래도 차도가 없으면 뼈를 갉아내는 수술을 해야 하고 관절 부위라 입원 치료를 2주나 받아야 한단다. 그리되면 장기 병원생활도 괴로운 일이고 그 비용도 만만치 않아 부담이 된다.

올여름은 35도가 넘는 무더위가 극성을 부리고 20여 일이 넘게 비 한 방울 내리지 않았다. 110년만의 가뭄이라는 이상기후로 온 나라가 고난을 겪고 있다. 여느때 같으면 시원한 피서지 같은 이곳 숲속의 산골 농막에서 10여 평 남짓 텃밭을 가꾸며 전원생활을 즐기고 있을 나였다. 하필 이런 때에 몸마저 아프니 마음도 무거웠다.

의사가 하얀색의 압박붕대로 팔꿈치를 중심으로 팔을 20센치 정도나 길게 칭칭 감아놓았다. 서너시간 지나자 팔목이 득신거리고 피가 잘 통하지 않아서인지 손등이 약간 파래지면서 부어올라 도저히 견딜 수가 없었다. 붕대를 풀었다. 그 길이가 2미터가량 되었다.

아픈 팔을 찬물로 시원하게 씻고는 다시 본래대로 감았다. 농촌에서 나 홀로 지내는 몸이라 남의 도움 없이 한 손으로 하니 잘 감기지도 않고 힘들었다. 계산상으로는 양팔을 쓰다가 한 쪽이 고장 나면 그 효력이 반으로 줄어들 것 같지만 실상은 그보다 훨씬 못 미친다. 역시 양손의 균형 잡힌 조력은 대단하다. 하는 수 없이 압박 붕대를 반으로 뚝 잘라 팔꿈치 주위만 적당히 감아놓고 지내니 견딜 만 했다.

3일후 경과를 보러 병원에 갔다. 의사가 반으로 줄어든 압박붕대를 풀면서 팔꿈치 주위만 감으면 효과가 없다며 2미터 길이의 새 붕대로 이전처럼 감아주었다. 어찌나 단단히 압박해놨는지 이번에는 불과 30분 정도 지났는데도 득신거리고 가렵고 아프기까지 하여 집에 돌아오자마자 풀어버렸다. 하지만 압박 붕대를 제대로 하지 않으면 낫지 않는다는 의사의 압박조의 말이 내 마음까지 압박하여오는 것 같아 곧바로 압박붕대를 감기 시작했다.

혼자의 힘으로는 의사가 처치해준 원래의 상태로 되돌리기가 어려웠다. 그렇다고 지난번처럼 반으로 줄일 수도 없고 난감했다. 불현듯 내가 10여 년 전 테니스를 할 때 팔뚝에 엘보가 있어 끼었던 보호대가 생각났다. 그때 쓰고 놔둔 게 비상약통 안에 고스란히 남아 있었다. 구세주를 만난 듯 기뻐하며 보호대를 꺼냈다. 보호대 중간 부분에 팔꿈치를 감싸는 부분이 있어 잘 맞추어 끼어 넣으니 쉽게 착용이 되고 의사가 처치한 것과 같은 압박감도 있어 마음에 들었다.

다시 3일이 지나 병원에 갈 때는 압박붕대 대신 보호대를 하고 갔더니 의사가 참 좋은 방법이라며 더 이상 압박붕대를 감아 주지 않았다. 이렇게 약을 먹고 간편한 보호대를 밤낮으로 착용하며 10여 일이 지나니 팔목 부위의 부기가 시나브로 빠져나가 거의 가셨다.

부기가 완전히 없어져도 팔뚝에 돋아난 좁쌀 크기의 돌출 부위를 수술로 제거하지 않고는 보호대를 항시 착용해야 했다. 돌출 부위가 뼈인지라 살짝만 어디엔가 부딪쳐도 소스라치게 아프고 그로 인해 덧나면 염증이 생기고 물이 차 부풀어 오르는 걸 막기 위해서다.

보호대를 착용하고 평소처럼 나들이도 하고 모임에도 나갔다. 한여름 무더위가 기승을 부리는 때인지라 반팔 셔츠를 입어 짙은 청색의 팔뚝 보호대가 그대로 선명하게 보인다. 그런데 세 번 모임에 20여 명의 지인, 더구나 가까운 동기며 선후배들을 만났는데도 어느 한 사람 내 팔뚝에 찬 보호대에 반응이 없었다.

팔뚝에 20센치 길이의 청색 완장을 찬 거나 다름없는 내 모습이 하나도 궁금하지 않은 것이다. 그냥 스쳐간 게 아니고 함께 마주 앉아 식사도 하고 술도 마시며 이런 저런 이야기를 나누며 2시간 남짓 함께 한 자리에 있었는데도 말이다.

20여 명이 다들 정상적인 눈을 가지고 있으면서 못 보았을 리 없다. 그렇다면 상대방의 모습이나 행동거지에 관심이 없는 거다. 옆에서 피를 토하거나 쓰러져 죽어가는 사람이 있다면 모르겠으나 이정도의 시각적 자극에는 무딘 것이다.

나 같았으면 보자마자 '팔뚝이 아픕니까? 왜 보호대를 찼습니까? 엘보가 생겼나요? 등등' 궁금하여 오지랖 넓게도 물어 보았을 터다. 정말이지 내가 관심이 지나친 건지 그들의 관심이 무딘 건지 참 헷갈린다. 내 팔뚝에 찬 20센치 길이의 청색 완장이 다른 사람들의 눈에 띄지 않도록 요술을 부렸을 리 없다. 그들은 분명 내 모습에 무관심하고 모른 척 외면해버린 것이다.

그렇다고 '나, 여기 아파서 보호대 찼어요.'하고 어린애처럼 나서서 알리기도 민망한 일이다. 결국 사람들은 남의 얼굴에 밥풀이 붙었건 말건 별 관심이 없다는 걸 새삼스레 알게 되었다.

지금까지 나는 남의 시선에 민감했다. 외출할 때는 머리도 가지런히 빗고, 옷도 단정히 입고, 구두도 잘 닦아 깨끗이 신고 나갔다. 남에게 거슬러 보이지 않으려고 했다. 아니 어쩌면 남에게 잘 보이려고 나름대로 애썼던 것 같다. 하지만 이처럼 주위 사람들은 무관심했으니 나의 그 노력도 허사였던 것이다.

예기치 않게 팔뚝이 아파서 찬 청색 완장이 내가 생각하는 것만큼, 사람들은 남의 일이나 모습에 무관심하다는 걸 일깨워 준 것이다. 화끈하게 눈에 띄는 새빨간 완장을 찼더라면 어땠을까. 참으로 궁금하다.

한심한 안내문

　여기 가도 안내문, 저기 가도 안내문이 붙어 있다. 안내문의 홍수 속에서 살고 있다. 그만큼 세상살이가 복잡다양해서일거다. 심지어 고속도로 등의 남자화장실에 이런 안내문이 붙어있다.「아름다운 사람은 머문 자리도 아름답습니다. 한 발만 앞으로 다가서세요. 깨끗하고 쾌적한 공간이 됩니다.」

　화장실문화시민연대라는 단체가 정부기관의 이름을 빌려 거창하게 게시한 것이다. 나는 화장실에서 이 안내문을 볼 때마다 고개를 갸우뚱한다. 우리나라 사람의 화장실문화가 얼마나 고약하면 이렇게 구체적으로 호소하는 안내문을 내붙였을까. 좋게 보면 지나치게 친절한 것이요, 나쁘게 보면 지나치게 간섭한 것같이 생각되었다.

　남자들은 대개 소변을 보면서 변기에 바짝 붙어서 본다. 그렇지 않으면 옆 사람이나 지나가는 사람이 변기와 몸의 틈 사이로 남자의 그것을 힐끔 볼 수 있어서다. 이를테면 심리적으로 안정감을 얻으려 바짝 붙어보는 게 정상이다. 그리 본다면 이런 안내문은 술에 취해 비틀거리거나 자기의 그것을 넌지시 자랑하려고 작정한 망나니들에게나 통하는 잡문에 불과하다.

　2010년 10월 중순의 어느 날, 서울 하늘은 하루 종일 청명함을 자랑하고 있었다. 나는 그날 모처럼 아내와 북한산 등산길에 나섰다. 은평구 기자촌 입구에서 능선을 따라 향로봉과 비봉을 거쳐 사모봉에 이르렀다. 정상의 한쪽 구석에 제법 큰 게시판이 눈에 띄었다. 화장실 이용 안내문 같았다.

나와 아내는 예쁘게 단풍으로 물들어가는 북한산 풍경을 감상하기도 하고, 저 멀리 펼쳐진 도시의 전경을 내려다 보기도하며 쉬엄쉬엄 등산하여 2시간여쯤 지났을 때였다. 그때까지만 해도 화장실에 가고픈 생각이 없다던 아내가 화장실 안내문을 보자 갑자기 화장실에 가고 싶다고 했다. 나도 덩달아 화장실에 가고 싶기도 하여 가까이 다가가 안내문을 자세히 살펴보았다.

500미터나 떨어진 승가사 입구에 마련한 간이 화장실을 이용하라는 내용이었다. 높은 사모봉 주변에 환경문제 등 이런 저런 사유로 화장실을 세울 수가 없는데도 등산객들의 민원이 많아 그 처리 방편으로 해놓은 안내문이었다. 맨 밑 부분에 「북한산국립공원관리소」라고 안내문보다 더 큰 글씨로 쓰여졌는데, 마치 "우리 기관은 민원처리 우수기관입니다."하고 자랑하는 듯 보였다.

50미터도 아니고 500미터나, 그것도 가파른 산 아래쪽에 있는 화장실을 어느 누가 이용하겠는가. 등산을 그만두고 승가사 쪽으로 내려가서 볼일을 보고 하산하라는 무책임한 말과 무어가 다른가. 마침 우리는 승가사 쪽으로 하산하려 했기에 승가사 입구에서 안내문의 화장실을 찾아보았다. 하지만 안내표시조차 눈에 띄지 않았다.

하는 수 없이 승가사를 오르는 우측 계단을 따라 숨을 헐떡거리며 한참을 올라가 승가사 경내에 있는 화장실을 이용했다. 용무를 보고 내리막길로 다 내려온 길목 구석에 공원관리소에서 설치한 간이화장실이 보였다. 그것도 여기 저기 두리번거리다 발견한 것이다.

참으로 허탈했다. 북한산에서 내려온 사람이 바로 그리로 갈 수 있도록 승가사 입구에 안내표시라도 잘해두었으면 그나마 나으련만. 이거야말로 엉터리 민원처리가 아니고 무언가.

어찌나 약이 오르던지 공원관리소 사람들이 몹시도 얄밉기까지 했다. 공원관리소 사람들을 북한산 사모봉에 모아놓고 생리적으로 용변을 다급하게 처치하여 500미터나 떨어져있는 승가사까지 내려가 볼일을 보라고 하면 제대로 볼 위인이 있을까.

제아무리 참을성이 많은 작자라 해도 가는 도중에 일을 보고 말 것이다. 가파른 산길을 내려가느라 힘을 쓰다보면 대장이 크게 요동치는 바람에 그리될 게 뻔하다. 하나마나한 안내문을 만들어 놓고 똥개 훈련시키는 것도 아니고 생사람 약만 바싹 올린 것이다.

생각 같아서는 그런 엉터리 안내문을 당장 없애버리라고 큰소리치고 싶지만 혹시라도 그 안내문에 고마워하는 사람이 있을까봐 참는다. 세상살이란 나 혼자만의 생각대로 나갈 수는 없는 일 아닌가.

돈들이고 고생하여 민원처리를 한 일이 보람은커녕 오히려 원성만 더 듣게 된 것이다. 조금만 배려의 마음이 담겼더라면 고마워했을 터인데 아쉽다.

먼지들의 난무

화창하기 그지없는 어느 날이었다. 여느 때와 달리 낮잠을 한가롭게 자고 눈을 떴다. 몸을 일으키려 했으나 축 늘어져 일어나기 거북했다. 낮잠은 1시간 이내로 잠깐 자는 게 좋다는데 3시간이나 오래 잔 탓일까. 이리저리 몸을 뒤틀며 꼼지락거리다 마침내 일어나려 정신을 가다듬었다. 그때였다. 먼지들의 엄청난 군단에 놀랐다. 먼지들이 어찌나 많은지 철새도래지에서 구름처럼 떼지어 날아가는 철새들은 저리가라였다.

공기 중에 떠돌고 세균과 같아 평소에는 육안으로 볼 수 없는 미세 먼지들이 창 너머 햇살에 노출되니 현미경으로 본 것처럼 선명히 보인 것이다. 나는 먼지들의 난무를 유심히 관찰해 보았다. 마치 전쟁터 같았다. 전투기들이 난폭하게 폭격하고 총알들이 빗발치는 듯했다. 또 어찌보면 까마귀 떼들의 성난 비상같기도 했다.

방안에는 바람 한 점 없고 창 너머로 햇살만 가득하다. 그 틈을 타 먼지들의 난무가 한창이다. 나는 먼지들의 난무 속에 갇혀 어쩔 수 없이 그 먼지들을 들이마신다. 내 집의 먼지이기에 그나마 깨끗하다고 생각하며….

나는 어렸을 적에도 시골집에서 이러한 먼지들을 본적이 있다. 창호지로 바른 방문에 새끼손가락 하나 들어갈 만한 구멍이 나 있었다. 그 구멍 속으로 들어온 햇살은 마치 길게 쭉 뻗은 유리 원통을 가로질러 놓은 듯했고, 그 원통 속에 가득찬 먼지들이 세차게 너울거렸다.

그때는 분명히 부지기수의 연鳶들로 보였다. 창과 칼을 막아내는 방패와 같이 생긴 방패연, 몸통이 사각형 모양에 꼬리가 길어 가오리처럼 생긴 가오리연이었다. 이 연들이 허공을 훨훨 마음껏 날아다니는 것처럼 느껴졌고, 나도 덩달아 공중에 붕 떠있는 것처럼 기분이 좋았다.

어쩌다 비행기가 날아가는 것을 보아도 연이 저만큼 날아가면 좋겠다는 생각을 할 정도로 연날리기에 흠뻑 빠졌다. 연날리기를 설보름 전부터 보름날까지 한 달가량하며 동무들과 어울려 재미있게 놀았다. 그러고도 연을 보름날에 태울 때는 무척 아쉬워했다.

어렸을 적에 내가 본 먼지들은 연으로 연상되어 보기에 좋았다. 그런데 이번에 내가 본 것은 아무리 좋게 보려고 해도 그리되지 않는다. 먼지는 더럽고 우리 몸에 해를 끼치는 나쁜 물질이라는 선입감 때문일까. 난폭하게 폭격하는 전투기, 비 오듯 쏟아지는 총알, 시꺼멓고 추하게 생긴 까마귀 떼들의 난무로 연상된다.

같은 사물을 보는 눈이 이렇듯 사람의 선입견과 연륜에 따라 다르다. 그 차이가 극과 극으로 극명하게 나타나기도 한다. 나라는 사람, 그저 평범하게 살아온 한 인생의 단면에서도 이러하니 복잡한 세상사에서는 어떠할까.

백주 대낮에 똑같이 똑똑히 본 하나의 사물을 놓고도 사람에 따라 천차만별이다. 어떤 사람은 검은 것을 희다고 하고, 흰 것을 검다고 한다. 전혀 사리에도 맞지 않고 엉터리이다. 그럼에도 수용하려 들지 않고 버젓이 자기의 주장만을 내세운다. 이쯤 되면 세상을 난장판으로 만들고 막가자는 거다. 참으로 답답한 세상에 살고 있다.

중앙일보(2009년 6월 12일)에서 노재현의 시시각각을 읽고 가슴이 후련했다. '침 뱉은 우물 다시 먹는다.'라는 속담으로 최근 우리사회의 자기 독단적 세태를 잘 꼬집은 시사평론이었다. 그 주요 내용은 이러하다.

사람은 누구든 100% 완벽하게 잘하거나 못하는 것은 아니다. 과거든 미래든 잘못했거나 잘못할 소지가 있는 법이다. 그럼에도 그엄한 진리를 수시로 잊는 사람들이 많다. 민주사회는 폭력이 아닌 말로 움직이는 사회다. 살다 보면 궂은 말을 하거나 듣는 일을 피할 도리가 없다. 분노에 차서 남의 집 대문, 심지어 남의 얼굴에 침을 뱉을 수 있다고 치자. 그렇더라도 언젠가 목이 마르면 자신도 먹어야 하는 우물에만은 침을 뱉지 말자.

작은 연못에서 붕어 두 마리가 서로 싸우다 한 마리가 죽어 썩으면 결국 살아남은 놈도 금방 죽게 된다. 우리가 사는 대한민국은 다른 나라에 비하면 아주 작은 연못에 불과하다.

엘리베이터 실례

40대 중반은 한창 일할 때다. 나의 경우 밤늦게까지 직장에서 일을 하고도 술자리를 가졌다. 일이 끝나면 곧바로 집에 돌아와 잠을 잘 자고 다음날을 대비해야 하지만 피곤한 몸속으로 알콜이 스며들면 금방 생기가 돌고 기분이 좋아진다. 그래서 젊음이 인생의 보배일 게다. 나이 70에 접어든 지금으로서는 도저히 엄두도 못 낼 일이다.

그 당시 연말의 어느 날이었다. 일이 밀려 아침 6시경 여느 때와 달리 일찍 출근길에 나섰다. 12층 아파트 엘리베이터를 타자마자 방귀가 나왔다. 전날 밤 직원들과 송년회 모임을 가졌다. 대한민국의 대표음식인 삼겹살을 안주 삼아 취하도록 많이 마셨다. 직장에서 한 팀이 되어 열심히 일한 사람들끼리의 술자리만큼 즐거운 자리가 있으랴. 20여 명의 직원들이 권하는 술잔을 고맙게도 다 받아 마셨으니 나의 주량도 보통은 아니다.

삼겹살을 먹을 때는 마늘과 상추를 곁들여야 제맛이다. 작은 술잔에 담겨진 소주 정도야 한 입에 탁 털어 넣어도 되지만 나는 삼겹살의 감칠맛을 음미하며 서너 차례 나누어 마신다. 안주를 든든히 먹으며 술을 천천히 마시니 취하지 않고 남보다 많이 마시는 것 같다.

나 홀로 엘리베이터에서 느닷없는 생리작용을 누가 참겠는가. 일부러 아랫배에 힘을 잔뜩 주어 배출했다. '부우웅' 소리가 크고 길게 나더니 더부룩한 배가 시원하여 기분 좋아하는데 바로 아래층인 11층에서 젊은 여성이 잘 차려입고 엘리베이터를 탔다. 그녀도 나처럼 출근길에 나선 모양새다.

그녀가 타기 무섭게 코를 잡더니 '아이, 군내'하며 앙칼지게 비명을 질렀다. 그녀의 악착같이 찡그린 독기서린 얼굴이 나를 쏘아보았다. 삼겹살에 마늘과 술이 합세한 냄새가 얼마나 지독하겠는가. 더군다나 엘리베이터라는 갇혀진 좁은 공간에서 거리낌 없이 힘주어 배출한 가스다. 냄새가 쉽게 가시지 않고 진동했으니 그야말로 독가스 지옥이다.

나는 나의 시원스런 생리작용이라 그런지 별다른 냄새를 느끼지 못했다. 아니 오히려 그녀의 짙은 화장 냄새가 나의 코를 자극했다. 아무리 좋은 향수라도 악취가 침투하면 그 본연의 향기가 퇴색하고 맥을 못 쓰나 보다. 그러니까 나는 나의 생리작용보다 그녀의 화장냄새를, 그녀는 그녀의 화장냄새보다 나의 생리작용을 더 지독하게 느낀 것이다. 좀 보태어 말하면 '내로 남불'현상이다.

경기도 일산 지역 서민 아파트의 엘리베이터, 반 평도 못 된 좁다란 공간에서 나와 그녀의 아침 출근 기분은 첫발부터 잡쳤다. 나는 그녀가 내 생리작용에 지나치게 민감한 반응을 보인다고 여겼다. 아무리 역겨운 남새라지만 좀 참아주는 미덕을 보여주었다면 내가 참으로 미안하여 쥐구멍이라도 들어가고 싶었을 것이다.

난들 그녀가 탈 줄 알았으면 일부러 그리 힘주어 배출했겠는가. 평소 이른 아침 출근길의 엘리베이터 차지는 나 홀로였다. 그녀가 재수 없게도 하필 그 순간에 타고는 무방비 상태에서 독가스를 왕창 들이마신 것이다.

이곳에서 10여 년을 살았지만 처음 보는 30대 초반의 여자였다. 도시의 아파트 생활은 이웃에 누가 사는지 모른 채 살아간다는 게 실감이 났다. 아니 차라리 이 판국에는 생판 모르는 사이라서 그나마 얼굴을 들 수 있었다.

그런데 아무리 좋게 생각해보아도 그녀의 왕짜증은 미안해야 할 나의 마음을 서서히 반감으로 돌아서게 했다. 나는 입을 굳게 다물고 굳은 얼굴로 그녀의 뒷모습을 째려보았다. 바로 코앞의 그녀의 뒷모습까지 얄밉게 보이고 짙은 화장 냄새만 더 역겹게 진동했다. 나의 자연스런 생리작용은 그녀의 인위적인 화장작용에 어느새 제압되어 버린 것이다.

그녀와 좁다란 엘리베이터 안의 시간은 눈 깜짝할 순간인데도 한참이나 지난 것처럼 지루했다. 내가 그러했으니 그녀야 어떠했겠는가. 단숨에 지옥 같은 독가스에서 벗어나고 싶었을 게다.

참으로 생뚱맞고 미안한 엘리베이터 안의 실례였지만 오히려 반감으로 돌아서는 묘한 기분을 느꼈다. 만약 내가 그녀라면 어떤 반응이었을까. 그냥 모른 척 태연했을까. 인심 좋게도 방긋 웃으며 '시원하시겠습니다' 하고 아부성 말을 건넸을까. 아니다. 나도 그녀처럼 싫은 반응을 보였을 것이다.

하지만 그녀처럼 코를 잡고 악착스런 찡그림으로 상대를 째려보지는 않았을 것이다. 상대의 잘못에 기분 나쁘더라도 지나친 싫음의 표현은 오히려 상대에 반감을 주어 자칫 역공을 받을 수도 있겠다는 생각이 들었다.

그날 나는 '너는 방귀도 안 뀌고 사냐'하고 확 쏘아주고 싶은 충동이 일었지만 지그시 눈을 감고 참고 말았다.

알박기

서울 강북 변두리지역의 재개발 아파트 분양권을 샀다. 다른 지역보다 25평대 소형이 많고 인근에 전통시장이 있어 우리와 같은 서민이 살기에 좋을 것 같았다. 3년이나 기다려야 입주할 수 있단다. 새집에서 살고 싶은 마음은 70의 노인에게도 다름 없나보다. 벌써부터 기다려진다.

그런데 얼마 전 아파트 재개발사업관련 자료를 보고 우리사회의 불공정한 한 단면을 알게 되었다. 같은 지역 안에 있는 재개발부지인데도 일반 가옥에 비해 어린이집이나 교회시설의 수용가치가 월등했다.

어린이집은 시세가 2억인데 그 2배가 넘는 5억 원에 수용했고, 교회시설은 시세가 5억인데 그 4배인 20억에 수용을 했다. 이에 비해하면 일반가옥에 살다 이주하는 가옥은 시세가에 위로금 몇 백만 원을 덧붙여 주는데 불과했다.

물론 이들 어린이집이나 교회시설은 교육과 선교라는 영업권의 피해까지 보상해주어야 마땅하다. 그렇다고 일반 수용자에 비하면 그 보상이 지나치게 많다. 이거야말로 알박기가 아닌가.

아무리 좋게 생각해도 시세의 배가 넘게 보상하는 것은 지나친 것 같다. 시세의 배를 보상받아 더 나은 지역의 새 건물로 이전하여 새롭게 꾸려나가면 이전보다 더 번창할 수도 있다. 이처럼 선으로 생각하면 오히려 재개발사업 측에 고마워해야할 일이다.

그럼에도 재개발사업이 제때에 제대로 굴러가지 못하도록 그 자리에서 버티며 속칭 알박기로 시세보다 몇 배나 챙긴 것이다. 그들은 어떤 사람들인가. 말만 들어도 정직하고 순결하다는 종교인이다.

이들의 횡포에 나와 같은 서민층 조합원들의 불만이 컸다. 그러나 조합관계자들은 이 정도의 보상으로 끝난 것만 해도 다행이라며 반발하는 조합원들을 당당하게 설득했다. 교회시설 측에서 보상금으로 70억을 요구했는데 수차례의 법정다툼 끝에 간신히 20억으로 조정해 50억이라는 어마어마한 조합예산을 아꼈다는 것이다.

나는 참으로 안타까운 마음이 들었다. 그들 종교인은 어떤 사람들인가. 그들은 속세의 죄를 전지전능한 하느님께 반성하고 뉘우치면 용서를 받는다며 입이 닳도록 설교하는 사람들이 아닌가.

불쌍하고 가난한 사람을 돕는 선한 일을 하면 죽어서 천당에 간다며 신도들이 선행하기를 간절히 바라는 사람들이 아닌가. 이런 설교며 기도를 하느님의 이름을 걸고 엄숙히 종교 활동을 해온 사람들이다.

그런 그들이 5억 정도의 재산을 14배나 뻥튀기하여 70억의 벼락부자가 되려 했다니, 정영 하느님이 이 사실을 알았다면 그 교회의 십자가에 벼락을 내려 단죄했을 것이다. 그들은 70억에서 50억은 포기하고 20억만 받았으니 자신들을 선한 종교인으로 착각할지도 모른다.

우리 사회에 본연의 참된 종교 활동보다 재산을 불려 사욕을 챙기려는 사업적 종교 활동이 갈수록 만연하고 있다. 신도들에게 은근히 헌금을 강요하고 재산문제로 다투고 분파하기도 한다.

　이들 위선자들, 아니 사이비종교인들의 횡포에 우리와 같은 선량한 서민이 아파트 분양대금을 얼마인가 더 내야 한단다. 노년의 마지막 보금자리로 소박한 집에서 살기를 바라는 소박한 내 마음 씁쓸하다.

격려의 박수

나의 오랜 지인 중에 장애인이 있다. 직장 입사 동기로 나와 40여 년을 정겹게 지내온 사이다. 나이가 나보다 다섯 살이 어리고 예절도 밝아 나를 형으로 부르며 잘 따른다. 그는 소아마비로 다리를 심하게 전다. 하지만 혼자서 전철도 타고 계단도 오르내리는 고달픈 나들이를 마다하지 않는다.

그는 유난히 바둑을 좋아한다. 그에게는 차분히 앉아서 바둑을 두는 게 무척 즐거운 여가인 것이다. 한 번은 나와 함께 서울 광화문 근처에서 바둑을 두기로 했는데 하필 기원이 4층에 있었다. 계단의 난관을 붙잡고 뒤뚱거리며 어렵사리 올라가는 모습을 곁에서 지켜본 나는 안타까웠으나 그는 대수롭지 않게 여겼다.

바둑 실력이 나보다 한 수 위이고 승부에 강해 내기에서 내가 술을 살 때가 많았다. 그는 나보다 술 주량도 세다. 술이 취하면 다리를 잘 가누지 못하고 당장 주저앉을 것 같지만, 술기운이 받쳐주는지 오히려 더 걸음걸이가 나아 보인다. 그는 누구에게도 자신이 장애인이어서 불편한 관계가 되기를 바라지 않는다.

2012년 가을, 그의 딸 결혼식에 참석했다. 신부 입장 시 관례적으로 하는 아버지와 함께하지 않았다. 신부가 신랑과 함께 입장한 것이다. 아버지가 정상인이라 해도 신부와 신랑이 동시 입장하는 경우도 종종 있었다. 그러나 지금까지의 그의 행적으로 보아서 나는 딸과 함께 입장하지 않은 게 좀처럼 납득이 가지 않았다.

아니나 다를까. 그가 모습을 드러냈다. 딸의 결혼을 축하하는 연주를 한 것이다. 다리를 심하게 절며 몇 걸음 앞으로 나와 신부와 신랑을 바라보며 트럼펫을 불었다. 배운지 6개월밖에 안 된 실력에다 긴장이 되어서 그런지 그의 연주는 형편없었다. 천정도 낮고 공간도 비좁은 예식장에서 악기의 울림은 혼잡한 도로에서 나는 차들의 짜증난 경적소리 같았다.

함께 자리한 친구가 씽긋 웃으면서 "저 친구 너무 나대는 것 아니여?" 한다. 아무리 딸 결혼을 축하하기로서니 저런 실력으로 나서다니. 양가에서 축가를 공평하게 불렀으면 됐지, 무어가 아쉽다고 신부 아버지가 나설까, 그것도 불편한 몸으로 나타나 엉터리 연주로 끝났으니 그럴듯한 말이다.

한데 나는 그가 '나댄다'는 생각보다는 안타까운 생각이 들었다. 그날을 위해 얼마나 연습을 했을까. 그 연습이 제대로 먹히지 않은 것이다. 무엇보다 예식장 환경을 고려하지 않고 처음부터 고음으로 들쑥날쑥 연주해버린 트럼펫 초보자, 그의 마음은 얼마나 아프겠는가.

그 결혼식이 끝나고 한 달 후엔가 그를 만났다. 내가 "딸 결혼식 때 트럼펫 잘 불던데" 하고 기분을 살짝 맞추어 주었더니 진짜 칭찬해주는 줄 알고 흐뭇해했다. 그는 나를 비롯한 하객들의 격려박수를 칭찬의 박수로 인지한 것이다.

그는 하객들에게 자신의 설익은 트럼펫 연주를 내세워 은근히 자랑한 셈이니 친구의 말처럼 나댄 것이다. 아무리 좋게 생각해도 그때의 그의 트럼펫연주는 사랑하는 딸의 결혼 축하 분위기와는 영 어울리지 않았다. 좀 지나친 표현인지 모르지만 엄숙한 예식의 분위기를 혼란스럽게 만들어 버린 지도 모른다. 차라리 신부 입장 시 함께 입장하는 모습으로 아버지의 역할을 다했으면 더 좋았을 것이다.

예로부터 우리 사회에 장애인에 대한 좋지 못한 편견이 있다. 이런 저런 행동이나 일이 정상인보다 못할 게 당연한데도, '병신 육갑 떤다.'는 식으로 아니꼽게 여겨 장애인들에게 깊은 상처를 주기도 한다. 그만큼 장애인들의 활동이 제한되고 조심스러워야함을 암시하기도 한다.

혹시라도 그날 그의 하객 중에는 이리 아니꼽게 생각한 사람이 없었으면 한다.

자리복이 많은 사람

나는 전철로 출퇴근한다. 전철 안에 들어서면 왠지 마음이 푸근해진다. 철로 위를 달려 흔들림이 없어서 좋다. 순서대로 역을 밟아가고 양편으로 넓은 출입문이 있어 타고 내리기가 쉬워서도 좋다.

3호선 경복궁역에서 일산의 주엽역 구간이 나의 출퇴근길이다. 17개의 역을 거치는데 45분가량 걸린다. 이 정도의 거리와 시간이면 서울에서 근무하는 직장인에게는 비교적 괜찮은 편이다.

그런데 언제부터인가. 아마도 쉰 세대에 들어서부터일까. 그 정도의 출근길에도 힘이 부치는 것을 느끼기 시작했다. 전철을 타면 나도 모르게 두리번거리는 버릇이 생겼다. 자리에 앉고 싶어서다.

빈자리가 보이면 누가 먼저 차지할까봐 잽싸게 달려가 앉는다. 빈자리가 보이지 않으면 곧 자리가 생길만한 장소를 겨냥해서 그 앞쪽에 서 있곤 한다.

얼마 전, 나와 같은 지역에 사는 직장 여직원과 몇 차례 전철을 함께 타고 퇴근한 적이 있었다. 내가 서서 얼마를 기다리지 않아 금방 앉는 것을 보고, 그녀가 빙긋 웃으며 나더러 '자리복이 많은 사람'이라고 했다. 특히 퇴근길 붐비는 전철 안에서 누구나 자리 나기를 기다리고 있는데, 유독 바로 내 앞에서 자리가 나는 경우가 많고, 그 자리를 재빨리 내가 차지한 것을 눈여겨 보았던 모양이다.

그랬다. 언제부터인지는 모르지만 나는 자리를 차지하는 데 상당한 노하우를 터득하고 있었다. 앉아 있는 사람들의 모습을 찬찬히 관찰해 보면 그들이 언제쯤 내릴지 대강의 예지감豫知感을 갖게 되었다.

좀 보태서 말한다면, 나의 오랜 출퇴근 생활을 통해서 터득한 산지식이라고나 할까. 아무튼 어찌 보면 우스운 방법일지 모르나 여기 잠깐 소개해 볼까 한다.

우선 앉아 있는 사람 중에 어떤 사람이 단거리 승객이며, 어떤 사람이 장거리 승객인지 감별해내야 한다. 유심히 관찰한 결과 나름대로의 몇 가지 원칙이 있는 것을 발견했다.

늙은이보다 젊은이가 더 빨리 내린다. 젊은이 중에서도 학생이 더 빨리 내린다. 학생들은 학군이 정해져 있어 통학하는 거리가 그리 멀지 않다. 게다가 학생들은 나이 많은 사람에게 자리를 양보하는, 이른바 장유유서長幼有序정신을 슬쩍 기대해 볼만하다.

그 때문에 좀 얌체 같지만 전철을 타면 교복을 입은 중·고등학생이나, 대학생으로 보이는 젊은이들 앞에 선다. 나는 이들을 아예 단거리 승객으로 점찍어 놓은 것이다.

장거리 승객으로는 두 부류가 있다. 우선 노인들이다. 노인들은 좀처럼 외출을 안 한다. 어쩌다 큰마음 먹고 외출을 하게 되면 멀리까지 간다. 노인들은 관절이 좋지 않아 전철을 이용하면 오르내리는 계단이 많아 무척 힘들기에 웬만한 거리는 전철을 타려 하지 않는다.

어린이를 동반한 주부도 장거리 승객이다. 자동차가 집집마다 있고, 주부들도 운전이 가능하여 가까운 거리는 혼자서도 자가용을 이용하려 한다. 하물며 어린이와 함께 하는 외출에 전철을 탄다는 것은 '나는 장거리 승객'이란 꼬리표를 단 거나 다름없다. 나는 이들 장거리 승객 앞에 서서 자리를 기다리는 어리석음을 범하지 않는다.

물론 이러한 예측이 고스란히 맞아 떨어지는 것은 아니다. 단거리 승객이냐, 장거리 승객이냐를 판단하기 전에 승객의 행동을 유심히 살펴보아야 한다.

전철이 정차할 때마다 역 이름을 알아보려고 두리번거리는 사람, 손에 든 물건을 챙기는 사람, 핸드폰으로 "난데, 다 왔어!"하는 사람, 이런 사람들은 한두 정거장 안에 내릴 확률이 매우 높다.

반대로 먼 거리를 갈 승객은 대체로 잠을 자고 있는 사람이다. 눈을 감고 있다고 하여 모두 잠을 자는 것은 아니다. 마음 놓고 진짜 잠을 자는지, 잠자는 척하면서 눈을 감고 있는지 유심히 살펴보아야 한다.

코를 골고 자는 사람, 고개를 뒤로 젖힌 채 입을 하마처럼 벌리고 자는 사람, 고개를 푹 숙이고 입가에 침을 흘리며 자는 사람, 이런 사람들이야말로 진짜 잠을 자고 있는 사람들이다. 이들 중에는 종점까지 가서도 역무원이 깨워야 간신히 일어나는 위인도 있다. 이들 가까이는 얼씬도 안 하는 게 상책이다.

근래 들어 나는 노약자 보호석까지 넘겨다보는, 이전과 조금 다른 방법을 쓰고 있다. 그 자리에 노인이나 장애자가 아닌 젊은이들이 버젓이 앉아 있는 것을 본다.

그들은 유행가사에서처럼 "임자가 따로 있나 앉으면 주인이지……"를 실천하는 것인지, 아니면 "늙은이나 젊은이나 뭐가 달라?"하는 파렴치한 배짱으로 일관하는 것인지 버티고 있다.

그들 중에는 노인이 앞에 와 섰는데도 눈 하나 깜짝하지 않고, 태연히 신문이나 잡지를 보기도 하고 핸드폰으로 어디론가 전화를 걸기도 한다. 이쯤 되면 동방예의지국東方禮義之國이라는 말은 땅 밑에 가서나 찾아야 한다.

그런데도 굳이 내가 노약자 보호석까지 자리 잡기 영역을 넓힌 이유는 바로 그들을 역이용해 볼까 하고서다. 아무리 강심장이라도 그들 얌체족은 그 자리에 진득하게 버티지는 못한다. 한동안 시치미를 떼는 듯하지만 결국에는 가시방석에라도 앉은 듯 얼마 못 가서 일어서고 만다.

얄밉지만 그들이 일어난 자리를 못 이기는 척 잠시 빌린다. 그리고 정작 자리 임자가 오면 말없이 일어나 돌려준다. 그러면 자리 임자는 원래 자기 자리에 앉으면서도 고맙다고 인사까지 한다. 이럴 때면 내가 고마운 일을 했는지 얌체 짓을 했는지 헷갈린다.

오늘 따라 나는 여느 때보다도 퇴근길 붐비는 전철 안에서 흐뭇한 기분을 느낀다. 나의 자리 잡기 예측이 잘 들어맞아 젊은 얌체족을 초장에 물리쳤고, 잠시 빌렸다가 돌려준 자리를 고맙게 받아주는 살가운 인정이 있어서다. 그러나 나는 노약자 보호석 앞에서만은 나의 이런 자리 잡기 방법이 무용지물이 되기를 바라는 마음 또한 간절하다.

  그 뒤 10여 년이 지난 2017년 봄, 내 나이 65세였음에도 당당하게 노약자보호석에 앉을 수 없었다. 노인인구가 대폭 늘어났기 때문이다. 100세 인생을 내다본다는데 앞으로 10년 뒤에는 전철 안은 노인들로 가득찰 것이다.

석류 알까기

지난 초겨울의 어느 날인가 산책을 나갔다가 석류를 사왔다. 석류를 보면 빨강 복주머니가 생각난다. 모양이 둥근 항아리 같고 입이 달린 것처럼 튀어나온 부분이 복주머니와 비슷해서다. 석류의 껍질을 벗겨내면 그 속에 빨강 구슬 같은 씨가 꽉 차있다. 열매가 클수록 그 씨도 탐스럽게 들어 있어 영락없는 구슬 복주머니다.

'석류는 식물성 에스트로겐 성분이 많아 혈액순환에 좋고 바타민 C 만큼 뛰어난 폴리페놀이라는 황산화성분이 들어 있어 면역 강화에도 도움을 준다.'고 한다. 갈수록 기력이 떨어져 혈액순환이 잘 안되고 이런저런 질병에 면역력이 떨어지는 우리 노인들에게는 보약 같은 과일이라는 것이다.

석류는 새콤하고 달짝지근한 과일이다. 감이나 복숭아와 같이 단맛만 나는 과일보다는 외모로 보나 맛으로 보나 고품격이다. 다른 과일과 달리 석류는 몸속에 수백 개의 작은 구슬 같은 빨강 씨를 먹는다.

맛깔스럽고 도도한 석류를 먹으려면 그 대가를 치러야 한다. 엄지와 지지의 손톱 가장자리 부위를 도구로 삼는다. 씨가 터지지 않도록 하나씩 조심스럽게 벌집처럼 생긴 막을 제거하고 도려내야 한다. 주의력과 신경이 쓰여 십여 개를 도려내면 눈이 아프고 손끝이

어리다.

어디 그뿐인가. 아무리 조심스레 도려내도 콩알만 한 빨강 씨가 상처를 입고 튀어 바닥이나 주변에 피멍울처럼 떨어지기도 한다. 마침내 나는 한 줌도 못 도려내고 손을 들고 말았다. 아무리 맛이 있어도 그 일손이 미치지 못해 먹을 자격이 없는 것이다.

석류 씨를 추려내는 일을 알(작고 둥그런 물건의 낱개) 까기로 간주하고 싶다. 아내는 이 알 까기를 가볍게 잘한다. 손놀림이 어찌나 빠른 지 금방 한 주먹 안에 가득이다.

아내의 손놀림이 빠른 건 그렇다 치고, 아내의 손끝이 아프지 않은 건 대단한 일이다. 빨래며 설거지며 이것저것 가리지 않고 잡일을 하는 데 손끝을 얼마나 썼으면 그리 단련되었을까. 70대에 들어선 아내의 주름진 얼굴이며 가느다란 손가락이 여느 때보다 애처로워 보인다.

나는 아내가 발라준 한 움큼의 빨강 알을 한입에 다 털어 놓고 오독오독 씹는다. 그 맛이 어찌나 맛있고 즐거운지, 바로 이런 게 소소한 행복인가 보다.

그러나 손발이 멀쩡한 사람이 아내가 발라주는 것만 염치없게 받아먹는다는 게 좀 미안한 생각이 들었다. 하루 세끼 밥만 챙겨주어도 고마운 일인데 맛있는 석류 열매까지 가만히 앉아서 얻어먹으니 말이다. 석류가 우리와 같은 노인들의 피를 맑게 하여 심장병과 면역력에 도움을 주는 보석 같은 먹을거리라니 이 얼마나 고마운 일인가.

아내는 오늘도 아침 6시경 아파트 계단 오르기에 나섰다. 1층에서 25층까지 3회 반복하는 것이다. 한 층에 계단 16개이니 600개나 된다. 게다가 매일 외손녀 봐주러 일과처럼 전철을 타고 갔다가 돌아오는 발길이 40여 분이다. 그럼에도 양이 안 차는지 휴일에는 마을 주변 산책을 한다.

나는 고마운 아내에게 무언가 답례를 해야 할 것 같아 이런저런 생각 끝에 퍼뜩 한 가지가 떠올랐다. 아내와 함께 아파트 계단 오르기를 하는 것이다. 언젠가 큰딸로부터 "시아버지가 운동 삼아 아파트 계단 오르기를 하다가 발을 헛디뎌 굴렀는데 정신을 잃었고 뒤늦게 주변 사람들이 발견해 구사일생으로 살았다."는 이야기를 들은 적이 있다. 아내 혼자서 사람들이 잘 안 다니는 아파트 계단 길을 다닌다는 게 내심 걱정이 되기도 했다.

나는 농한기 서울 집에 있을 때는 아내를 따라 계단 오르기에 나섰다. 아내도 나와 함께하는 게 든든한지 기분 좋은 모습이다. 아파트 엘리베이터가 고장 나 12층까지 걸어 올라갈 때 힘들고 답답했던 언젠가의 기억이 아스라이 떠오른다.

난생처음 운동 삼아 자발적으로 아파트 계단 오르기는 처음이다. 한 계단 한 계단 오르는데 힘이 들고 지루하다. 하지만 제자리에서 하염없이 물레방아 돌리는 디딤돌을 밟는 것보다는 지루하지 않고 수월한 것 같다.

걷기와 계단 오르기에 숙련된 아내와 보조를 맞추기는 어려웠다. 처음 일주일간은 25층 계단 오르기 1회를 목표로 했다. 무릎이 시큰 둥하고 피곤했으나 참을 만했다. 2주부터는 2회를 올랐고, 3주부터 는 3회로 아내와 간신히 보조를 맞출 수 있었다.

이제는 아내를 앞서 간다. 아파트 계단으로 들어가려면 묵직한 비상 출입문을 열고 닫아야 하는데 그 동작이 연약한 아내에게 힘 겨워 보였고 문짝과 부딪치는 소리가 밀폐된 공간을 타고 큰 소음 으로 들려서다. 이제는 내가 앞장서서 문을 부드럽게 열고 닫는다.

처음에는 계단 오르기조차 힘이 부쳐 생각조차 못 했으나 3개월 정도 적응하고 나서야 비상문을 열고 닫으며 나보다 앞서 가는 아 내의 힘든 모습을 인지하게 되었다. 사소한 일이라도 자신이 직접 겪어보고 적응할 수 있는 상황에서 남을 도울 수 있는, 그야말로 참 다운 조력이 탄생함을 깨달했다.

나는 아내가 계단을 걷다 넘어지지나 않을까 걱정이 되어서 시작 했지만 날이 갈수록 뿌듯함이 느껴졌다. 아내를 배려한 계단 오르 기가 오히려 나 자신의 건강에 도움이 되는, 이른바 남에게 좋은 일 을 하면 그 실이 자신에게 되돌아 온다는 선순환의 원리를 깨달했 다. 허벅지와 장딴지 근육이 시나브로 단단해지고 커져서 그럴 까, 기력이 예전보다 훨씬 나아진 것 같다.

아버지의 훈장

　그날은 2009년 12월 10일 오후 3시경이었다. 나는 집에서 택배 상자를 받았다. 군 부대에서 보내준 것이었다. 직감으로 군대에 있는 지인이 다가오는 새해를 맞이하여 선물을 보내준 것으로 생각했다. 그런데 조그마한 사과상자 같은 포장을 뜯어보고 깜짝 놀랐다. 아버지의 훈장과 육군참모총장의 기념시계가 부상으로 들어 있었다. 나는 훈장증을 살펴보았다.

　6·25전쟁에서 군인으로 전사하신 아버님의 훈장을 55년 만에 내가 대신 받은 것이다. 자식으로서 가슴이 아프지만 한편으로는 영광스러워야 했다. 그러나 아버지의 훈장증을 읽고 나니 가슴이 아팠다.

　국가에서 명예롭게 수여하는 화랑무공훈장을 사과상자 짐짝처럼 보낸 것이다. 돌아가신 분의 훈장이고 대상자가 많아서 어쩔 수 없는 일이겠지 하고 좋게 생각하려 했다. 하지만 그럴수록 심히 안타깝고 서글픔에 빠져들었다.

좀 더 좋은 방법이 없었을까. 지역별로 나누어 소관 군부대장이 적당한 장소에 유족을 초청하여 훈장을 수여하고 격려 한 마디만 해주어도 고마워 할 턴데……. 국가에서 많은 예산을 들여 좋은 일을 하고도 이처럼 국민으로부터 좋은 평을 못 받으면 얼마나 안타까운 일인가.

아버지의 훈장을 받은 다음 해, 2010년 현충일 날, 내가 살고 있는 경기도 고양시 현충일 행사에 처음으로 참석했다. 아버님의 명복도 빌고 영예로운 훈장도 잘 받았다는 인사를 드리고 싶었다.

시장, 국회의원 등 지역 유지들이며 참전 용사와 학생들, 그리고 나와 같은 유족들이 많이 참석했다. 이날 행사에서 군복을 입고 나온 6·25 참전용사 한 분의 말씀이 지금도 나의 마음을 아프게 한다.

6·25 전쟁 중에 함께 싸우다 동료들이 죽으면 나무 위에 시체들을 모아 화장을 해서 고향 집으로 보내주었다는 것이다. 지금처럼 화장시설이 되어 있는 것도 아니고 총알이 빗발치는 전쟁 중에 한 사람 한 사람 가려서 화장할만한 여유가 없었다는 것이다.

그렇다면 지금까지 반세기 동안 돌아가신 어머니와 나란히 고향 땅에 모시고 있는 유골은 아버지 그대로가 아닌 것이다. 나는 이런 사실을 알고서 마음이 무척 안타까웠다.

그즈음 국방부에서 6·25전쟁 전사자 유골을 발굴하고 가족을 찾아주기 위해 유전자((DNA) 검사를 한다는 공문이 왔다. 나는 당황했다. 이미 유골을 받아 모시고 있는 유족에게까지 이런 문서를 보내다니. 우리 군대의 행정이 이렇게 허술한지 정말 몰랐다.

지난해 사과 짐짝처럼 택배로 보내준 아버지 훈장 건으로 마음 상했던 감정까지 되살아나 나를 극도로 흥분시켰다. 나는 흥분을 주체하지 못하고 군관계자에게 전화를 했다.

"여보시오. 이미 유골을 받은 유족인데 유전자 검사를 해서 유골을 다시 보낼 겁니까? 그러면 유골을 받은 유족을 두 번 울리는 겁니다.".

"죄송합니다. 유골을 받은 유족은 선별해서 문서를 보내지 않겠습니다." 하고 군관계자가 정중히 사과를 했다. 조금만 신경을 써서 배려하면 고마워할 일임에도 고질적인 탁상행정의 한 단면이다.

아직도 6·25 전쟁에 참전하고도 유골을 못 받은 가족이 많다. 가족으로서 얼마나 한스러울까. 비록 아버지 그대로의 유골이 아니어서 안타깝지만 나로서는 그들에 비하면 다행이다. 아니 어쩌면 돌아가신 아버지 입장에서는 전우들과 함께 묻힌 게 더 외롭지 않으리라.

2012년, 꽃 피고 새가 우는 따뜻한 봄날, 아버지의 묘소에 아버지의 화랑무공훈장이 담긴 아담한 비석을 세워드렸다.

어느 지인의 죽음

사람은 언젠가는 죽는다. 죽음은 허무하고 두렵다. 이러한 죽음도 '호상好喪인가 애상哀喪인가'에 따라 그 분위기가 다르다. 호상은 상주마저도 미소를 띠니 문상객들도 술상 앞에서 웃고 떠들며 상가를 지켜준다.

나는 유난히 주위에서 애상을 많이 겪었다. 아버지는 6·25전쟁 때 군에서 전사하셨고, 21세에 홀로되신 어머니마저 갑작스런 병환으로 45세에 돌아가셨다. 결혼하여 처가와의 인연에서도 애상이 따랐다. 부모를 일찍 잃어 의지할 곳이 없었던 나는 군대를 제대하자마자 서울에서 처가살이를 했다. 장모와 처 오빠, 처제 그리고 아내가 세 들어 사는 방 두 개 딸린 집에 나까지 끼어든 것이다.

어려운 처가살이에서도 친형처럼 대해주었던 처 오빠가 조기축구를 하다 그만 목을 다쳐 44세에 세상을 떴다. 외롭고 그리움 속에서 한동안 어렵게 살았다. 그 불운이 채 가시기도 전에 친동생처럼 다정했던 동서마저 신축 건물의 옥상에서 떨어진 각목에 정수리를 맞아 45세에 죽었다. 미신을 신봉하는 것은 아니지만, 내가 의지하고 사랑했던 사람들이 단명하니 나 역시 그럴 것이라고 내내 불안한 생각을 떨치지 못했다.

어느덧 직장에서 무탈하게 정년을 마치고 지금은 3살짜리 귀여운 외손녀가 있는 60대 중반의 할아버지다. 걱정했던 것보다 명줄이 길어진 것이다. 이따금 고인들이 생각날 때면 그분들의 못 다한 삶을 내가 빌려 사는 것 같아 미안한 마음이 들기도 한다.

2010년 7월 말쯤이라 기억한다. 직장 후배로부터 지인 K씨의 부고訃告를 알게 되었다. 그는 50대 중반으로 한창 일할 나이였다. 그가 갑자기 죽었다고 하니 믿기지가 않았다. 그 사연이 매우 안타까웠다. 해외출장 중에 뇌출혈로 쓰러졌는데 응급처치를 제때에 받지 못했다는 것이다. 엎친 데 덮친 격으로 감당할 수 없는 비용이 들어 시신을 운구하지 못하고 화장하여 왔으니 그 유족들은 얼마나 가슴이 아프겠는가.

30여 년 전인 1976년에 그를 업무관계로 처음 알게 되었다. 나는 당시 정부기관인 총무처에서 '법무부 출입국관리' 전산화를 담당했고, 그는 법무부 직원으로 그 일을 지원하였다. 그는 매일 7천여 건의 출·입국자 카드를 컴퓨터에 입력할 수 있도록 코드 부여 등 데이터 정리를 담당했다. 정리가 끝난 데이터를 비가 오나 눈이 오나 하루도 빠짐없이 007가방에 넣어 와 업무를 무난히 잘 처리했던 기억이 난다.

당시 출입국카드는 주요 개인정보로 지금 같으면 외부 유출이 될수 없었다. 하지만 전산화하기 위해 운반할 수밖에 없었고 분실 시 직장을 그만두어야 하는 큰 부담도 따랐다. 그는 3년간을 아무 탈 없이 잘해냈다. 그의 노력과 성실성이 인정되어 정규직이 되었고 직장에서 간부급까지 오르게 되었다. 그런 그가 머나먼 객지인 해외에서 애석하게 죽은 것이다.

고인의 장례식장에는 갈 수가 없었다. 장례식 하루 전에 알게 되어 여유가 없었고 그날따라 다른 사정이 있었다. 고인에게는 대단히 미안한 이야기이나, 다른 일을 제쳐 놓고 꼭 장례식장에 가야 할 만큼 친분이 없었다. 게다가 '정승집 개가 죽으면 문상을 하지만, 정승이 죽으면 문상을 안 한다.'는 옛 속담의 나쁜 심보에 나 역시 은근히 빨려 들어갔는지 모른다.

그 며칠 뒤 나는 3년간 약으로 치료해 온 전립선 비대증이 악화되어 수술하게 되었고 후유증으로 근 한 달간이나 불편한 생활을 해야 했다. 병세가 나아져 안정을 찾자 고인이 생각났다. 미안한 마음이 자꾸만 들어 3년 전에 출가한 두 딸의 결혼 축의금 명단을 살펴보았다. 고인이 두 딸들의 결혼식에 와서 축하해주고 축의금을 냈다. 그것도 5만 원씩이었다. 당시 공직사회에서 애경사비는 보통 3만 원 정도였다. 지위 높은 체면 때문이거나 친분이 두터운 사이라도 5만 원을 넘지 않았다.

나는 고인에게 몹시 미안한 생각이 들었다. 고인은 나를 매우 친분이 두텁다고 여겼는데 나는 그렇지 못한 것이다. 그저 한때 직장 일로 알고 지내는 사이라고 생각해왔다.

장례를 치른 지 한 달 반이나 지나서야 우편환으로 조의금을 보냈다. '뒤늦게나마 삼가 조의를 표해드립니다.' 라는 문구를 넣어 10만

원을 보냈다. 그제야 다소 마음이 놓였다. 며칠 뒤 고인의 장녀로부터 '고맙습니다. 은혜 잊지 않겠습니다.' 라는 회신을 받았다.

고인의 가족들은 나를 고맙게 여긴 것이다. 나는 고인과 그 가족에게 더욱 미안한 마음이 들었다. 고인은 3년 전에 우리 딸들의 결혼식에 기꺼이 와서 축하해주고 축의금을 남겼다. 나는 고인의 영전 앞에서 명복을 빌어주지도 못했다. 망설이다 뒤늦게 조의금(따지고 보면 고인이 맡겨 놓은 돈)을 보낸 것이다.

고인의 명복과 유족의 행복을 고개 숙여 빈다. 그래도 고인에 대한 양심의 가책은 쉬이 사라지지 않을 것이다.

환자는 서럽다

응급실에서

나는 응급실 신세를 지지 않을 수 없었다. 그 날은 2010년 8월 12일, 오후 4시 경이었다. 전립선 비대증 수술을 받고 퇴원한 지 꼭 4시간 만이었다. 낮 12시경 집에 돌아와 샤워를 하고 홀가분하게 점심을 잘 먹었다. 그리고는 긴장이 풀려 2시간 정도 잠을 푹 자고 일어나 화장실에 갔는데 소변이 나오지 않았다.

여러 차례 시도해 보았으나 아픔만 더해 올 뿐 나오라는 소변은 나오지 않고 핏방울만 힘없이 한, 두 방울 새어 나오다 그만이었다. 수술 뒤끝이어서 진통약을 먹고 있음에도, 다급해지니 오줌보(방광)가 금방 터질 것 같은 아픔이 엄습해와 견딜 수가 없었다. 다급히 콜택시를 불러 타고 아내와 같이 퇴원한 서울의 S병원으로 직행했다. 그 때가 오후 4시 30분쯤이었다.

응급실에 도착하니 곧바로 수속을 밟아 의사의 처치를 받는 게 아니었다. 관문을 4개나 통과해야 했다. 첫 번째 관문은 순번을 받는 관문이다. 건장한 남자 둘이 지켜 서서 순번대로 환자의 이름을 받아 적고 대기하게 했다. 밀려드는 환자와 보호자들로 아수라장인 응급실의 질서를 잡기 위해서 어쩔 수 없는 조치란다.

두 번째 관문에서 아내가 보호자로서 병명과 주소 등 신상명세를 작성하고 응급실 접수료 5만 원을 지불했다. 세 번째 관문에서 간호사가 혈압과 체온 등 환자의 건강상태를 측정했다. 대기한 지 30분이 지났다. 그렇지 않아도 고통이 극에 달한 나는 금방 오줌보가 터질 것 같고 터지면 죽을 것 같은 야릇한 기분에 빠졌다.

다시금 이를 악물고 자력으로 고통을 해소해보려고 화장실에 가서 소변을 시도했다. 집에서보다 더 검붉어진 핏덩이가 서너 방울 힘없이 나오고는 그만이었다. 절망의 눈초리로 맥없이 하위의 지퍼 밑쪽을 보니 피가 홍건이 젖어있었다.

정신이 혼미해지니 극심한 고통도 사라졌다. 이제는 시간에 내 운명을 맡기는 수밖에 없었다. 그 때 아내가 내 이름을 부르는 소리가 들렸고 아내의 부축을 받아 간신히 응급실 안으로 들어갔다.

드디어 네 번째 관문에 이른 것이다. 나는 의당 곧바로 의사의 응급처치를 받을 것이라고 기대했었는데 그게 아니었다. 이번에는 아들뻘 되는 30대 초반의 의사가 환부와 통증에 대해 세세한 질문을 했다. 어느 전문의가 담당해야 할지 그 판단을 내리는 단계인 것이다. 나는 더 이상 참을 수가 없었다.

"아니, 불과 몇 시간 전에 퇴원한 사람을 이렇게 대할 거야! 퇴원한 병동에 연락한 지가 언젠데 담당의사는 안 나타나고 엉뚱하게 이것저것 묻는 거야!" 나는 극도로 흥분한 목소리로 대들었다. 응급실 책임자인 듯한 저편의 다른 의사가 불쑥 나섰다.

"아저씨, 왜, 반말하고 그래요?"

"사람이 죽게 생겼는데 이 판국에 존댓말 쓰란 말이야!"

그 때 병동에서 응급실로 내려 보낸 의사가 나타났고 나는 드디어 처치실로 들어가게 되었다.

내가 들어간 응급처치실은 산모용이었다. 빈 처치실이 없는데다 그만큼 다급하여서다. 산모가 응급 해산하는 자리에서 내가 응급 소변 처치를 받은 것이다. 이제껏 원망만 했던 의사의 배려에 고마운 마음이 들었다.

그는 나의 성기에 호스를 집어넣고 소변을 배설해 냈다. 소변이 다 나오자 어렸을 적 가지고 놀았던 대나무 물총만한 왕 주사기를 사용해 물을 방광 내에 서너 차례 주입시키고 빼내기를 반복했다. 3리터짜리 큰 봉지의 주사액이 소낙비 후의 낙수물처럼 떨어져 가느다란 호스를 따라 방광 속으로 흘러 들어갔다.

주사액에 의해 씻겨 나온 소변이 하얀 호스를 붉게 물들이며 흘러나와 배설용기에 쌓여간다. 나의 응급처치는 마무리된 것이다. 나는 안도의 숨을 내쉬며 의사에게 "아까 응급실에서 짜증을 내어 미안하다."고 했더니, "소변을 못 보는 고통만큼 큰 게 없어요. 나라도 그 상황에서는 그랬을 겁니다. 다행히 방광에는 이상이 없고 수술부위의 상처가 심해 3일 정도 입원 치료해야 할 것 같습니다." 하고 친절히 말해 주었다.

응급실은 넓은 공간에 간이침대를 양쪽으로 20여 개 늘어놓은 마치 텐트촌 같았다. 병동에 빈 입원실이 없어서 하룻밤을 응급실에서 보내야 한다는 것이다. 응급처치만 하면 곧바로 좋아질 줄 알고 입원 준비를 안 했는데 걱정이 되었다.

응급실은 그야말로 아수라장이다. 어린아이의 울음소리, 환자의 신음 소리, 분주하게 움직이는 의사와 간호사들의 발자국소리, 보호자들의 허겁지겁한 모습이 밤새 끊이지 않았다. 나는 이제 응급환자가 아니었다. 나의 병보다는 주위 다른 환자에 신경이 쓰였다.

내 우측의 환자는 50대 후반의 키가 작고 호리호리한 남자다. 간에 커다란 암 덩이가 두 개나 붙어 있는 심각한 환자란다. 그런데도 휴대폰으로 누군가에게 전화를 하는데 아주 여유가 있다. 지인들에게 보증을 서달라는 부탁을 하는 전화다. 병세가 워낙 악화되어 장기간 입원치료를 하기 위해서는 돈 500만 원을 보증금으로 입금시키고도 보증인을 두 사람 세워야 한다는 것이다.

몇 사람인가에게 전화로 사정해보지만 여의치 않은 모양이다. 한숨을 크게 몇 차례 내쉬더니 침대에서 맥없이 일어나 응급실 밖으로 나갔다. 보호자도 없이 혼자서 힘겹게 나간 그가 무척 애처롭게 보였다. 아내가 휴게실에서 그를 보니 담배를 피우고 있더란다. 얼마나 애가 타면 중환자가 담배를 피우겠는가.

내 앞쪽 건너편의 환자는 60대 초반의 남자였다. 시골에서 올라온 환자인데 환자는 가만히 침대에 누워있고 부인의 목소리가 요란하다. 당뇨환자로 시골 병원에서 약을 지어 먹고 별 문제 없이 지내다 오른발이 썩어 가기 시작해 급기야 절단해야 한다는 진단을 받아 서울 큰 병원으로 왔다는 것이다.

이러한 사정을 서울에 사는 자식들에게 알렸지만 '아들은 못 들은 척 전화를 끊어버리고, 딸은 지금 바쁘니까 나중에 병원에 가겠다.'고 하니 "자식새끼 키워 놓아봤자 다 허사"라며 환자인 남편을 껴안고 대성통곡을 한다.

이처럼 응급실에는 정말 불행한 환자들이 많았다. 여기에 비하면 나는 얼마나 다행한 일인가. 아내가 곁에서 잘 지켜주었고 아직까지 치료비나 보증인 걱정 없이 병을 다스릴 수 있으니 말이다.

2인실에서

다음날 아수라장 같은 응급실을 떠나 일반 병동으로 옮겼다. 입원비가 6만 원으로 싸고 의료보험 혜택도 받는 5인실은 빈곳이 없었다. 울며 겨자 먹기로 20만으로 비싸고 의료보험 혜택도 없는 2인실에 들어가야 했다.

2인실에는 60대 후반의 환자가 입원해 있었다. 4년 전에 나와 같은 전립선 비대증 수술을 받았다고 한다. 내가 퇴원 후 소변을 못 봐서 응급실에 있다가 재입원했다고 하니, 그는 나와 같은 증상으로 4번이나 응급실 신세를 졌다고 했다. 그런 후유증으로 인해서인지 소변을 볼 때마다 불편해서 재진단해보니 방광암으로 판정 받아 이틀 전에 수술을 받았다고 했다.

그 환자는 기독교 장로이고 보호자인 부인도 절실한 신자였다. 수술 다음 날부터 교우들의 문병이 잇달았고 그때마다 장시간 기도를 하고 떠났다. 문병이 없는 시간에는 부부가 TV의 기독교방송을 보며 현장의 신자들이 하는 것처럼 "아멘" 소리를 내며 열심히 기도했다. 나와 아내는 온 종일 '아멘'소리 때문에 귀가 멍멍해져 있었다.

하도 참기 어려웠던지 나보다 강성인 아내가 대뜸 나섰다. 아내는 환자 부인에게 "리모콘 좀 주세요."하고 리모콘을 잽싸게 받아들고는 TV채널을 돌려버린 게 아닌가. 아내가 바꾼 채널은 하필이면 불교방송이었다.

아내나 나나 불교신자가 아니지만 시도 때도 없이 연발하는 '아멘' 소리를 누그러뜨리기 위한 작전으로 아내가 일부러 그리 해 본 것이다. 10여 분의 불교 방송이 나온 후 나는 아내에게 그 정도면 됐으니 TV를 끄도록 눈치를 주었고, 그 뒤부터 병실에는 TV소리가 들리지 않았다.

5인실에서

나는 다음날 운 좋게도 오전 중에 5인실로 옮기게 되었다. "모텔이 딱 우리 수준이네" 아내의 말에 내가 의아해하자, 올 여름 휴가는 텐트촌(응급실), 민박집(수술 시 구 병동 5인실), 모텔(재입원 시 신 병동 5인실), 그리고 호텔(재입원 시 신병동 2인실)을 다 거친 진풍경 휴가를 보낸다며 아내가 멋쩍은 미소를 보였다.

나는 5인실로 옮겨진 뒤 훨씬 마음이 편했고 병세도 좋아졌다. 5인실은 방문객으로 혼잡했다. 어떤 환자의 방문객은 완쾌를 기원하는 화환까지 들고 당당하게 왔고, 또 어떤 환자는 어린 손녀까지 대동한 가족이 좁은 병실을 차지하고 무슨 잔치인양 음식까지 장만하여 와 소란스럽게 먹기도 했다.

같은 병실에 있으면서 남들은 병문안 오는 사람이 있는데 우리만 안 오니 좀 허전한 생각도 들었다. 하지만 며칠 입원하면 퇴원할 병세인데 일가친척이나 지인들에게 굳이 알려 부담을 주는 것도 그렇고, 성기의 요도에 호스를 꼽고 소변을 배출하는 모습은 평생 동반자인 아내 이외에 자식들에게조차 보이기 싫었다.

전립선 수술 상처로 인한 피가 하얀 호스를 통해 흘러내리는 것이 마치 붉은 지렁이들이 꼬불꼬불 기어 나오는 것 같아서 환자인 내가 보아도 혐오스럽다. 2시간마다 붉은 핏물로 가득 찬 소변통을 비우며 간호하는 아내가 애처롭다.

입원 환자들은 병실에만 누워 있기가 따분하여 몸을 조금만 가눌 수가 있어도 휴게실로 나온다. 영양제며, 항생제며 커다란 주사액 봉지나 병이 주사대에 걸쳐있다. 주사액이 가느다란 호스를 따라 성기나 손등, 코로 들어가는데 지장이 없도록 조심스럽게 주사대를 밀고 걸어 나온다.

환자들은 삼삼오오로 모여 자신들의 병에 대해서 이야기하고 서로 위로도 한다. 초면이지만 금세 친해진다. 같은 병으로, 같은 병동과 입원실에서 만난 인연이 자연스레 그런 분위기를 조성한다.

환자는 영양주사 10대 맞는 것보다 밥 한 술을 먹는 게 낫다. 억지로라도 밥을 먹어야 병세가 좋아진다. 비뇨기 질환은 수술 후 장기간 치료를 받고 후유증과 재발도 염려되니 좋은 병원에서 좋은 의사를 만나 치료하는 게 좋다. 기왕 수술을 할 바에는 조금이라도 젊었을 때 해야 병원생활을 잘 견디고 빨리 회복된다는 등등.

70대 후반쯤 되는 할머니가 병실을 지키며 할아버지의 보호자 노릇을 20여 일째 하고 있다. 무릎 관절과 허리가 부실한지 한 발 한 발 떼는 모습이 돌 지난 아이처럼 넘어질까 위태롭게 보인다.

그렇게 자신의 몸도 가누기 벅찬데 밤잠을 설치며 남편의 소변통을 두 시간 간격으로 비우고 씻는 등 수발을 해야 한다. 늙으면 자식도 그 누구도 소용없다. 오직 노부부만이 고통을 감내하며 외롭게 병마와 싸우고 있는 것이다.

이렇게 지극정성으로 돌보는데도 병세가 나아지지 않는다면 얼마나 안타까울까. 주사약을 4개나 달고 호스를 어지럽게 늘어뜨려 치료를 하지만 환자는 갈수록 초췌한 모습에 기력을 잃고 잠만 잔다. 폭풍에 밀려온 파도소리처럼 거친 숨소리만이 아직 살아있다는 신호를 보낸다. 나는 환자보다 할머니 보호자가 더 안쓰러워 할아버지의 병세가 하루 빨리 나아지기를 바란다.

갑 질 자

1.

지하수개발 업자인 안풍쟁과 농가 4가구용 1일 40톤 물량의 맑고 깨끗한 음용수 조건으로 800만 원에 대공지하수를 파기로 계약했다.

2020.7.17. 막상 관정을 파보니 물량이 하루 4톤의 절반 정도인 20톤밖에 안되어 폐공하게 되었다. 며칠 후 곰곰이 따져보니 물량이 적어도 20톤이면 한 가구는 충분히 쓸 수 있기에 마음이 끌렸다.

안풍쟁과 흥정을 했다. 나는 물량이 40톤의 반밖에 안 되니 원가 800만 원의 중간인 400만 원을, 안풍쟁은 500만 원을 고수했다. 둘이서 팽팽히 맞서다 서로 50만 원을 양보하고 450만 원에 시공하기로 했다.

3개월쯤 지난 2020.10.7. 배수관을 집어넣고 모터를 지하 70미터 지점에 달아 물을 퍼 올렸는데 15미리 호수로 2시간 정도여서 턱없이 부족하고, 그 물마저 흐려서 식수는커녕 세수도 할 수 없었다.

그 뒤 해가 바뀌고 5월 초까지 20여 차례 전화며 메시지로 보수 요청을 했으나 그 원인이나 진단조차도 안풍쟁은 하러 오지 않았다. 심적·경제적 고통이 커 2021년 6월 28일 난생 처음 민사소송인 소액재판신청을 하게 되었다.

2.

1개월이 지난 후에 받아 본 피고의 답변은 나의 마음을 아프게 했다. 10개항으로 답변을 해 왔는데 하나부터 열까지 전부 거짓으로 그야말로 소설을 썼다. 그중 가장 마음이 아팠던 건 '180미터 지하수로 완벽하게 개발한 우물을 2020. 7. 17.부터 1년간 잘 쓰고도 총 시공비 800만 원 중 450만 원만 주고는 내가 이것저것 불필요하게 요구하며 갑질을 해왔다'는 순 거짓과 억지 주장으로 역공을 해 온 것이다.

나는 20여 일을 밤잠을 설치며 고시생 시험답안 쓰듯 죽기 살기로 매달려 여러 정황과 녹취록, 수질검사 등 물증을 들어 피고의 답변서에 조목조목 반론하여 법원에 제출했다. 1차 법정에서 어느 쪽이 진실인지 분명하게 가릴 줄 알았다.

어떤 판결이 나올까, 마치 자신 있게 시험을 치른 입시생이 합격을 기다리듯 마음 졸였다. 법원의 판결 우편을 2021.11.17.받고 나는 그만 억장이 무너졌다. 원고인 내가 완패한 것이다.

이제 어찌해야 하나. 650만 원(시공비 450만, 1년간 정신적·물적적 피해보상비 200만)의 소액재판에 변호사를 사기도 마땅치 않다. 승소하더라도 배보다 배꼽이 더 클게 다분하다. 그렇다고 이대로 완패당하기는 너무 억울하다. 이럴 줄 알았으면 "잘 먹고 잘 살아라"고 당차게 소송을 접었더라면 지금쯤 마음을 다잡았을 터다.

죽을힘을 다해 확실한 정황과 증거를 제시했음에도 인정해주지 않은 이 현실이 참으로 안타깝다. 아무래도 이대로 자포자기해서는 자존심이 하락하지 않았다. 기왕 판을 벌인 이상 끝까지 결판을 내야겠다는 오기가 생겼다.

비록 70대 중반의 상노인이지만 젊은 시절 어렵고 비참한 일이 있을 때마다 전화위복轉禍爲福이라는 네 글자가 나를 더 성장하고 돋보이게 했던 일들이 주마등처럼 떠올랐다. 그 일들에 비하면 이건 새발의 피다. 아니 잘만하면 노년의 인생공부가 될 수도 있다. 나는 이를 악물고 항소문을 쓰기 시작했다.

항소는 3명의 판사가 심리한다니 항소 이유만 사실과 정황 그리고 증거를 잘 제시하면 쉽게 풀리는 일이다. 아무리 학생이 밉더라도 교수가 정답을 쓴 학생에게 과락을 줄 수 없듯이 말이다. 나는 2021.11.29. 항소를 했다.

먼저 '물의 양이 1일 20톤의 약정에 미치지 못함을 인정하기 어렵다'에 대한 반론을 했다. 녹취록(20020.10.28.) 3쪽에서 "10일간 계속 물을 틀어 놔도 수중모터가 고장 안 나야 하는데 왜 고장 났느냐"에 "그거 고장 난 게 아니에요. 제가 가서 볼게요" 등의 대화로도, 실제 물량이 2시간 정도에 그친 본 사건의 지하수는 가뭄 때 밤낮으로 며칠씩 농작물에 물 주기를 해야 하는 농촌에서는 그 가치를 상실한 것이다.

따라서 이에 불복한다.

다음은 '음용수 여부를 인정하기 어렵다'에 대한 반론을 했다.

녹취록(2021.6.4.) 12쪽에서 피고가 "수질검사비 30만 원(음용수검사 단가) 사장님(원고)이 낸다고 그랬잖아"로 삼촌뻘 되는 원고에게 화내듯 강조한 것 이상으로 음용수임이 명백한 증거가 이 세상 또 어디에 있겠는가? 결국 피고는 원고가 부담한다는 수질검사마저 기피했고, 원고가 대신하여 대장균과 탁도(흐린 정도) 등이 극심해 '부적합'판정을 받았다.

따라서 이에 불복한다.

본 사건의 쟁점인 '지하수 물 부족과 음용수' 여부는 피고가 현장에 와 2시간 정도 지켜보기만 해도 금방 확인할 수 있는 사안임에도 피고는 유지보수기간(2020.10.8. - 2021.10.7.) 내내 단 한 번도 그 책무를 이행하지 않았다. 그럼에도 1차 법정에서는 그 이유조차 피고에게 묻지 않은 등 본 사건의 쟁점과 그 진위여부를 충분히 판단할 수 있었음에도 소홀히 했다.

농촌의 농가에서 지하 30-40미터에서 나오는 소공지하수도 하루 종일 맑은 물로 10톤 이상 나와야 인정을 받는 관행인데, 하물며 명색이 180미터 지하까지 팠다(피고의 주장)는 본 사건 대공지하수가 더구나 농가주택을 짓는 현장에서 2시간 정도 나오다 그친 황토색 흐린 물이라면 웅덩이를 판 것이나 다름없는데 대공지하수로 인정한 본 판단은 일반상식에도 크게 어긋난다.

지금도 현장에 본래대로 잘 보존하고 있는 지하수시설을 '피고가 방문하여 본 사건의 쟁점인 물 부족과 흐린 상태를 직접 확인'하게 한 후에 판결하면 여한이 없겠다. 피고가 떳떳하고 정당하다면 반드시 받아들여 한다.

(2021년 11월 29일, 항소인 원고 김병규, 청주지방법원 민사항소부 귀중)

3.

항소장을 보낸 2주일 후에 피고에게 송달이 되지 않으니 원고가 피고의 주소를 잘 조사해서 알려주어야 한다는 법원의 문서를 받았다. 피고가 고의로 회피하거나 주소지를 옮기거나 둘 중 하나인데 이런 사정을 원고가 현장에 가 확인해서 풀어야 할 일이라는 게 수긍이 가지 않았다.

아쉬운 놈이 샘 판다고 나는 마지못해 법원에서 인정한 문서를 들고 등기소에 가서 회사등기를, 읍사무소에 가서 회사 대표의 주민등록등본을 발급받아 대표자의 거주 주소지로 송달해 달라고 했다. 그 방법도 공휴일이나 밤까지도 송달해달라는 최고의 강력한 수단을 이용했다.

항소 담당판사 3인이 나의 손을 들어 주었다. 죽기 살기로 작성한 나의 항소문을 알아봐 준 것이다. 조정판단이 나오고 2022.10.24. 조정일이 잡혔다. 이제 나는 '피고의 소송비용까지 원고가 부담한다.'는 완전 패소판결을 한 1심 판사, 이름값도 못한 김룡의 오판 설움에서 벗어났다.

4.

조정일(2022.10.24.) 오전 10시에 청주지방법원 제526호 조정실에 들어갔다. 피고는 아직 안 오고 60대 중반쯤으로 보이는 조정관 1명이 나를 맞이했다. 2심에서는 변호사나 판사 출신 중에 조정관 풀제를 이용한다고 한다. 10분이 지나도 피고가 나타나지 않자 조정관이 전화를 했다.

통화도 안 되고 되더라도 오지 않으면 어쩌지? 걱정이 앞섰다. 재판에서 이기고도 피고가 배상하지 않아 매년 12%라는 높은 이자를 쳐 나가도 별 도리가 없다는 것이다. 국가에서 우선 배상하고 세금 체납자와 같은 방법으로 환수할 수 있도록 하면 고의적 악의적인 범죄도 줄고 그만큼 소송건도 줄어들 게 아닌가.

소액재판 건은 대개 상식적이고 간단명료함에도 1심이 1년을 넘어 최종 판결이 2, 3년 걸리는 것도 한심스럽다. 법 적용에 관한 재판은 법조인이 한다지만 일반상식에 관한 건은 국민배심원 의견수렴으로 결정하는 것이 판사의 일손도 덜고 보다 합리적, 효율적 아닌가.

피고는 20분이나 늦게 도착했다. 그 사이 조정관은 나의 배상금을 최소한으로 낮추려고 유도했다. 조금이라도 덜 내려고 발버둥 치는 피고와의 합의금을 좁히려면 처음부터 원고의 기를 꺾어야 한다. 조정을 잘하여 성사시키는 일이야 말로 조정관의 일이요 그만큼의 성과수당이 따름이다.

나는 솔직히 돈보다 내가 피고에게 갑질했다는 오명을 벗고 싶었다. 피고가 잘못을 뉘우치고 정중하게 사과한다면 300만 원만 요구하겠다고 했다. 나를 법정에서 나가도록 하고 다음은 피고와 조정에 들어갔다. 피고가 나가고 또 내가 들어갔다. 조정관이 "코로나로 일거리가 없어 직원들 노임도 못 주고 어려움이 많아 피고가 정중히 사과하고 100만 원을 보상하겠다"는데 어떠냐고 간청하듯 말했다.

순간 나도 모르게 "법정에서 나에게 잘못을 인정하고 정중하게 사과하면 받아들이겠다."는 말이 나왔다. 나를 갑질자로 매도했던 억울함이 풀려 야릇한 기분에서 드러낸 건데 금방 후회했다. 650만 원에서 100만 원의 배상은 피고가 아무리 엎드려 빈다 해도 너무 손해 본다는 생각에 마음이 먹먹했다.

그러나 이미 늦었다. 피고가 나에게 다가와 "잘못했습니다. 고맙습니다."하고 빌었고, 조정관이 법정이 울릴 만큼 큰소리로 "고맙습니다!"하고 활짝 웃었다. 소송 한 건을 잘 마쳐 기분 좋다는 표정이다. 그만큼 원고와 피고 간의 조정이 어렵고 힘든 일일 게다. 그렇게 2년 반의 애타고 가슴 아팠던 지하수 소송건은 끝이 났다.

5.

　아내에게 이 사실을 알리니 "잘 끝났어, 100만 원이라도 받고 좋게 끝나는 게 더 욕심내다 한 푼 못 받고 원수지는 것보다 낫지"하고 위로했다. 남과 사소한 언쟁에도 겁을 먹을 정도로 여린 아내는 그냥 재수 없어 손해 본 것으로 알라며 송사를 처음부터 극구 말렸다. 나는 돈보다 명예가 더 중요하다며 난생처음 소송을 제기한 것이다.

　나는 '갑질자'를 피고로 여겨왔는데 소송이 끝난 뒤에는 피고보다 더 갑질자가 나타났다. 20여 일간 죽기 살기로 마련한 원고의 진술이며 정황이며 제 증빙서류를 깡그리 무시하고 엉터리 판결을 내린 1심 판사, 그 이름값도 못한 김룡이다.

　피고가 인정한 녹취록은 한글을 아는 어린애도 오판하기 어려운 극히 상식적인 사안임에도 사법고시를 거쳐 우리나라 최고 지식인인 판사가 오판한 것이다. 이거야 말로 피고보다 더한 갑질이 아닌가. 1심 판사 김룡을 나의 이번 송사에서 갑질자로 새하얀 용지에 시뻘건 낙인을 쾅 눌러 찍어 놓는다.

　갑질자 김룡에게 반성의 기회를 주고 싶었다. 나와 같은 억울한 사람이 없도록 세심하게 살펴서 재판을 잘하라는 당부 편지를 보내고자 했다. 그러나 곧바로 마음을 고쳐먹었다. 보다 공개적으로 경각심을 갖게 하고 싶었다.

법원행정처 윤리감사담당관실에 2022.12.19. 민원을 넣었다. 거의 2개월 만에 답이 왔는데 참 기가 막혔다. '판사는 독립기관으로 피고가 인정한 사실을 오판해도 지금의 법제로는 어찌 할 수 없다'는 실로 황당한 회신을 받았다.

나는 그들도 농촌의 순박한 고령의 민초를 가슴 아프게 한 김룡 판사와 한통속 〈갑질자〉로 낙인을 찍을 수밖에 없다. 그 갑질자 낙인이 찍힌 용지를 두 손으로 모질게 비벼 시뻘건 유리병 속에 집어 넣고 봉인하련다.

제3부

순응에서
평온함을 느끼다

나만의 보금자리

33년이라는 공무원연금 만선 수혜자로 느긋하게 마음껏 쉬며 놀아 보았다. 지인들과 어울려 등산을 가고 바둑을 두고 골프를 치는 것은 기본이고, 틈틈이 글쓰기도 하고 노래 교실도 다니며 남보다 나은 여가를 보낸다고 여겼다. 하지만 늘그막에 갈수록 따분하고 무료함이 더해갔다.

무엇보다 외출할 때 버스나 전철을 타는 시간이 아깝다. 하루 두 시간 남짓 탁하고 답답한 공간에 갇혀 있어야 한다. 잠깐 눈을 붙이려 해도 시도 때도 없이 들리는 소음이 훼방을 놓는다. 여기저기서 핸드폰 소리며 잡상인의 외침이 마치 굶주림에 허덕이는 까마귀 떼들의 울부짖음 같다.

사실 나처럼 60이 넘도록 도시생활의 늪에 깊숙이 빠진 사람이 농촌에 발을 디디기는 그리 쉬운 일이 아니다. 농사일도 각다분하지만 아무래도 의료시설이며 문화시설이 열악하다는 이유로 기피하는 사람들이 많다. 나도 애초에는 그리 생각했다.

그런데 내가 자리 잡은 충북 괴산은 산골마을이 많은 미개발 지역이지만 도두보았다. 읍내에 대형병원과 백화점은 없지만 그런대로 종합병원 두 곳과 마트 네 곳이 있다. 큰 질병이 없고 평범하게 살아가는 나에겐 별 문제될 게 없다.

문화복지 혜택은 오히려 이곳 농촌이 나은 편이다. 도시에서는 드문 잔디 게이트볼장과 파크골프장이며 고풍의 국궁장시설도 갖추어 있다. 도시에서 번질나게 다녀 부담을 느꼈던 골프 연습장도 실비다. 마음만 먹으면 도시에서보다 돈 안 들이고 즐겁고 멋진 노후를 보낼 수 있다.

하지만 그보다 더 나를 이끄는 게 있다. 농사일이다. 땅에 씨앗을 뿌리고 가꾸고 거두어들이는 일이 사시사철 이어진다. 집 문을 열고 몇 발짝 나서기만 하면 일거리가 있다. 하다못해 잡초 하나 뽑고 돌멩이 하나 주워내도 농사에 도움이 된다. 내 작은 몸을 움직이기만 하면 생산적이니 도시의 소비적인 것에 비하면 하늘과 땅 차이다.

내가 땀 흘려 가꾼 텃밭에서 상추, 시금치 등의 푸성귀가 하루가 다르게 풋풋하게 잘 자라는 모습을 보면 흐뭇하다. 콩을 수확할 때는 먼지를 흠뻑 덮어쓰고도 어린애처럼 신이 났다. 탈곡기 속에서 쏟아져 나오는 샛노란 콩알의 자태는 진주처럼 빛났고, 그 소리는 마치 사물놀이의 절정에 이르는 난타와 같이 경쾌했다.

난생 처음 삽과 괭이며 호미 따위를 들고 힘 드는 일을 했음에도 피곤하지 않았다. 청정산골을 감도는 상큼한 풀숲향기와 신선한 공기 속에서 고즈넉한 농촌 풍경을 바라보면 금세 피로가 풀리고 가뿐하다.

들녘에서 백두루미가 한가로이 먹이를 쪼는 모습을 보면 마음이 평온하다. 해가 지고 고요한 어둠의 뜰에서 새털보다 가벼운 반딧불의 춤사위가 펼쳐지면 어깨가 둥실 절로 흥이 난다. 은은하게 흐르는 계곡물소리며 갓난아이처럼 마구 울어대는 귀뚜라미, 개구리……. 그 무수한 사물의 생동감은 신비롭고 조화로운 대자연을 이루며 나에게 생기를 불어 넣는다.

게다가 농촌은 느긋하고 곰살갑다. 내가 하고 싶은 일을, 내가 하고 싶을 때 하고, 내가 쉬고 싶을 때 쉰다. 이처럼 여유 만만한 일이 이 세상 어디에 있겠는가. 한가로운 농촌이 아니면 어림도 없다. 오가며 마을 사람들과 권커니 잣거니 마시는 술잔에는 인정이 넘친다.

이곳 소박한 농촌에서는 잘난 사람도 못난 사람도 없다. 그저 순박한 정만이 존재한다. 나는 이곳 농부들을 무척 좋아한다. 한여름 논밭에서 구슬땀을 흘리는 마을 사람들을 보면 외출하다가도 차에서 내려 인사하고 시원한 음료수를 건네주었다.

나의 거처를 찾아주는 사람에겐 농사일로 찌들려 지저분한 옷과 몸에서 역겨운 냄새가 나지만 전혀 내색치 않고 깨끗한 방석에 앉게 했다. 그리고는 일회용 종이컵 대신 빛깔 고운 사기나 유리컵으로 차나 술을 정성껏 권했다.

나의 이런 모습이 농촌사람들의 마음에 들었던지 그들로부터 많은 도움을 받았다. 온돌방을 만들 때는 어떤 이는 자기 땅의 황토흙을 파 쓰게 하고, 또 어떤 이는 폐가의 구들장을 트럭으로 실어다

주기도 했다. 정말이지 농촌에서 주고받는 정은 구수한 진국처럼 담백하다. 이제 나는 이곳 농촌에서 도시의 이방인이 아니라 어엿한 농부로 자리매김했다.

오늘도 3대가 대를 이어 뽑아내도 끝이 없다는 쇠뜨기며 클로버, 이름 모르는 잡초들과 아침부터 씨름했으나 겨우 밭 세 고랑이다. 제초제를 잔뜩 뿌려대면 금방 시들어 죽을 잡것들이 호미를 깔보고 억세게 버틴다. 잡초의 아지트를 그 옛날 싸움터의 북 치듯 세차게 죽어라 찍어내야 겨우 제거한다. 비 맞은 듯 옷이 무릎까지 땀으로 홍건하다.

어느새 점심시간이 후딱 지났다. 배도 고프고 출출하던 참에 냉장고에 며칠째 남겨진 삼겹살을 꺼내 구워 먹는다. 신선도가 떨어지지만 버리기 아까워서 입에 댔는데 웬걸, 금방 사와 먹은 것보다 더 맛있다.

땀 흘리는 농사일 중에 잡초를 제거하는 일만큼 홀가분한 게 없다. 잡초로 괴로움을 받는 작물을 보살피는 선행도 하고 그 뒤끝이 깔끔해서다. 역시 맛 감각은 좋은 음식보다 좋은 기분에 더 민감한 것 같다.

삼겹살을 안주삼아 연거푸 소맥 석 잔을 들이키다 나도 모르게 깜박 잠이 들었다 깼다. 불과 2, 3분 사이인데 마치 저 세상에 갔다 온 야릇한 느낌이 든다. 문득 '내가 정든 보금자리에서 이처럼 자연스레 죽으면 얼마나 행복할까!'라는 생각이 미치자, 산골 농촌의 소박한 나만의 보금자리에서 주변사람들과 더불어 즐겁게 그리고 맛있게 살고 있음에 감사한다.

나는 옥수수처럼 주름지고 딱딱하게 늙어 가지 않고, 홍시처럼 매끄럽고 부드럽게 익어가고 싶다.

고마운 우체통

산골 외딴 마을 끝자락 전선주에 농촌에서 주로 쓰이는 작은 우체통이 전선줄로 묶여 있다. 내 거처까지 오는 데 100여 미터 거리다. 워낙 바쁜 우체부 아저씨가 시간을 덜기위해 궁여지책으로 그리한 것이다.

아침 산책길에 나의 파수꾼이요, 동반자인 애견 마루를 대동하고 길가로 나가 그 우체통 안에 손을 넣어 우편물을 가져온다. 우체부 아저씨는 조금이라도 시간이 덜어 좋고 나는 마루와 산책하며 건강을 다져 좋다. 이런 걸 두고 '누이 좋고 매부 좋다'는 속담이 생긴 게다.

지난해 10년 만에 초라하고 불편한 컨테이너 농막생활을 마감하고 우체통이 달린 전선주에서 150미터 거리의 외딴 곳에 20평의 작고 아담한 새 집을 마련했다. 나의 노년 안식처로 큰마음 먹고 장만한 것이다.

길가 전선주의 우체통을 떼다 집의 외벽에 잘 붙여 놓았다. 그간 외롭고 초라했던 모습이 사라지고 넌지시 자랑스럽고 의젓해보였다. 하찮은 물건이라도 잘 꾸민 곳에 정성들여 놓이면 돋보이는 게다. 우체부 아저씨에게 그 내막을 잘 전하고 양해를 받았지만 미안한 마음이 들었다. 예전보다 150미터나 더 먼 거리를 왕복하게 하는 수고를 안겨주어서다.

우체부 아저씨가 올 때마다 음료수를 대접했다. 고작 박카스나 비타민이지만 고맙게 받아 마시고 바삐 가는 뒷모습을 보면 그런 대로 마음이 한결 가볍다. 내가 집에 있을 때는 그리 미안한 마음을 전하지만 내가 없을 때도 전하고 싶다. 이런저런 생각 끝에 인사말이라도 남기는 게 좋을 것 같았다. 우체통 전면 공백에 '고맙습니다. 감사합니다'를 수기로 정성껏 써서 남기고 싶었다.

비를 맞아도 지워지지 않을 글자로 굵게 써야 했다. 오래된 필기구함을 열어 수성펜을 찾았지만 쉬이 눈에 띄지 않았다. 한참을 찾으니 겉이 하얀 색으로 뚜껑이 단단하게 잘 닫혀있는 두툼한 펜을 발견했다. 뚜껑을 조심스레 열어 써보니 초록색으로 새것처럼 진하고 깨끗하게 글씨가 쓰였다. 검정이나 빨강 아니면 청색을 주로 써 왔던 내 성향으로 보아 분명 초록색은 낯설다.

언제 이런 펜을 내가 썼을까. 볏집으로 새끼를 꼬듯 생각에 생각을 매달아 알아냈다. 내가 30대 후반 일본 유학시절 대학에서 빔프로젝트로 연구논문을 발표할 때 사용했고, 자주 썼던 빨강, 파랑, 검정색은 다 써 버리고 어쩌다 쓴 초록색만 남아 보관해왔던 것이다.

하지만 40여 년이 지난 지금도 그 본질이 고스란히 남아있다는 게 정말이지 믿어지지 않았다. 단 한 번도 안 쓰고 보물처럼 아낀 거라도 그 긴 세월을 못 이겨 탈이 날 터인데 말이다.

그리 생각하니 얼마 전 이곳 농촌까지 가져온 그 시절 일본에서

썼던 일본산 고다스(전기난로 탁자)와 벽걸이 시계도 지난해까지 썼으
니 반영구적인 셈이다. 요즈음 독도, 위안부 문제 등으로 예전보다
일본에 호감도가 떨어졌으나 그들의 명품 만들기 장인 근성은 높이
평가할만하다.

들뜬 기분을 추스르고 우체통의 주소란 여백에 '고맙습니다. 감
사합니다'를 우체부 아저씨에게 직접 전하는 마음으로 정성들여 쓴
다. 40여 년 세월에도 초록색이 진하고 굵고 깨끗하게 써져 글자가
빛난다. 필체가 별로이지만 어느 때보다 잘 써진 것 같고 기분이 참
으로 좋다. 40년 만에 소중하게 만난 사인펜이 잘 써지는 것, 바로
이런 느낌을 두고 소확행小確幸이라 하나 보다.

왕호박

　내가 심고 가꾼 작물이 하루가 다르게 커가는 것을 지켜보는 재미가 쏠쏠하다. 거두어들인 농작물로 만든 음식은 나를 풍요롭게 한다. 하지만 이보다도 더 즐겁고 보람찬 게 있다. 일가친척이나 지인들에게 손수 지은 농작물을 나누어 주는 것이다.

　지난해까지는 옥수수를 선물로 보냈다. 보통 옥수수 한 그루에 열매가 2개 달리는데 15그루에서 따내야 한 박스를 채운다. 하나하나 노느매기하여 가지런히 박스에 담고 포장하고 운반하여 택배로 부치는 일이 번거롭다.

　택배비도 한 박스에 5천 원으로 만만치 않다. 이런 저런 부담도 되지만 지인들로부터 "잘 받아 맛있게 먹었다."라는 한 마디에 그저 흐뭇할 뿐이다. 60 평생의 삶에서 때론 선배로서 때론 친구며 동기며 후배로서 내게 친절을 일깨우고 따뜻한 배려를 낳게 한 이들에게 이 정도의 성의는 마땅하다고 생각한다.

　이곳 충북 괴산지역 특산물이 옥수수여서 선물로 선택했지만 사실 옥수수는 받는 쪽에서도 그다지 호감 가는 건 아니다. 서너 벌의 껍질을 벗기는 수고가 따르고 그로 인한 많은 양의 쓰레기 처리가 부담이 된다. 게다가 이로 갉겨먹는 모습이 정갈스럽지 못하다.

　금년부터 도시에서 쓰레기 종량제가 실시된다고 한다. 대부분의 지인들이 서울 거주자들인데 쓰레기가 많이 나오는 옥수수 선물이 그리 달갑지만은 않을 것이다.

선물을 달리 정했다. 옥수수 대신 고구마와 땅콩, 그리고 호박으로 했다. 박스에 고구마나 호박을 담으면 각양각색의 구부러진 모양에 따라 틈새가 생기기 마련인데 그 틈새에 땅콩을 채운다. 한 박스 듬뿍 가지런해진 모양도 좋고 쓰레기도 그다지 생기지 않는다. 게다가 먹기도 정결스럽고 편리하다.

오늘날 외국산 농작물이 홍수를 이룬다. 이곳 농촌 지역에서도 중국산 농산물을 흔하게 접한다. 청정지역으로 이름난 곳이라 외국산이 나돌지 않을 것이라 여겼지만 실상은 달랐다. 갈수록 농촌 인구가 줄어들고 그만큼 우리 농산물 생산이 감소하는 것이다. 도시인들은 우리 토종 농작물을 믿고 먹기를 바란다. 그러니 이곳 나의 농산물 선물을 도시의 지인들은 반긴다.

금년에는 밭 50여 평을 할애해 30여 폭의 호박을 정성껏 심었다. 지난해 농장의 빈 공터에 몇 포기 대충 심었는데도 좋은 먹을거리가 되었기에 기대가 컸다. 된장과 야채를 곁들여 푹 고은 호박국은 단백하고, 잘게 썰어 말린 호박밥은 달금하다.

예부터 흔히 못생긴 여자를 보고 '호박꽃도 꽃이냐?'고 얄밉게 빈정거려 왔다. 그때는 집집마다 죽죽 뻗어나간 줄기에 흐드러지게 핀 노란 호박꽃을 흔하게 볼 수 있어 그리 전해왔지만 지금은 다르다. 농장을 방문한 나 또래의 나이 든 도시인들은 순박하고 펑퍼짐하게 생긴 노란 꽃에서 달덩이처럼 둥글고 누렇게 익은 호박을 보고는 향수에 젖으며 탐낸다.

그런데 참으로 기이한 일이 생겼다. 농장 한 구석의 지저분한 쓰레기장에 딱 한 포기의 호박이 나의 눈길을 끌었다. 호박씨가 쓰레기에 묻어 딸려 왔는지, 바람에 날려 왔는지, 새가 물고 가다 떨어뜨렸는지는 모르나 저절로 난 호박 한 포기가 무성하게 자라고 있었다. 정작 터를 마련해 잘 심고 거름을 주며 정성껏 가꾼 호박보다 훨씬 튼실하고 탐스럽게 자랐다.

나는 이 호박을 개천에서 용이 난 호박이요, 일명 왕호박이라고 내심 정했다. 튼실한 줄기가 20미터 넘게 뻗어나가고 잎이 무성하게 자라고 있다. 이 왕호박은 열매도 대박을 터트렸다. 밭에서 잘 가꾼 호박들은 잎과 줄기가 부실하여 몇 미터 크지도 못하고 9월의 가을정취를 제대로 느끼기 전에 이울더니 모두 생명을 다했다. 작고 부실한 열매가 한두 개 달렸지만 어쩔 수없이 일찍 따내야 했다.

이제 이 왕호박만 남았다. 한 아름이나 됨직한 크고 누렇게 잘 익은 열매가 튼실한 줄기에 5개나 매달려 있다. 이 호박은 11월 중순쯤 된서리를 맞을 때까지 끄떡없이 건재할 것이다. 참으로 귀하고 복성스러운 열매를 자연이 나에게 선물한 것이다.

며칠 전 나의 농장에 온 동생이 이 왕호박을 유심히 살펴보고는 나에게 간청했다. 된서리를 맞아 생명을 다하면 따가게 해달란다. 위암을 앓아 음식을 가려먹는 사돈에게 특별히 선물하고 싶단다.

요즈음 각종 매스컴에서 자연산 식물이 암 등의 고질적인 질병에 효험이 있다는 프로를 자주 본다. 어떤 방송에서는 '신기누설'이란 타이틀로 환자들의 마음을 사로잡는다. 도시에서 불치병을 선고 받은 사람이 마지막 한 가닥 희망을 간직하고 농촌에 살며 꾸준히 자연식을 한 결과 깨끗이 나았다는, 바로 그 당사자들도 당당히 출연한다.

　밭에 심은 콩이며 고구마며 호박을 곁들인 밥과, 파며 상추며 부추 등의 채소류를 반찬으로 맛있게 식사를 한다. 비록 야산의 자연산은 아니지만 나의 일손으로 얻어진 친환경 농산물도 몸에 좋을 것이라 여긴다.

　금년의 농사일도 서서히 마무리되어가는 10월말이다. 약서리가 내렸지만 왕호박은 아직도 잎과 줄기가 튼실하게 그 위용을 과시하고 있다. 노랗고 큼지막한 열매는 된서리를 맞아 온통 하얗게 변해 약발이 제대로 설 때까지 건재할 것이다.

　왕호박은 5개의 큼지막한 열매를 잘 보살피면서 어린 늦둥이 호박을 지금도 낳고 키운다. 정말 대단한 자연의 힘이다. 머지않아 이 왕호박의 생명도 다할 것이다. 사돈의 건강을 챙기는 동생의 마음이 헛되지 않기를 바란다.

농기구는 나의 친구

비록 4년밖에 안 된 초년생 농부이지만 나는 이곳 농촌에서 많은 것을 깨달았다. 외딴 산골 마을에서 홀로 적적하게 지내서 그런지 사람은 물론 모든 사물에 정감이 깃든다. 좀 보태서 말한 것 같지만 나름대로 대자연과 더불어 홀로 사는 즐거움을 느낀다.

사실 지난날 도시에서의 나의 삶은 옹졸했다고 생각한다. 사소한 일로 아내에게 짜증내고 다투기도 했다. 공원길에서 좋아라 꼬리치며 뛰어노는 개를 보면 발로 확 차버리고 싶은 충동이 일었고, 그 주인이 무척 얄밉기도 했다.

그러나 이곳 농촌에서는 달라졌다. 농원의 파수꾼이며 나의 동반자인 '마루'라는 개를 소중히 키우고, 마을의 다른 개들을 보면 예뻐서 머리를 쓰다듬어 준다.

농촌에서 농사를 짓고 살아가기 위해서는 호미며 낫과 삽은 물론 도끼와 예초기 등 많은 농기구가 필요하다. 얼마 전까지만 해도 나는 이들 농기구를 머슴처럼 매섭게 대하고 부려먹기만 했다. 쓰고 난 농기구를 손질도 안 하고 아무렇게 방치하여 더럽혔다. 비가 오면 흠뻑 젖고 눈이 오면 추워 벌벌 떨게 했다.

금년 6월말 경이다. 농장의 잔디와 잡초를 깎을 요량으로 큰맘 먹고 예초기를 샀다. 잔디를 깎는데 벌떼처럼 '윙윙'거리는 엔진소리와 헬리콥터 날개처럼 예리하게 회전하는 칼날이 두려워 몸이 굳어졌고 힘이 잔뜩 들었다. 서툰 이발사 머리 깎듯 움푹움푹 잔디가 깎였고, 더 이상 버틸 힘도 재간도 없어 금세 도중하차했다.

잠시 쉬었다가 예초기를 친구처럼 다정하게 대하고 살손을 붙여 잔디를 깎자 고르게 잘 깎이고 기분이 상쾌했다. 한참을 땀으로 목욕하며 작업을 했는데도 피곤하지 않았다. 손바닥이 얼얼하고 시원하여 쉬는 참에 자세히 살펴보니 빨갛게 변해 있었다. 예초기의 빠르고 미세한 진동이 손바닥과 등을 자극하여 온몸의 혈기를 왕성하게 한 것이다.

나는 비로소 농기구를 친구처럼 다정하게 대해주면 농사일도 잘 되고 온몸의 건강을 지켜준다는 믿음을 갖게 되었다. 밭을 매거나 곡식을 심을 때 쓰는 호미는 손목과 팔꿈치 등의 근육을 키워준다. 땅을 파는 삽은 발바닥과 무릎이며 허벅지를 튼튼하게 한다.

겨울철 온돌방에 불을 지필 장작을 팰 때는 도끼가 필요하다. 세로로 바르게 세운 통나무의 중심선을 도끼로 내리친다. 팍 하는 경쾌한 장단에 장작이 두 동강이 나면 신난다. 도끼와 아삼륙이 되어 그 신난 동작을 반복하면 땔감이 이드거니 쌓인다. 더불어 가슴과 어깨, 무릎과 허리 등에 운동이 되어 건강한 몸매를 만들어 준다.

우리의 삶을 새롭고 활기차게 바꾸어주는 것은 엄청나게 큰 일이 아니다. 평소에는 관심조차 기울이지 않은 사소한 것들이 때로는 삶의 방향을 바꾸는 중대한 변수로 등장한다. 농기구를 친구처럼 다정하게 대한 순응, 그저 마음먹기에 불과한 것임에도, 농기구는 분명 나의 농사일과 건강을 도와주는 고마운 친구로 변했다.

오늘은 긴 가뭄 끝에 기다리던 단비가 내렸다. 밭고랑의 물길을 삽으로 터 주었다. 삽의 얼굴이 흙탕물로 뒤범벅이다. 수돗가에서 삽의 얼굴을 시원한 물로 씻겨주고 수건으로 닦아준다. '삽아, 수고했다. 이제 푹 쉬어라.' 하고 마음속으로 인사한다. 말쑥한 얼굴로 삽이 방긋 웃는 것 같다.

아궁이의 힘

지난 해 농막 한편에 3평 남짓한 온돌방을 마련했다. 그동안 이동식 농막인 컨테이너에서 홀로 지냈으나 아내의 발길이 잦아지자 농막을 증축한 것이다. 경기도 일산에서 전철과 버스를 번갈아 타고 4시간이나 걸려 이곳까지 찾아오는 아내를 춥고 초라하게 맞이할 수는 없었다.

가스나 전기보일러를 설치해야 편하고 따뜻하다는 지인들의 조언을 마다하고 굳이 온돌방으로 했다. 산간벽촌에 터를 잡은 바에야 근처 야산에 흔전만전 널려있는 땔감으로 아궁이에 불을 지피는 것이 제격 같아서다.

불을 지피는 데도 요령이 있다. 나름대로 3단계 접근법을 쓴다. 밑불로 소나무 잎 등 낙엽 2줌을 아궁이에 집어넣고 라이터를 켜 불을 붙인다. 불이 타오르면 그 위에 중간불로 손가락 굵기 만한 나뭇가지 1줌을 살짝 올려놓는다. 불씨가 세질 때를 기다려 팔뚝만한 통나무나 장작을 웃불로 5개 정도 올려놓고 차분히 기다린다.

마침내 새빨간 불꽃이 피어오른다. 그 세찬 불길을 아궁이가 굶주린 호랑이처럼 혀를 날름거리며 연신 빨아먹고 시커먼 연기를 굴뚝으로 잔뜩 토해 낸다. 그 열기에 온돌방이 시나브로 데워진다.

매일 아침, 저녁으로 한 시간가량 좁다랗고 어둑한 부엌에 웅크리고 앉아서 아궁이에 불을 지피는 자신이 어쩐 땐 무모하고 어리석어 보이기도 하다. 그러나 겨울철 농한기에 이만한 소일거리가 또 어디 있겠는가. 도시에서보다 많은 것을 체험하고 느끼며 초라한 자신과 친해질 수 있는 고독의 참맛이 감돈다.

나무 타는 냄새가 갓 끓인 된장국처럼 구수하고, 새빨갛게 피어오른 불꽃을 보면 고리삭은 육신임에도 불쑥 생기가 돈다. 어렸을 적 고향 산골마을에서 어머니가 아궁이에 불을 지펴 밥도 하고 온 식구들이 함께 자는 큰방이 따뜻했던 추억이 떠올라 그립고 정겹기도 하다.

나는 불을 지피면서 나무들도 '뭉치면 살고 흩어지면 죽는다.'는 것을 실감한다. 하지만 한편으로만 힘이 쏠리면 땔감의 위력을 제대로 발휘하지 못한다. 공기가 잘 통하도록 적절한 간격으로 정렬해 주어야 한다. 나무들도 숨고르기를 하며 선의의 경쟁 속에 더불어 활짝 피어오른다.

타오른 불길이 시뻐하여 성급히 손을 대면 건드려 부스럼 만드는 꼴을 보기도 한다. 아쉽고 못마땅하지만 다 탈 때까지 지켜보는 관용이 필요하다. 나무들에게도 관용을 베풀면 덕을 보는 것 같다.

어쩌다 잘 타가던 불도 꺼져 갈 때가 있다. 훨훨 타오른 열기에 나무들의 정렬이 흐트러져서다. 불씨가 남아 있을 때 일매지게 모아 살살 부채질을 해주면 금방 되살아난다. 나무들도 부드러운 정서를 좋아하나 보다.

아궁이는 하루 한 아름씩 땔감을 잘도 먹어치운다. 그 땔감을 장만하는 데는 많은 시간과 수고가 들고 여러 도구를 사용한다. 밑불로 쓰이는 소나무 잎 등 낙엽은 갈퀴가, 중간불로 쓰이는 조그마한 나뭇가지는 낫이나 짜구가, 웃불로 쓰이는 통나무나 장작은 톱이나 도끼가 제 몫을 한다.

도끼로 장작을 팰 때는 빗나가고 변죽만 울려 힘이 들었지만 차츰 살손을 붙여 나갔다. 마침내 힘껏 내리치는 단 한 번의 도끼질에 큰 통나무가 팍 하고 두 동강이가 나면 통쾌하기까지 했다.

야산에서 장만한 땔감을 집으로 운반하는 데는 지게가 안성맞춤이다. 어렸을 적 마을 뒷산에서 나무를 했고 지게를 져 본 적이 있다. 땔감이 어찌나 귀한지 산이나 언덕의 시든 잡초까지도 갈퀴로 빡빡 긁어 날랐다.

그때 땔감으로 최고로 친 소나무 낙엽은 시루떡처럼 두툼하게 쌓여있고, 참나무는 비바람에 망가져 널브러져 있다. 반세기 지나 옛 추억을 아스라이 더듬으며 한 지게 가득 땔감을 지고 산비탈을 오르내린다. 덧없는 세월의 무게에 짓눌려 어깨가 묵직하지만 대자연의 품 안에서 포근함을 느낀다.

아궁이에 불을 지피면 이점도 많다. 전기나 가스 비용이 들지 않아 경제적이고, 전자파 등의 공해 없는 자연 그대로의 잠자리여서 건강에 좋다. 불을 지핀 후에도 따스한 화롯불로 쓰기도 하고 군고구마 등의 맛있는 음식을 해 먹을 수 있다.

나무들의 분신인 재는 소중히 모아 농사철에 밭에 뿌리고 흙으로 덮는다. 나무들이 자연으로 되돌아가 농사 거름이 된다. 자연은 모든 것을 포용한다. 언젠가는 다 낡아 쓸모없는 나의 육신도 나무들처럼 한줌의 재로 변하여 땅에 묻힌다고 생각하니 숙연해진다.

나이 들수록 소일거리를 많이 만들고 즐기며 살아가련다. 철따라 채소며 곡식을 가꾸고 거두어들이는 일로 바쁘다. 방문만 열고 몇 발짝 나서기만 하면 일거리가 있다. 하다못해 풀 한 포기를 뽑고 돌멩이 하나를 주워 내도 농사에 도움이 된다. 하물며 겨울철 농한기에 아궁이에 불을 지피는 일이야말로 이 얼마나 좋은 소일거리며 이로운가.

얼마 전 나의 농촌행을 극구 말렸던 아내가 나의 농막에서 며칠간 묵었다. 아궁이에 또바기 불을 지폈다. 따스한 잠자리에 든 아내가 환한 미소를 짓는다. 기껍다. 이게 바로 노년의 보람이요 행복이 아닐까. 아궁이의 힘이 이처럼 센 줄 몰랐다.

한국수필작가상 수상 작품(2015. 12)

우물 안의 개구리

수도시설을 제대로 갖추지 못한 컨테이너 농막에 임시거처를 두고 농사일을 하는 처지에 우물은 소중하다. 우물가에서 바가지로 물을 떠 세수하고 설거지하고 빨래하는 정취는 내가 태어나 어린 시절을 보낸 고향, 산골마을을 생각나게 한다. 한 여름 푸서리를 일구느라 땀에 흠뻑 젖은 몸에 우물물을 끼얹으면 뼛속까지 시원한 느낌이 들어 금세 피로가 가시고 새로운 기운이 솟아난다.

우물이 생긴 지 2, 3일이 지났을까. 우물 안에 생명체가 살고 있는 게 아닌가. 개구리 2마리다. 등에 업고 업힌 개구리 부부의 진득한 사랑의 모습이다. 개구리도 동물이지만 다른 동물과 달리 교미를 하지 않고 체외수정을 한다. 수컷이 암컷의 겨드랑이 밑을 꽉 부둥키고 있으면 암컷이 자극을 받아 산란을 하게 되는데 그 모습이 마치 교미를 하고 있는 것처럼 보인다.

아무튼 그 모습을 보면 비록 미물이지만 생명체의 신비함이 느껴진다. 아마도 외딴 산골에서 자연과 더불어 나 홀로 사는 외로움에서일까. 이곳 생활을 하면서부터 주위의 사물이 정겹고 아름답게 보인다.

그러던 어느 날 아침이었다. 세수를 하러 우물가로 갔는데 우물 안에 바람을 타고 날아온 나뭇잎이 떠 있었다. 바가지로 나뭇잎을 세차게 떠내 배수로로 버렸는데, 아뿔싸, 개구리도 딸려들어 간 것이다. 경사진 콘크리트 배수로를 따라 개구리가 업고 업힌 채 미끄러지듯 순식간에 사라져버렸다. 그 위급한 상황에서도 개구리 부부는 사랑의 끈을 놓지 않은 것이다.

나는 개구리에게 미안하고 안쓰러운 마음이 들었다. 사랑에 빠진 개구리의 모습이 눈에 선했다. 한때 우물을 공유한 생명체가 아닌가. 나는 개구리 부부가 우물을 다시 찾아오지 않을까 하고 은근히 기대하기도 했다.

며칠 후, 우물에 개구리 3마리가 나타났다. 이전 개구리 부부와 달리 세 마리가 서로 떨어져 있다. 셋 중에 약간 큰 놈이 한 마리 있다. 개구리는 암컷이 더 크다는데, 그렇다면 암컷 한 마리에 수컷 두 마리가 있는 셈이다. 수컷 두 마리가 암컷을 자기 짝으로 만들기 위해 호시탐탐 기회를 엿보고 있는 걸까. 수컷들의 머리 방향이 암놈을 향해 있고 그 눈빛도 날카롭게 번득이고 있다.

바로 그 다음날, 우물 안의 정경이 달라졌다. 개구리 2마리는 짝짓기를 하여 업고 업힌 채 우물 안을 춤추듯 정겹게 떠다니는데 1마리는 보이지 않는다. 자세히 살펴보니 한쪽 구석의 돌 틈새에 초라하게 앉아 있는 게 아닌가. 짝짓기에서 밀려난 수컷일 것이다.

우물 안에 개구리 같은 생명체가 살고 있으면 오염될 수 있다. 쫓아내야 한다. 막상 바가지로 퍼내려고 하니 왠지 꺼림칙한 기분이 들었다. 당분간 보류하기로 하고 개구리의 정황을 유심히 살펴보았다.

차츰 수효가 많아지더니 어느새 7마리로 늘었다. 산골에 사는 개구리들 사이에 나의 농장 우물이 살기가 좋다는 소문이 퍼진 것일까. 이대로 두면 우물 안이 온통 개구리들로 바글거릴 게 뻔하다.

며칠 동안 개구리의 동태를 살피던 어느 날, 나는 깜짝 놀랐다. 갑자기 개구리가 13마리까지 늘어난 것이다. 눈에 힘을 잔뜩 주고 우물 안을 찬찬히 살펴보니 아, 글쎄, 이루 헤아릴 수 없는 올챙이들이 버젓이 헤엄쳐 다닌 게 아닌가. 나는 섬뜩했고 가슴이 벌렁거렸다. 지금껏 정겨웠던 우물이 느닷없이 흉물스럽게 변해버린 것이다.

나는 우물가에서 중얼거렸다. '너희들의 욕심이 너무 과하구나. 나를 원망하지 마라.' 바가지로 우물물을 재빠르게 퍼내기 시작했다. 개구리들이 물에 섞여 배수로를 타고 빠르게 사라졌다. 한참을 퍼내자 그 많던 올챙이도 다 없어졌다. 우물의 바닥이 드러나고 수도꼭지에서 물이 나오듯 물줄기가 보인다. 이 물줄기가 이드거니 고여 맑고 깨끗한 우물이 될 터이다.

앞으로 개구리가 우물에 얼씬도 못 하게 할 생각이다. 나의 이런 반감에도 아랑곳하지 않고, 내일부터 또 개구리들이 몰려들 것이다. 우물을 놓고 개구리와 영역 다툼을 해야 한다. 들이나 계곡의 웅덩이 같은 곳에서 살아가야 할 개구리가 제 분수도 모르고 감히 나의 우물을 침범하면 엄히 다스리련다.

그러나 그 적절한 대안이 떠오르지 않는다. 잡아 죽이기는 끔찍하고, 바가지로 퍼내자니 힘이 든다. 제발 개구리가 나의 이러한 마음을 감지하여 잘 처신하기를 바랄 뿐이다.

불현듯 '우물 안의 개구리'라는 속담이 떠오른다. 세상물정을 모르는, 이른바 식견이 좁다는 뜻이다. 헌데 속담에서처럼 개구리가 과연 그러할까.

내가 한동안 유심히 살펴본 결과, 개구리는 인지가 빠르고 민첩했다. 우물가로 다가가는 나의 발자국소리를 듣고 돌 틈새에 재빠르게 숨었다. 농장 주위 계곡의 좁고 지저분한 웅덩이에 살던 개구리들이 넓고 맑은 나의 우물로 몰려들었다. 이 정도면 미물치고는 세상물정을 잘 아는 게 아닐까.

좁고 지저분한 웅덩이에서 안주하며 살기를 고집하는 개구리는 이제 없는 것 같다. 우물이나 연못을 찾아갈 것이다. 아니 보다 큰 포부를 가지고 더 넓고 큰 냇가나 강가에서 마음껏 뛰며 자유롭게 살고 싶을 거다. 분명 개구리도 사람처럼 살기 좋은 장소를 찾아 진화한 것이다.

그렇다면 '우물 안의 개구리'라는 속담은 이제 퇴색한 것이 아닐까. 괜히 올챙이에 놀란 헛소리로 옛부터 전해 온 속담을 흠집 내는지 모르겠다.

고요한 산골의 이 밤, 목청 높이 울어대는 개구리 소리가 여느 때와 달리 달갑지 않다. 개골, 개골, 개골, ……. 마치 나를 겁주는 소리로 들리니 말이다. 내일 아침이면 필시 개구리가 우물에 나타날 것이다. 그 뒷갈망을 어찌해야 할까.

농심(農心)

2013년 농한기에 내가 살고 있는 충북 괴산군의 계담서원桂潭書院에 입소했다. 옛날 우리 선조들이 소중하게 여겨온 사자소학四字小學, 명심보감明心寶鑑, 대학大學, 서예書藝 등을 5개월간 공부하고 며칠 전 책씻이도 했다.

매년 정기적으로 지역주민을 대상으로 모집하고 군에서 지원하는 교양프로그램이다. 동방예의지국을 표방하는 우리나라의 전통적 교육장소였던 옛 서당과 같은 교육 분위기다. 지역 주민 30여 명과 나는 23기 서생이었다.

여러 선생님들의 유익한 가르침이 있었지만 특히 항산恒山김영수金榮洙 선생님의 지도에 감명을 받았다. "하늘과 땅 사이에서 살고 있는 우리 인간은 고귀하다. 누구나 자존감自尊感을 가지고 각자 맡은 역할을 하며 정직하게 살아가면 행복이 저절로 찾아든다."는 가르침은 참다운 삶의 진리를 진득이 깨닫게 했다.

옛 성인들은 남에게 자비를 베풀고, 사랑을 주고, 조언을 하는 등 타인을 지극히 이해하고 아우르는 인격을 바탕으로 행복을 느꼈다고 한다. 하지만 오늘날 21세기 물질문명이 발달한 현대사회에서 더군다나 우리와 같은 민초가 그리하기에는 격格에 맞지 않는다고 생각한다.

사실 나는 이곳 농촌에서 바쁘게 농사를 짓지 않아도 먹고 살만하다. 매월 화수분 같은 연금이 나온다. 한평생 동반자인 아내와 정겹게 지내고 자식들도 출가하여 잘 살고 있다. 이 정도면 나의 황혼의 인생살이가 괜찮은 편이다. 그럼에도 무언가 아쉬워하고 허전함으로 마음 졸일 때가 있다.

공직생활을 마칠 무렵에는 좀 더 높은 신분이 못 되고 주저앉은 자신이 초라하여 자존심이 크게 상하기도 했다. 이즈음 농촌생활에서도 몇 억 정도의 거금이 생기면 나의 농장주변의 땅을 사서 더 크고 더 멋진 농원을 만들면 얼마나 좋을까 하는 허영심을 가지기도 했다.

선생님은 "직업 중에 농업農業이 최고이고, 농심農心은 곧 천심天心"이라고 하셨다. 대자연의 섭리에 따라 순리대로 살아가는 삶을 누릴 수 있어서란다.

그렇다면 매연이며 소음 등의 공해 그리고 벌집 같이 답답하고 혼란스런 도시의 콘크리트 건물을 탈출하여 이곳 농촌에서 농사를 지으며 느긋하게 살아가는 나는 행복하다고 해야 할 것이다. 내가 스스로 판단하여 이루어진 대가나 행위가 설사 마음에 들지 않더라도 그 결과에 오롯이 순응하는 자체가 행복의 근본이며 지름길임을 나 자신에게 일깨운다.

선생님이 학생들의 성품이나 인상까지도 고려하여 학생들을 존중하는 마음으로 정성껏 호를 지어주셨고, 나는 '농심農心'이라는 호

를 받았다. '농심'이 나의 호라니 정말이지 의외였다. 불현듯 '농심
라면'이 떠올라 어처구니없는 웃음이 피식 나오기도 했다.

농사를 생업으로 하는 대부분의 서생에게는 농사와 거리가 먼 호
를 부여하고, 그저 농사를 맛보기로 하는 나에게 농사의 본질인 '농
심'이란 호를 내린 것이다. 정말이지 생뚱맞고 이해할 수 없었다.

그러나 '농심라면'은 우리 먹거리의 대표성을 띠고 친근감이 있지
않은가. 또한 '농심은 곧 천심'이라며 어느 직업보다 농업을 중시하
는 선생님의 진심이 담긴 격려와 배려가 아닌가. 농촌이 좋아 도시
를 떠나 대자연과 더불어 느긋하게 살고 있는 내 감정만은 잘 드러
낸 거라고 생각하니 선생님이 고맙기까지 했다.

이제 나는 노년의 농부로서 '농심'에 걸맞은 삶을 살아가련다. 그리
고 나의 호 '농심'이 항상 나
의 분신이 되어 나를 참다운
농부의 길로 잘 인도해 주리
라 믿는다. 나는 나의 호, '농
심'을 나의 소중한 유산으로
남기련다.

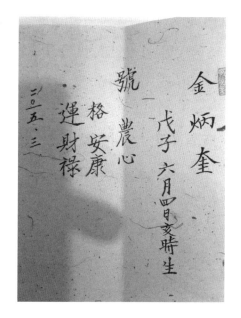

아내가 달라졌다

2011년 충북 괴산 산골마을에 자리 잡고, 요즘 어느 매체에선가 방영하는 '자연인'처럼 지낸다고 할까. 계곡의 흐르는 물을 받아 식수를 해결하고, 화장실이 밖에 있어 밤중에 용무를 볼 때는 고역이었다. 그럼에도 지난 인생을 되돌아보고 삶의 의미를 찾는 나름의 수양생활이라 여겼다.

6개월 동안 학창시절 자취생활을 했던 밑천으로 삼시세끼를 잘 챙겨 먹고 지냈다. 몸무게가 10킬로나 줄고 얼굴이 핼쑥했지만, 퇴직 후 할 일 없이 놀고먹었던 도시에서의 과체중이, 농사일을 하며 땀으로 녹아내린 성과 같아 내심 좋아했다. 한데 영양부족으로 6킬로나 저체중이란 건강진단을 받고는 아내의 밥상이 얼마나 고맙고 몸에 좋은 것인지 새삼 깨달았다.

그 무렵 나의 농촌행을 극구 반대했고 6개월 동안 단 한 번도 찾아오지 않았던 아내가 달라졌다. 한 달에 한번 꼴로 찾아와 반찬거리를 만들어 주기 바쁘게 떠나는 것만으로도 아내가 구세주 같았다. 나는 아내에게 텃밭의 풋풋한 상추로 쌈밥도 차려주고 산에 가서 머루와 산딸기도 따다 주었다. 도시에서 40여 년간 전업 주부로 나를 잘 보살펴준 아내를 귀한 손님처럼 맞이하고 싶어서다.

그런데 아내가 놀고먹기가 무료한지 서서히 나를 돕고 농사일에

정을 붙이기 시작했다. 밭에서 일하는 나에게 "지원군이 왔습니다." 하고 음료수를 갖다 주기도 하고 잡초를 뽑기도 한다. 화단에 봉숭아며 국화며 코스모스를 심고 꽃이 만발하면 즐거워한다. 수확한 콩, 고추, 고구마 등의 먹거리를 노느매기하여 일가친척과 지인들에게 바리바리 싸 보내고는 나보다도 더 흐뭇해한다.

아내의 발길이 잦은 만큼 아내의 일손도 많아졌다. 영락없이 오막살이인데도 불평 없이 도시에서처럼 밥이며 빨래며 청소를 한다. 콩을 타작할 때, 나의 세찬 도리깨질에 콩알들이 깜짝 놀라 부리나케 뛰쳐나오면, 아내가 먼지를 흠뻑 뒤집어쓰고도 소중히 모아 바람에 날려 정결하게 갈무리한다.

이제는 제법 농사일에 코치도 한다. 지난해에는 어디서 들었는지 아로니아가 '신이 내린 과일'이라기에 30그루를 심었다. 금년에는 밭 천여 평에 농사짓기가 힘드니 반으로 뚝 잘라 한쪽을 휴경休耕하면, 연작의 피해도 덜고 고생도 더는 일석이조一石二鳥가 아니냐며 권했다. 알토란같은 연금이 있겠다, 나이 들수록 제격에 맞게 능놀면 되는 일에 괜스레 욕심을 낸 것이다.

나는 이처럼 고마운 아내에게 거대한 선물을 안겨주고 싶었다. 내가 주거하는 농막 바로 뒤편에 완만한 능선을 이룬 3백 미터 높이의 산이 있다. 등산을 좋아하는 아내를 위해 길을 냈다. 그 옛날 먹고 살기 위해 지게를 진 나무꾼들의 부지런한 발길, 그 흔적을 세월따라 하염없이 감추어버린, 널브러진 나무 사체死體며 수북이 쌓인 낙엽 따위를 겨울철 농한기에 부지런히 치우고 닦았다.

지금은 이 산길의 나무꾼은 나 하나요, 우리 노부부만의 전용 등산길이 되었다. 등산길을 따라 튼실한 진달래가 군락을 지어 도열하고, 봄이 오면 그들이 흐드러지게 피어 백만 송이의 화사한 모습으로 우리를 반갑게 맞이한다. 정상의 소나무 숲에서 향긋한 공기를 마시며 산자락에 옹기종기 고즈넉한 산골 마을을 내려다보면 상쾌하고 평온한 게 신선놀음이 따로 없다.

등산할 때는 농장의 파수꾼인 '마루'가 앞장선다. 앞서가다 우리가 안 보이면 보일 때까지 다소곳이 앉아서 기다리기도 하고, 우리 곁으로 되돌아와서는 앞발로 툭 치며 빨리 따라오라는 듯 재촉도 한다. 그 모습이 어찌나 귀여운지 아내도 활짝 웃는다.

도시에서 공원을 산책할 때 개를 보면 발로 확 차버리고 싶은 충동이 인다던 아내가 개를 좋아하게 된 것이다. 대자연의 품 안에서 우리 인간의 마음은 자연스레 너그러워지는가 보다. 이 청정산골에서 도시에서는 볼 수 없었던 아내의 즐거움과 나에 대한 고마움의 향기가 감미롭게 풍겨온다.

지난해 크리스마스이브 날이다. 읍내에서 지인들과 점심 모임을 마치고 농막으로 돌아와 막 쉬려는 참에 전화가 왔다. "응, 5시 50분 차 탔어." 하는 아내의 목소리가 카랑카랑하게 들렸다.

산골에서 겨울의 해거름은 빨라 5시가 넘으면 적막한 어두움이 깃든다. 오전에 진눈개비가 내려 산골의 비탈길이 얼어서 미끄럽지 않을까 걱정도 되고, 아내가 사서 고생하는 것 같아 심란한 기분이 들었다.

아내가 온다니 인심 쓰듯 팔뚝만한 장작을 골라 아궁이에 넉넉하게 넣는다. 오늘따라 나무 타는 냄새가 더욱 구수하고, 새빨갛게 피어오른 불꽃이 나의 온몸을 따스하게 달구며 생기를 잔뜩 불어넣는다.

밤 8시경 한산하고 어둑한 읍내 버스정류장에 버스가 도착하고 아내가 여느 때처럼 등산용 배낭을 짊어지고 방긋 웃으며 내린다. 자동차가 더없이 적막한 시골길을 조심스레 달려 우리 노부부의 보금자리에 도착한다.

아궁이의 숨죽은 장작불에 고구마가 홍시처럼 농익었다. 아내가 좋아하는 새끼 고구마 두 개를 골라 껍질을 벗겨 자주색 쟁반에 담으니 고구마의 김이 자주색으로 변한 것처럼 고요히 피어오른다.

군고구마를 아내가 호호 불며 맛있게 먹고 온돌방에서 잠자리에 든다. "잠자기 딱 좋게 따끈하네. 어쩜 아궁이에 불을 잘 땔까. 나무를 저울로 달아 때는 것 같아."라며 흐뭇해하는 아내가 정겹다. 산골 농막에도 정겨운 밤이 깊어간다.

미꾸라지의 힘

　이곳 농막생활에서 콩, 고추, 옥수수 등을 가꾸는 농사일에 관심을 갖지만 흥미를 이끄는 곳이 따로 있다. 바로 연못이다. 나의 농사터에 곁달린 예전 마을 우물터의 물줄기를 살려 직경 5미터 넓이의 원형 연못을 만들고 그 주위에 50여 평의 잔디를 입혔다. 아침마다 골프 어프로치를 하는데 연못을 넘기는 해저드 연습코스로 안성맞춤이요, 가뭄 때는 곡식에 물을 퍼다 주는 배수창고로 긴요하게 사용한다.

　연못이 만들어지자 이웃 주민이 친구들과 물고기를 잡으러 갔다가 오더니 붕어새끼 60여 마리를 연못에 넣었다. 3년 쯤 지난 여름철 극심한 가뭄으로 농작물에 급수가 필요하여 수중 모터로 우물물을 퍼냈다. 깊이 1.5미터 연못의 밑바닥이 드러나자 아! 글세! 손바닥만 한 붕어들이 허우적거리고 있는 게 아닌가. 붕어새끼들이 어느새 대물이 된 것이다.

　마침 동년배이며 터수로 지내는 마을 이장이 우리 농막에 와서 이 광경을 보고는 고무되어 장화를 신고 연못으로 들어가 붕어를 잡아냈다. 그의 손놀림이 어찌나 빠르던지 안 잡히려 죽어라 팔딱거리는 붕어보다 더 잽쌌다.

　어림잡아 대물 붕어 50여 마리를 잡았고 살려달라고 가엽게도 팔

174　　　　　　　　　　　　　　　　　　　　　　　　　　제3부

딱거리는 새끼들은 그대로 놔두었다. 대물붕어는 음식 솜씨가 좋은 이장 부인이 붕어매운탕을 끓여서 몇몇 마을 사람들과 즐거운 술자리를 가졌다.

그 뒤 또 3년이 지난 올 봄, 가뭄이 심해 예전처럼 곡식에 물을 주자 연못의 바닥이 드러났다. 나는 예전보다 훨씬 많은 대붕어가 잡힐 거로 알고 목소리 크게도 이장에게 붕어를 잡자고 연락했다. 그런데 예전과 사뭇 달랐다.

3년 전보다 더 많은 대물들이 빨딱거려야 함에도 조용했다. 물이다 빠져 흙 반 물 반인데도 물고기들의 세찬 팔딱거림은 없었다. 기껏 손바닥 중간 크기의 붕어만 겨우 20여 마리 잡히고는 생각지도 않은 가재가 있었다. 청정지역 1급수에서만 산다는 귀한 가재를 어림잡아 100여 마리 잡았다. 마을 이장은 붕어보다 가재가 더 맛있고 가치가 있다며 좋아라 했다.

그 날 저녁 이장 부인의 맛깔스런 요리로 붕어탕과 가재구이 안주가 탄생했고, 산골마을 술친구 몇몇이 함께했는데 다들 가재 편만 들고 붕어에게는 눈길도 주지 않았다. 맛과 양으로만 따진다면 붕어가 훨씬 우세하지만 청정지역 1급수에서만 산다는 가재의 품격 자체를 높이 사는 것 같다. 갈수록 사람들의 의식수준이 양보다는 질에 비중을 두는 이유이다.

물고기를 잡아낸 며칠 후 연못에 이상 현상이 나타났다. 파란 이끼 같은 게 손바닥 크기로 뭉쳐 여기저기 십여 곳에 둥둥 떠 시나브로 움직이고 있었다. 물채로 떠내어 살펴보니 파란 플랑크톤이었다. 청정지역 1급수의 미세 식물이니 먹어도 해가 없을 것 같았다. 불치병에 특효약이 될 수도 있겠다는 어처구니없는 상상을 하며 입에 넣고 씹어보았다. 심심하지만 먹을 만했다.

그 무렵 따스한 어느 봄날, 읍내 전통시장에 들려 여기저기 구경하는데 물고기를 파는 노점상이 눈에 띄었다. 붕어는 없고 미꾸라지만 있었다. 좁다란 다라에 물 반 미꾸라지 반으로 자기들끼리 부딪쳐 괴로운지 연신 팔딱거렸다.

나는 그 모습이 가여워 만오천 원을 주고 한 대접 사와 시원스럽게 넓고 깊은 연못에 넣어주었다. 살펴보니 잠시 죽은 척하다가 이내 꼬리를 세차게 흔들며 유유히 깊숙한 연못 속으로 잠행했다. 순간적인 환경변화에 놀란 미꾸라지들이 순간적으로 기절했다가 정신을 차린 것이다.

다음날 아침 어느 때처럼 뜰채를 들고 플랑크톤을 떠내려고 하는데 '이게 웬일!' 깜짝 놀랐다. 손바닥만 하게 뭉쳐서 둥둥 떠다녀할 플랑크톤 군단이 다 사라진 것이다. 연못에는 맑고 잔잔한 물이 막 떠오르는 햇살을 받아 원래의 정겨웠던 연못 풍광으로 되돌아왔다.

나는 뛸 듯이 기뻤다. 이 무슨 조화일까. 미꾸라지 한 대접, 어림잡아 50여 마리를 사다 넣은 것밖에 없는데 연못의 모습이 완전히 달라진 것이다. 그저 신기하고 그저 귀신이 곡할 노릇이라고 생각하다, 이내 얕고 좁다란 구정물 다라에서 깊고 널따란 청정수 연못으로 새롭게 정착시켜준 나의 고마움에 미꾸라지 식구들의 답례임을 깨단했다.

나는 물 반 미꾸라지 반으로 비닐에 담아와 연못 가장자리에 쪼그리고 앉아 "잘 살아라"라는 말 한마디 남기지 않고 무정하게 쏟아버린 뒤로는 미꾸라지 식구 어느 하나 본 적이 없다. 태생이 붕어와 달리 깊숙한 땅속 체질인 것이다. 내가 연못가에 이르면 연못 중앙 부위에 아주 작은 물거품이 여기저기 수없이 일었다. 미꾸라지 식구가 나를 알아보고 연못 밑바닥에서 고마움을 표하는 증표가 아닐까.

미꾸라지들은 더없이 넓고 맑은 집에서 맛있는 플랑크톤을 배불리 먹어서 좋고, 나는 귀찮은 플랑크톤 제거 일거리를 미꾸라지 식구들이 대신해주어 좋은 것이다.

시쳇말로 '미꾸라지에게 X물렸다'는 말이 있다. 주로 남자들 사이에서 어떤 경쟁에서 상대에게 도저히 질 수 없는 판국에 허망하게 지는 수모를 당했을 때 허탈감에서 쓰는 비속어이다. 얼마나 미꾸라지의 입이 작고 약해보이면 그러겠는가.

하지만 나는 이번만은 '미꾸라지의 힘은 강했다!'로 미꾸라지를 높이 평가한다. 우물 속의 생태계야 잘 알 수 없지만 예전의 손바닥만 한 대붕어 식구보다 지금의 새끼손가락만 한 미꾸라지 식구의 활동력에 더 후한 점수를 나는 기꺼이 주고 싶다.

경로 우대증

그날은 2020년 1월 18일이다. 아내와 TV에서 '동치미'라는 프로를 보고 있었다. '인생에서 가장 비참했던 일'이라는 주제를 놓고 대화를 나누는 장면이다. 배우 등 유명 인사 10여 명이 출연하여 자신들의 경험을 이야기하며 웃고 즐기는 대담프로다.

주로 사업실패, 친구나 부부의 갈등 등 자신의 경험이 대두되었다. 그런데 한 원로 여배우는 '경로 우대증을 국가로부터 받았을 때 가장 비참했다'고 한 게 아닌가. 그녀는 65세가 되어서야 자신이 노인이 되었다는 사실을 알고 슬펐단다. 대부분 주부들인 방청석 분위기도 의아하게 여겼지만 아내는 더 예민하게 받아들였다.

남자인 나도 내심 의아하게 생각하고 묵묵히 시청하고 있는데 아내가 "나는 경로 우대증을 받고 기분이 참 좋았고, 호적이 2년 늦게 되어 2년 일찍 전철 공짜를 못 타 손해라고 아쉽게 여겼는데…" 하며 지난 날 자신의 삶이 무척 초라했음에 속이 상했는지 긴 한숨을 내쉬었다.

그렇다. 우리 같은 평범한 사람들과는 매우 동떨어진 이야기다. 여배우의 생명력은 무어니 무어니 해도 아름다움과 젊음이다. 아무리 아름다운 모습을 지녔다 해도 늙으면 누구나 초라하고 추한 모습을 보이는 게 인생사다. 그러니 그 원로 여배우에게는 노인이라는 국가 공식 증표가 비참한 이야기꺼리가 된 것이다.

그러나 우리 같은 민초는 경로 우대증이야말로 고마움의 증표다. 단 한 푼이라도 아끼느라 힘들게 살아온 터에 나라에서 교통비를 무료로 해준다니 얼마나 고마운 일인가.

부끄러운 이야기지만 아내는 경로우대 교통카드를 받기 2년 전부터 내 주민등록증을 자기 것인양 사용한, 이른바 지하철 편법 탑승자였다. 보통나이로는 65세에 해당되기에 별 불안감이나 죄책감은 없었고 오히려 희열을 느꼈다고 한다. 하루 교통비 3천 원 정도가 공짜이니 그만큼 살림살이에 도움이 된다는 기쁨이 앞선 것이다.

또래 지인들로부터 이런 편법 탑승 비법을 뒤늦게 전수 받은 것마저 아쉬워했다. 먹고 살기 별 걱정 없는 아내까지 한 푼이라도 더 절약하기 위해 편법을 썼으니, 지하철 이용 무임승차 20%라는 편법 탑승자 대열에 아내도 부끄럽게도 낀 것이다.

인생사란 제각각이다. 이 지구상에 사는 수십억의 사람마다 신체적으로도 정신적으로도 다 다르다. 어떤 사람은 얼굴이 예쁘고 날씬해서 그 유명 배우처럼 이름을 날리고 풍족하게 산다. 어떤 사람은 그렇지 못해 아내처럼 가정주부로 어렵게 산다. 이 두 사람의 생각과 가치관이 얼마나 다르겠는가.

우리 인간사회는 갈수록 동질감이나 정감이 없어지고 있다. 그 원인으로 기계, 문화의 발달 등 인간 외부를 탓하지만 분명 인간 내부의 과욕에서 비롯된 것이다.

특히 우리나라 사람들의 욕심은 지나치다고 한다. 오죽하면 '사촌이 땅을 사면 배가 아프다.'는 시샘의 속담까지 나왔겠는가. 가까운 일가친척이니 의당 축하해주어 마땅한 일임에도 속이 상하고 시기하는 심리는 바로 과욕에 있음이다.

이런 고질적인 시샘이 우리 사회 곳곳에 만연하여 악습으로 번지고 있다. 그 다정다감했던 친구며 형제며 부부며 지인들이 하루아침에 남남이 되고 그 다툼이 극에 달해 법정에 서기도 한다.

그렇다고 시샘을 안 할 수는 없다. 시샘을 하되 정도껏 해야 한다. 남이 잘되는 일에 축복해주지는 못할망정 시기하고, 미워하고, 속상해하지는 말아야 한다. 시샘을 녹여 없애는 방법은 삶의 이치에 순응하며 평온하게 사는 것이다. 이를 위해 맹자, 공자 등 옛 선인들의 교훈을 공부하고 깨우치는 사람들도 있다.

시샘은 마음의 원천에서부터 나온다. 그렇다면 지금의 구정물 같은 탐욕의 마음을 비우고 정화된 순수한 마음을 가지는 것이 필요하다. 마음을 온전히 비움은 자기 자신의 정체성을 무참히 죽이는 일이니 참으로 어려운 일인가 보다.

마루와의 인연

〈마루가 온다〉

외딴 산기슭에 자리 잡은 나의 농장에서 좀처럼 사람 보기란 어렵다. 가끔 사람이 그리워 읍내로 나가고 싶은 생각도 든다. 어쩌다 나의 농장을 찾아오는 손님이 얼마나 반가운지 모른다.

이런 나의 마음을 달래주는 식구가 있다. 나의 애견 '마루'다. 마루는 풍산개와 진돗개 사이에서 태어난 암컷인데 어미 풍산개와 꼭 닮았다. 금년 초여름 지인으로부터 분양받아 5개월이 되었다. 제법 어미만큼 자라 함께 있어 든든하고 적적함을 달래주는 동반자 노릇을 한다.

개도 사람처럼 커가면서 활동반경이 넓어지는가 보다. 마루가 새끼일 때는 나의 발걸음 주위를 맴돌며 졸졸 따랐는데 커갈수록 점점 나와 거리를 두기도 하고 제멋대로 행동한다. 개줄을 풀어주면 처음 몇 분간은 내 곁에서 놀다가 어느새 사라져버린다. 농장 안에서는 몇 차례 부르면 곧장 달려오는데 농장 밖으로 빠져 나가면 당초 오질 않는다. 가까이 다가가서 어린애처럼 품에 안고 와야 한다.

이제는 컸다고 그마저 말을 듣지 않는다. 헐레벌떡 달려 가까이 다가가면 오히려 달아난다. 한번은 농장에서 일하는 중에 나의 시

야에서 마루가 사라졌다. 한참을 불러도 오지 않고 행방도 알 수가 없었다. 화가 머리끝까지 올랐다.

그때 바로 뒤쪽에서 파드닥거리는 소리가 났다. 얼른 뒤를 돌아보니 마루가 닭 한 마리를 물고 온 게 아닌가. 사냥을 좋아한다는 풍산개의 본성을 드러낸 것이다. 제 깐엔 닭을 물고와 자랑스럽게 주인에게 바친다고 꼬리치며 좋아하는 것 같았다.

하지만 나는 화가 더욱 치밀었다. 한참을 불러도 오지 않은 것도 그렇지만, 남의 생닭을 잡아오기까지 했으니 말이다. 나는 생각할 겨를도 없이 마루의 양 뺨을 가볍게 살짝 때리고서야 다소 진정이 되었다.

다행히 잡아온 닭은 어떻게 물어 왔는지 날갯죽지에 털이 좀 빠진 상태였다. 그대로 놓아주니 연신 '꼬꼬댁' 소리를 내며 달리고 날기를 번갈아가며 허겁지겁 달아났다.

그 뒤로는 아무리 낑낑대며 보채도 마루를 풀어주지 않았다. 10여 일이 지났을까. 개집 앞에 엎드려 나의 눈치만 보며 풀 죽어있는 모습이 하도 측은하기에 풀어주고 감시를 했다. 여느 때와 마찬가지로 처음 얼마 동안은 내 주위를 맴돌며 안심시켰다. 잠깐 마음을 놓은 사이에 마루가 또 사라진 것이다.

한참을 목 놓아 불렀지만 오지 않았다. 어느새 아랫마을 자기 친구에게 간 것이다. 산책할 때 데리고 간 적이 있는데 그 집엔 개 두 마리가 있다. 마루 또래의 수컷들인데 상대를 번갈아가며 신나게 뛰어 놀곤 했다.

나는 허겁지겁 아랫마을로 달려갔다. 생각대로 마루가 친구들과 어울려 신나게 놀고 있었다. 내가 가까이 다가가서 부르며 손을 내밀어도 오지 않았다. 마루의 꼬리를 세차게 잡아챘다. 마루가 '끼깅, 끼깅'하고 비명을 질렀다. 줄을 힘껏 들어 올려 끌다시피 농장으로 돌아오면서도 여전히 얄미운 생각이 들었다. 개새끼로부터의 배신감이 좀체 누그러지지 않았다.

그렇다고 한적한 농장에서 항상 묶어만 놓고 키우자니 안쓰러웠다. 풀어주자니 남의 생닭을 잡아올까 걱정되고, 친구에게 가서 정신없이 놀다 집을 나갈까 두렵다. 개를 키우는 게 부담스럽기까지 했다.

이러지도 저러지도 못하는 답답한 마음에서 문득 언젠가 읽은 '법정스님의 무소유'가 떠올랐다. 나는 마음속으로 다짐했다. 개가 집을 나가서 돌아오지 않으면 나와는 인연이 없으니 미련을 두지 말자고.

드디어 마루를 자유의 몸으로 풀어 주었다. 제멋대로 뛰어 놀게 놔두었다. 조금 지나 주위를 살펴보니 마루가 보이지 않는다. 분명 아랫마을 친구에게 간 것이다. 나는 전처럼 데리러 가지 않고 기다리기로 했다. 내가 싫어 달아났다면 설사 떠돌이 들개가 될지언정 그냥 버려두고 싶었다. 하지만 시간이 지날수록 초조해지고 나의 학대로 달아난 것 같아 마음이 심란했다.

한 시간이 지났을까. 저 멀리 마루가 오는 모습이 보였다. 농장 입구에 들어서자 온 힘을 다해 나에게로 달려 왔다. 나도 모르게 두 손을 내밀어 마루를 맞이했다. 마루가 나의 품속에 안겨 헉헉거린 다. 마루의 입에서 긴 혀가 연신 날름거리며 침을 쏟아낸다. 금세 나의 가슴이 촉촉이 적신다. 내가 싫어서 달아난 게 아니라 친구가 그리워서 잠시 외출했을 뿐이다.

개도 사람처럼 감성이 있다. 좋아하는 사람 앞에서는 꼬리에 힘을 주고 빠르게 치며 앞다리로 매달리려고 한다. 자기를 미워한 줄 알고 무서워하기도 한다. 미워한 사람에게는 꼬리를 내리고 뒤로 물러난다. 무서워하는 사람에게는 고개를 숙이고 앞발을 앞으로 뻗는 자세를 취하는데 마치 사람이 엎드려 비는 모습 같다.

개의 목소리를 듣고 개의 기분을 알 수도 있다. '멍멍'하고 남자 목소리처럼 굵고 우렁차게 짖으면 낯선 사람이나 이상한 물체가 나타나 경계하는 것이다. '끄웅' 하고 여자 목소리처럼 가냘프게 보채 면 데리고 놀아달라거나 용변을 보고 싶다는 애원의 신호다. '무웅' 하고 코 먹은 소리를 내며 허리를 쫙 펴는 모습은 뻑적지근한 몸을 푸는 것이다.

요즈음은 마루와 대화를 하는 재미가 쏠쏠하다. 아침에는 '잘 잤니' 하고, 저녁에는 '잘 자라' 하며 머리를 쓰다듬어 준다. 밥을 줄 때는 '맛있게 먹어라'하며 다 먹을 때까지 지켜본다. 산책을 나설 때는 '가자' 하고 말하면 앞서 간다. 피차 외로운 처지에서 이 정도면 괜찮은 사이라 여긴다.

〈마루가 간다〉

오늘도 여느 때처럼 아침에 일어나 마루와 산책을 나간다. 산책이라지만 마루가 저녁내 잘 참아낸 용변을 배설시키러 가는 것이다. 내가 이동용 개줄에 목줄을 연결시키자마자 마루는 나를 끌다시피 달려간다. 어찌나 빠른지 운동화를 신고 만반의 달리기 태세를 취하지 않으면 뒤따라갈 수가 없다.

마루가 멈추는 곳은 농장 바로 아래쪽에 있는 언덕바지이다. 개집에서 불과 50미터 거리지만 나는 일찌감치 숨이 차올라 헐레벌떡거린다. 그 사이 마루는 용변을 마친다. 매일 마루가 용변을 보는 모습을 보지만 그 때마다 흥미롭다.

앞발과 뒷발을 붙이고 쫑긋이 선다. 항문은 지면 가까이 향하고 얼굴은 쳐들어 허공을 바라본다. 무언가 사색에 잠긴 듯하다가 잽싸게 용변을 본다. 사람처럼 속이 후련하고 기분이 좋은 모양이다. 용변을 참을 줄도 알고 볼 자리를 안다는 것은 참으로 기특한 일이다.

용변을 다 본 후에는 천천히 주위를 맴돈다. 급한 용무를 다 봤으니 서두를 필요가 없는 것이다. 코를 지면에 대고 냄새를 맡으며 이리저리 나를 이끈다. 땅을 파 제치기도 하고 메뚜기 같은 곤충을 물고 장난을 치기도 한다. 마루가 하는 대로 따라가자면 그렇게 하루 일과를 망친다. 10여 분 놀게 한 후에는 개집으로 끌고 와 고정줄에 매어 놓는다.

그런데 이상한 일이다. 오늘따라 마루가 밥을 먹지 않는다. 어제까지만 해도 '우두둑 우두둑……' 어찌나 맛있게 잘 먹던지 군침을 돌게 했다. 같은 사료에 달라진 것은 아무것도 없는데 대체 무슨 문제가 있는 걸까.

개집 안에 들어가 있는 마루를 유심히 살펴본다. 사타구니를 벌리고 성기 부위만을 진지한 표정으로 마구 핥고 있다. 마루의 성기 부위에 붉은 피가 어려 있다. 그리고 보니 마루의 잠자리에도 피가 묻어 있다. 마루가 멘스를 하는 것이다.

개는 새끼에서 6개월 정도 크면 암내를 내고 그 증표가 멘스다. 아직 어리다고 여겼는데 벌써 생리를 하고 있다. 암컷이 암내를 내면 온 동네방네의 수컷들이 그 냄새를 맡고 달려온다고 한다. 한 십여 일 지속되는 생리 상태에서는 암컷이 수컷을 배척하지만 생리가 끝나면 거꾸로 암컷이 수컷을 찾아 헤맨단다.

며칠 후, 11월 초의 어느 날, 농장에서 점심 식사를 하고 있는데 마루의 짖는 소리가 평소와 달리 불안하게 들렸다. 밖을 내다보니 이웃집 개 다섯 마리가 마루 가까이 와 있는 게 아닌가. 흔히 발발이라고 하는 작은 개인데 집 밖에 놓아 키워 더러운 오물이 더덕더덕 붙은 추한 것들이다.

그 개들은 지금껏 단 한 번도 우리 농장 안으로 들어온 적이 없었다. 농장 울타리에 발을 붙이기만 해도 나의 돌팔매질에 혼줄 나 줄행랑을 친 것들이다. 분명 마루의 암내를 맡고 온 것이다.

다섯 마리 중에 수컷은 두 마리인데 암컷 세 마리까지 따라온 것이다. 수컷 두 마리는 번갈아가며 마루 가까이 접근하려 애를 쓰지만 마루가 악착같이 배척하고 있다. 암컷 세 마리는 주위에서 지켜보고만 있다. 리더인 수컷을 따라오긴 했으나 외도하려는 수컷들에 냉소적인 분위기다. 수컷이라지만 마루가 덩치가 훨씬 크니 감히 가까이하지 못한다.

문제는 멘스가 끝난 다음이다. 마루가 찾아오는 수컷을 환영할 것이고 찾아오는 수컷이 없으면 찾아 나설 테니 말이다. 나는 심히 걱정이 되었다. 12월 초에는 이곳 농장을 떠나 도시 생활을 한다. 겨울철에는 농사일도 없고 춥기 때문이다. 그간 마루를 분양받은 지인 집에 맡기기로 했는데 생각지도 않은 새끼를 갖게 되면 곤란한 일이다.

때마침 동갑나이로 친구처럼 지내는 D와 S가 농장에 놀러 왔다. D는 마루를 분양해준 사람이다. 나는 마루의 상태와 이웃집 발발이들의 침입을 이야기했다. 잔머리를 잘 굴리는 S씨가 빙그레 웃으면서 "기저귀를 채워!" 하는 게 아닌가. D도 "발발이는 사이즈가 안 맞아 괜찮겠지만, 큰 놈을 대비해서 그게 좋겠다."고 맞장구를 쳤다. 나도 덩달아 좋은 방도라 여겼다.

다음날 시급히 읍내 동물병원에 가서 사정이야기를 했더니 원장이 깔깔 웃으면서 "소용없어요." 했다. 수컷이 암내를 맡고 달려들면 기저귀를 몇 겹으로 단단히 채워둔다 해도 물어뜯어 내고 교미를 한단다. 암내를 내면 사이즈가 안 맞은 발발이에게도 낮은 자세를 취해주며 흔쾌히 허락하다는 것이다.

암컷을 철망에 가두는 것 이외는 다른 방도가 없단다. 암내 낸 개는 좋은 수컷을 골라 교미시켜 주는 게 개에게도 주인에게도 이롭다고 했다. 나는 그저 허망하게 웃을 수밖에 없었다.

마루를 철망이 있는 D의 집으로 미리 보내기로 했다. 다음날 D씨의 트럭에 마루를 실어 보내는데 안타깝고 측은한 마음이 들었다. 외로운 산골 농장에서 마루와 정이 깊어졌는데 생각보다 일찍 이별이 닥친 것이다.

D는 개를 세 마리 키웠다. 마루가 멘스를 시작할 무렵 한 마리가 차에 치어 죽었다. 다행인지 불행인지 그 빈자리로 마루가 예정보다 일찍 들어간 것이다. 마루는 아직 새끼를 낳기에 약해서 이번은 그냥 넘기고, 6개월 후에 다시 암내를 낼 때에 좋은 수컷과 교미를 시키기로 했다.

마루는 태어난 집에 되돌아간 것이다. 마치 시집간 딸이 아이를 낳기 위해 시집에 간 것처럼. 그리 생각하니 마음이 한결 가볍다. 마루가 좋은 환경에서 좋은 수컷과 짝이 되어 예쁜 새끼들을 낳고 오래오래 잘 살기를 바란다.

한적한 산골에서의 외로운 나의 동반자, 마루와의 인연을 소중히 여긴다.

산골 농부의 생활 시

제 분수

빨갛게 무르익은 고추밭에 잠자리 한 마리

이리 저리 빙빙 돌더니

아주 작은 고추에 사뿐히 앉는다

그 크고 많은 고추 중에 왜 하필 작은 고추일까

알아보나 마나 제 분수를 잘 아는 고추잠자리겠지

쥐구멍

창고 안에 어린애 주먹만한 쥐구멍이 났다

흙으로 메웠더니 조금 더 크게 났다

돌로 메웠더니 조금 더 크게 났다

고슴도치 털보다 더 날카로운

밤 껍질로 꽉 틀어막았더니

아뿔싸, 어른 주먹만 하게 뚫렸다

쥐약을 놓을까, 쥐덫을 놓을까

망설이던 며칠 뒤

우리 집 개가 그 놈의 쥐를 물고

자랑스럽게 내 앞에 선다

벌 세 마리의 공습

빨랫줄에 말린 옷을 걷으려다 일이 벌어졌다
바람에 날일까 옷을 고정시킨 작은 집게에
벌들이 숨어있을 줄이야
벌 세 마리의 느닷없는 가미카제 공습
내 아랫입술 순식간에 찐빵처럼 부풀어 올랐다

아내가 쿡쿡 웃음을 참다가 마침내 하하하
나를 보고 웃다가, 웃다가 나를 보고
배꼽 쥐어 잡고 웃어 댄다
어쩌다 기분 좋을 때도 눈웃음 깜빡 짓는 아내
마침내 웃음보가 터진 모양이다

비명도 허우적거림도 엉덩방아도 잊고
열나고 쑤시고 아픈 것도 참으며
아내의 웃음 장단에 덩달아 웃는다
비틀린 입술로 어설프게 웃는다

이름 없는 허브

장마가 가고 농장 주위가 온통 잡초 투성이다
야무진 호미질로 잡초와 한창 씨름 하는데
해거름 바람결에 향긋한 냄새가 난다
코를 벌름거리며 향기를 따라가니
연초록의 앙증맞은 풀이 눈길을 끈다
조심스레 뽑아 코끝에 살짝 대어보니
코 속이 시원하고 기분이 상쾌하다

언젠가 어느 허브 농장에서 맡은 그 향기다
나는 이름조차 모르는 그를 우물가에 고스란히 남겨둔다
그가 고맙다는 듯 방긋 웃는다
그의 그윽한 향기가 짭조름한 땀 냄새를 감싸준다

개구리 부부의 사랑

우물 안에 개구리 한 쌍이 살고 있다
볼 때마다 업고 업힌 모습으로
그들만의 진득한 사랑을 뽐낸다

어느 날 아침, 우물에 한 잎 낙엽이 떠있었다
무심코 바가지로 낙엽을 세차게 걷어내
좁고 기다란 배수로에 잽싸게 버렸다

물 썰매를 타고 유유히 사라지는 낙엽,
그 꽁무니에 매달려 잔뜩 겁먹은 개구리,
아뿔싸, 느닷없이 물바가지 보쌈을 당한 게 아닌가
그 위급에도 개구리 부부, 꼬옥 껴안고 사랑의 끈을 놓지 않았다

개구리가 떠난 우물 안이 공허하다
어쨌거나 개구리를 보쌈질한 내 마음도 허전하다
혹시라도 개구리 부부가 다시 우물로 돌아오면 반겨주련다

제4부

소망에서
새로움을 느끼다

헌 책의 교훈

나이 들어 지인들과 만남의 장소로 나는 서울 종로3가역 인근을 선호한다. 퇴직 무렵 그곳 3.1빌딩에 자리 잡은 한 직장에서 근무한 적이 있어 익숙한 곳이기도 하다. 3.1빌딩은 우리나라 마천루의 효시요, 1980년대 초반까지 가장 높은 건물로 그 명성이 있어서 인지 우리와 같은 늙은이들에게는 인지도가 높다.

게다가 먹거리도 다양하고 저렴하며 나의 취미인 바둑을 둘 수 있는 기원들이 즐비하다. 다정한 사람들과 만남으로만도 반갑고 즐거운데 취미까지 공유하면 그 분위기는 더할 나위 없다.

나는 만남의 날에는 약속시간보다 한 시간 정도 일찍 나서서 3.1 빌딩 바로 뒤편의 알라딘이라는 중고서점에 들린다. 중고서점이라지만 쾌적한 공간에 책들이 잘 배열되어 있고 컴퓨터로 구매가 이루어진다. 골목길 허름한 곳에 지저분하게 쌓아놓고 파는 예전의 헌책방과는 사뭇 다르다.

2018년 연말이었다. 서점의 진열대에 얌전히 도열해 새 주인을 기다리는 서적들의 명찰만 스쳐보며 지나가는데 '유쾌한 인간관계(김달국 지음)'가 눈에 띄었다. 그 많은 쌍둥이 형제들과 헤어져 홀로 외로움에 잔뜩 젖어 있는 놈을 책장에서 꺼냈다. 대충 살펴보니 가볍게 읽을 만했다. 낙서 하나 없고 손때가 타지 않은 깨끗한 책이다. 태어난 지 14년간 어디에서 누구를 만났다가 무슨 사연으로 나를 만난 걸까.

나는 책을 읽을 때 정독한다. 좋은 내용이 있으면 밑줄을 긋고 느낀 점을 메모해둔다. 요긴할 때는 그 부분만 읽는다. 그러기에 중고 서점에서는 깨끗한 책보다 나처럼 낙서를 한 책을 선호한다. 책의 본래의 내용에 누군가의 사고가 담기고 거기에 나의 사고가 따르면 조금이라도 더 알차지 않을까 해서다.

구식의 티가 나지만 교양서이고 2천 6백 원으로 신문 3매 값도 안 되어 선뜻 샀다. 나를 다스리고 세상과 친해진다는 내용을 사례를 들어가며 진솔하게 쓴 책이다. 내 나름의 인간관계에서 무언가 도움이 될 만한 내용에 밑줄을 그어가며 틈틈이 다 읽어보았다. 그리고는 일주일쯤 지나 밑줄을 그어 놓은 10여 부분만을 독학생 공부하듯 다시 읽어 보았다.

그중 '현명한 사람은 함부로 인연을 만들지 않는다.'와 '좋아하는 사람에게 먼저 연락하라.'는 참으로 와 닿는 대목이어서 책의 내용을 그대로 인용해본다.

'당신 주변에 성격이 까다롭거나 속이 좁은 사람이 있다면 바꾸려 하지 말고 모닥불처럼 대해라. 현명한 사람은 어느 정도 거리를 두고 모닥불을 쬐지만 지각 없는 사람은 가까이 다가가 손을 데고는 모닥불을 탓한다. 쬐는 사람이 거리를 맞춰야지 모닥불은 움직이지 않는 법이다. 우리에게 불행한 일이 생기는 것은 대부분 스쳐 보내야 할 사람과 함부로 인연을 맺기 때문이다.'

'Out of sight, out of mind란 말이 있다. 아무리 가까운 사이라도 자주 만나지 않으면 그만큼 친밀도가 낮아진다는 의미이다. 그동안 연락이 없었다는 것은 그 시간만큼 관계가 끊어진 것이다. 언제나 마음이 있는 곳에 시간이 있게 마련이다. 지금 이 순간이 중요할 따름이다. 혹시 먼저 연락하는 쪽이 손해를 보거나 자존심이 상한다고 망설이지는 않은지? 누군가 당신에게 손을 내밀고 먼저 고개 숙이기를 바란다면 당신은 평생 기다리기만 해야 한다.'

그렇다. 참으로 멋진 비유와 묘사로 인간관계의 진면목을 보여준 것이다. 아무리 가까운 사람이라도 자신의 속마음을 다 털어 놓지 말며, 좋아하는 사람은 주저 말고 연락해 함께 웃고 즐기는 기회를 많이 가지라는 조언이다.

사실 나의 경우 몇 해 전까지만 해도 지인들과의 만남이 빈번했다. 어느덧 70대 초반에 들면서 그 많던 모임이 서서히 줄고 이제는 오랜 세월 동안 친목을 도모해 왔던 정기모임 몇 개뿐이다. 그마저다 타고 남은 양촛불마냥 시들하다. 누군가 먼저 연락하여 만나서 밥이라도 먹자는 깜짝 모임은 좀처럼 생기지 않는다.

나는 이 책을 읽고 용기를 내어 지난날 자주 만나 술잔을 주거니 받거니 허물없이 지낸 지인들에게 먼저 손을 내밀기로 마음먹었다. 그간 소원했던 사람들의 모습을 떠올리며 이름을 적어보았다. 7명이었다.

2019년 3월, 새 봄맞이를 하며 새로운 기분으로 이들에게 안부를 전하고 만나서 식사라도 한번 하자고 제안했다. 모두들 나의 제안을 기다렸다는 듯이 반겼고 만남이 성사되었다. 그런데 뜻밖에도 인원이 10명으로 3명이 늘었다. 말하자면 나의 제안에 편승하여 함께 만나고 싶은 사람들까지 어울렸던 것이다.

그대로 지나쳐 버렸다면 오랜 세월 동안 친분을 쌓아 다정다감했던 지인들을 다시금 못 만나고 저세상으로 갈 뻔했다. 생각만 해도 허무하고 안타까운 인생길이 아닌가. 나는 이번 '유쾌한 인간관계'라는 헌책을 읽고 참 좋은 교훈을 얻고 실천하여 더없는 만족감, 아니 행복감을 느꼈다.

소장행

최근에 소확행小確幸이라는 신조어가 나왔다. '작지만 확실한 행복'을 뜻한다. 일본 작가 무라카미 하루키의 수필집 『랑겔한스섬의 오후』에 등장하는 말이다. 갓 구운 빵을 손으로 찢어 먹는 것, 서랍 안에 반듯하게 접어 돌돌 만 속옷이 잔뜩 쌓여 있는 것, 새로 산 정결한 면 냄새가 풍기는 하얀 셔츠를 머리에서부터 뒤집어쓸 때의 기분 등을 소확행이라고 했다.

1980년대 일본 버블 경제 붕괴가 불러온 경기 침체의 영향으로 작가의 소소한 행복을 추구하는 심리가 묻어나는 용어다. 행복幸福은 '생활 속에서 기쁘고 즐겁고 만족의 상태에 있는 것'을 뜻한다. 본래 추상적인 의미를 좀 더 구체적으로 묘사하기 위해 '소소하고 확실한'을 가미했지만 나는 '소확행'에 선뜻 공감하지 않는다.

우선 행복이란 잣대가 사람에 따라 천차만별이다. 그 사람의 나이, 학력, 지위, 명성 등에 따라 다르다. 이를테면 군대의 장군 출신이 아파트 경비원을 한다면 행복할까. 제삼자의 직감으로는 안타깝고 불행한 일이다. 하지만 본인은 보람 있고 행복한 일이라고 여길지도 모른다. 본인 거주 지역 아파트 경비 환경이 열악하여 스스로 자원봉사로 나선 선의의 배려라면 말이다.

그러나 이러한 사례가 어디 흔한가. 어찌 보면 본인의 독특한 성격에서 나온 희소한 보람을 행복이라는 단어로 포장한 거라고 의심의 여지가 있다. 더구나 수필이라는 문학 작품에 스며든 작가의 순간적, 일시적인 느낌이나 기분을 우리와 같은 민초가 '소확행'으로 인지하기는 버겁다.

요즈음 코로나19의 감염이 걱정되어 한 달째 집콕하고 있다. 무료하여 TV채널을 돌리다보면 종종 '나는 자연이다'란 프로를 마주한다. 외딴 산골에서 홀로 미개인처럼 살지만 스스로 행복하다는 사람들이 주인공이다. 그들의 표정에서 자연스레 행복한 느낌이 발산된다. 한 두 해가 아니고 십 여 년을 한결같이 자연과 더불어 자연스럽게 살아가는 그들이야말로 소소한 행복자인지 모른다

하지만 그게 어디 확실한 행복인가. '확실한'이란 의미는 '실제 사실과 꼭 맞아 틀림없다'이다. 사물이 불을 보듯 훤한 현상이다. 과연 깊은 산 속에서 속세를 떠나 사는 사람들이 그러할까. 아마도 대부분의 사람들은 동의하기 어려울 것이다.

행복은 우리 모두가 갈망하는 삶의 원천이다. 남녀노소 가리지 않고 자나 깨나 행복을 맛보려 애쓴다. 하지만 그 참된 행복을 맛보기가 그리 쉽지 않다. 주변 환경이 이런 저런 크고 작은 일로 괴롭히기 때문이다.

자신의 삶에 행복을 느끼는 자는 주변 환경에 잘 적응하는 이른바, 무관심과 관용의 느긋한 성격을 지니고 있다. 한마디로 아무리

사소하고 볼품없는 삶이지만 평온한 마음으로 살아가는 진득한 힘을 지니는 사람들이다.

나는 충북 괴산의 한 산골마을에서 농사를 지으며 십 년 넘게 홀로 살고 있다. 집 밖을 몇 발짝 나서기만 하면 할 일이 있다. 하다못해 잡초 하나 뽑고 돌멩이 하나 주워내도 농사에 도움이 된다. 내가 뿌린 씨앗이 나라는 하찮은 존재감의 손길에 파릇하게 자라 꽃이 피고 열매를 맺어 만든 먹을거리는 감칠맛 나고 풍족함에 흐뭇하다.

도시에서 정년퇴직 후 무료함을 달래기 위해 홀홀 단신으로 나선 것이다. 이따금 외로움이 파도처럼 밀려오지만 그 외로움 속에 아늑함과 평온함이 있어 야릇한 삶의 묘미를 감지한다.

그리 보면 나도 농촌의 한 농부로서 행복한 사람이다. 행복의 농도는 제삼자가 측정할 수 없는 것이요, 오직 본인만이 인지할 수 있다 하겠다. 이 세상에 똑같은 모습과 똑같은 개성을 지닌 사람은 없다. 각기 삶의 무게가 다르니 행복의 농도도 분명 다른 것이다.

우리보다 훨씬 못산다는 필리핀이나 태국사람들이 우리보다 행복지수가 높다고 한다. 나는 이들 나라를 여행하면서 길가 음침하고 구질구질한 집이나 가게에서 웃옷을 홀랑 벗고 밥 한 공기, 음료수 한 잔을 놓고 즐겁게 대화를 나누는 그들의 웃는 모습이 참 정겹고 행복해 보였다. 길거리에서 빵조각 하나 입에 물고 기뻐하는 가난뱅이 모습이 해맑고 행복해 보인다.

궁궐처럼 웅장하고 화려한 집 안에서 진수성찬을 앞에 두고 근엄하게 식사하는 부유층의 분위기에서는 긴장감이 돈다. 아무리 돈이 많고 명성이 높다 한들 마음가짐이 욕심으로 가득 차 있으면 웃음도 행복도 사라진다.

소확행이란 유행어도 고심 끝에 잘 추려진 거지만 더 나은 대안이 있을 것 같다. 나는 언뜻 소장행小長幸을 생각해본다. 작지만 긴 행복이란 뜻이다. 그러니까 일상에서 사소한 기쁨이나 즐거움이 오래오래 지속되는 삶이다.

어느 누가 순간적, 일시적으로나마 확실한 행복임을 증명할 수는 없지만, 어느 누가 10년 이상 오래오래 즐거움과 기쁨을 느끼며 산다는 건 증명할 수 있다. 그러니 소확행보다는 소장행이 더 실체적이고 현실적이 아닌가.

신호등 앞에서

　나는 일주일에 한 번 정도 읍내 나들이를 한다. 그 때마다 나의 끈끈한 13년생 동반자, 사람으로 치면 나 또래의 늙은이와 함께한다. 나의 거친 손발 놀림에 다치기도 하여 얼굴이며 엉덩이며 옆구리며 온몸이 상처투성이지만 한마디 불평 없이 고분고분 나를 잘 안내하고 따라준다.

　나의 산골농막에서 읍내까지는 10킬로 정도의 거리다. 도시와 같은 횡단보도나 신호등 하나 없는데, 울퉁불퉁 콘크리트 과속방지턱은 20여 개나 된다. 조심스럽게 차를 몰아도 덜컹거리는 소리에 신경이 쓰이고, 지나는 순간만 물리적, 강제적으로 차의 속도를 줄이는 실상에서 과속방지턱은 도로 위의 불청객이요, 장애물이나 다름없다. 그럼에도 전국 농촌지역 도로마다 온통 과속방지턱으로 누더기 옷을 입고 있다. 해마다 그 수가 증가하고 이를 설치·관리하는 데 막대한 국민 혈세가 들어간다.

　최근 읍내 가는 중간 지점에 산업단지가 생기고 입주 기업이 늘면서 신호등이 생겼다. 초기에는 노란색으로 깜박대기만 하여 거침 없이 지나갔다.

　지난 5월의 어느 날 아침이었다. 신호등 앞에 다다르자 갑자기 빨간 신호등 3개가 눈을 부릅뜨고 나를 무섭게 노려보았다. 맥없이 깜박거리기만 했던 노란색이 세차게 밝힌 빨간색으로 확 변하는 순간 나는 그만 위축되어 나도 모르게 신호등 앞에서 멈추었다.

호젓한 농촌 도로의 2차선 신호대기 시간이야 길게 잡아도 2분 정도, 잠깐 숨 돌릴 틈이라 여겼지만 생각보다 지루했다. 심호흡 한 번 하고 주위를 살펴보니 여느 때처럼 나홀로 차다. CCTV도 없겠다, 안심하고 이쯤 해서 출발하려는 순간, 앞에서 차 한 대가, 뒤에서도 차 한 대가 멈추었다. 오가는 모든 차가 나처럼 빨간 신호대기를 제대로 지킨 것이다.

일주일쯤 지나서다. 그 신호등 앞을 지나는데 분명 빨간 신호등 3개가 눈을 부릅뜨고 있었다. 벌써부터 해이해졌는지 지난번보다 위압감도 못 느끼고 역시 나 홀로 차여서 그냥 지나치면서 넌지시 주위를 살펴보니, 아, 글쎄! 뒤에서 오는 차도, 앞에서 오는 차도 신호등 앞에서 멈추지 않고 나처럼 신호위반을 한 게 아닌가.

앞선 사람이 무슨 일인가에 모범생이면 그 뒤를 따르는 사람들도 모범생이 되고, 앞선 사람이 무슨 일인가에 불량생이면 그 뒤를 따르는 사람들도 불량생이 된다는 이른바 '선악 바람몰이 현상'을 실감했다.

불현 듯 내가 30대 초반, 그러니까 40년 전쯤에 서울 종로 5가 인근 횡단보도에서 신호위반에 걸린 일이 아스라이 떠올랐다. 그날은 수원에 살던 친구가 병환이 깊으신 어머니 약을 한 보따리 지어가지고 집으로 되돌아가는 해질 무렵이었다. 모처럼 만난 친구라 함께 오래 있고 싶었지만 어머니 약 심부름이 늦었다며 친구의 발걸음이 빠르게 움직였다.

도중에 횡단보도 빨간 신호에 걸려 행인들이 대기하고 있었다. 나와 친구도 멈추어서 파란 신호를 기다리고 있는데 경찰관 2명이 버젓이 지나가는 게 아닌가. 갈 길이 바쁜 친구가 덩달아 따라 나섰고 나와 행인들도 그 뒤를 따라 무심코 횡단보도를 통과했다.

그런데 이를 지켜본 경찰관들이 횡단보도 신호위반이라며 인근 파출소로 데려가서 조서를 쓰게 했다. 나와 친구는 당황했다. 둘 다 초급 공무원이었고 교통위반 같은 위법행위를 하면 직장에서 징계받을 정도로 공직사회의 기강이 날선 때였다.

당시 공권력이 강해 경찰관들은 위세가 하늘을 찔렀고 횡단보도 위반 같은 건 우리 민초에게는 위법이었지만 그들에게는 특혜나 다름없었다. 다급한 마음에서 우리가 그들을 본받다가 함정에 빠진 것이다.

극진한 효자인 친구가 힘겹게 들고 있는 커다란 어머니 약봉지(당시는 한약이 대세)를 경찰관들에게 보이며 사정했고, 당황한 행인들도 한 목소리로 신호등이 고장 난 줄 알았다며 하소연하자 담당 경찰관이 앞으로는 주의하라는 일장 훈시를 하고 훈방해주었다.

우리 사회는 민주화운동이 급격하게 전개되는 과정에서 갈수록 노조운동이 거세지고 인권보호가 강조되는 반면 국가 공권력이 약해지고 있다. 그 틈에 국민의식도 시나브로 해이해진 것 같다.

나 역시 도로 위의 과속방지턱이나 신호대기 같은 장치를 마주치면 장애물처럼 귀찮게 여겨져 짜증이 나고 그냥 지나치고 싶은 충동에 빠지기 일쑤다. 무언가 감시가 있으면 잘한 척하고 감시가 없으면 적당히 요령을 피우는 못된 사이비 인간성이 나의 마음 속 한 구석에 아니꼽게 자리 잡고 있는 것이다.

빨간 눈을 부릅뜨고 있는 신호등 앞에서 불과 2분도 차분히 못 기다리는 성급함에 나 자신이 몹시 부끄럽고 초라하다. 나이 들수록 느긋하고 고충을 참을 줄 알아야 함에도 오히려 더 다급해지는 것 같다.

겉으로는 칠순 어른이지만 속으로는 일곱 철없는 아이인 것이다. 내 이 늙은 나이에 걸맞게 언제나 농익는 인간이 될까 곱씹어 본다.

이 달의 수필 읽기 추천 작품(한국산문, 2019.11)

하이패스

고속도로 요금소에서 하이패스 통과가 그렇게 기분 좋은 줄 몰랐다. 하이패스 단말기를 달고 처음 요금소를 지나는 순간 나도 모르게 쾌재를 불렀다.

하이패스가 개통된 지 10년이나 지났건만 그간 구식 교통문화에 빠진 게 아쉽다. 단말기 살 돈 몇만 원이 없어서가 아니다. 일상에서 기계에 의존하는 것을 싫어한 나다. 게다가 언젠가 요금소를 버젓이 통과하려는 승용차가 하이패스 시스템 고장으로 방지봉에 부딪친 사고를 뉴스에서 본 뒤에는, 나의 차에 하이패스 단말기 부착은 어림없다고 생각해온 것이다.

그날은 2015년 11월의 어느 날 오후였다. 경기도 일산에서 나의 주거지인 충북 괴산으로 돌아가는 길은 한남대교를 지나 강남고속도로로 들어서서는 가다 서다를 반복했다.

좁다란 운전석에 앉은 나는 지루하고 초조함에 전립선 비대증으로 소변을 자주 보는 생리현상이 더해져 견딜 수 없었다. 참다 못해 찔끔 오줌을 지리기까지 했다. 하도 다급하여 갓길에 차를 세우고 실례를 하려던 참이었다.

다행히 서울요금소에 들어서는 우측 편에 휴게소가 있어서 급히 달려가 볼일을 보고 나왔다. 한시름 놓고 차분히 주위를 살펴보니 많은 사람들이 '하이패스' 간판이 붙은 건물로 들락거렸다. 휴식을 취할 겸 덩달아 들어가 보니 단말기 카드를 충전하는 사람과 단말기를 사는 사람들로 북적였다. 대부분 젊은 층이었다.

아직도 하이패스를 이용하지 않은 사람들이 많은 데는 나와 같은 구식 늙은이들의 거부감이 팽배해서이리라. 문득 구식 늙은이라는 나약한 생각이 들자 나도 모르게 하이패스 단말기를 사는 대열에 섰다. 이참에 하이패스 단말기를 달아 구식에서 벗어나야겠다는, 내 깐엔 당찬 용기를 낸 것이다.

고속도로 요금소를 지날 때마다 멈춰서 차 창문을 연다. 통행권을 뽑는다. 지갑에서 현금을 꺼내어 돈을 주고 잔돈을 받는다. 어디 그뿐인가. 차 창문을 열어 젖힐 때는 음침한 통로를 타고 들어온 칼바람이 초가을임에도 몸을 바싹 움츠러들게 한다. 통행이 뜸한 요금소에서는 무인 정산기가 버티고 있어 차에서 내려 카드나 현금으로 결제해야 했으니 이 얼마나 번거로운 일인가.

이제 차를 멈추지 않고 그대로 달려가도 통행료가 자동으로 정산된다. 이거야말로 삶의 질을 높이는 혁신의 길이 아닌가. 고속도로 입구의 요금소에 들어서면 '충전요금은 xxxx원입니다.' 하고 알려주고, 고속도로 출구의 요금소를 빠져나오면 '통행요금 yyyy원이 정산되어 남은 금액은 zzzz원입니다.' 하는 단말기의 안내 목소리가 고맙기까지 했다.

같은 통행료를 내고도 한쪽은 불편하고 돈이 아까운데, 한편은 편리하고 그만한 가치가 있으니 말이다. 이처럼 좋은 신식을 이용하면 통행료까지 감면해 준다니 나는 요즈음 요금소를 지날 때면 '좋구나 좋아!'하고 민요가락을 구성지게 뽑는다.

어느덧 나이 70의 문턱, 흘러간 세월을 아쉬워하며 무기력하게 살아가는 상노인의 대열에 끼었다. 불과 5년 전인 60대 중반까지만 해도 지금과는 사뭇 달랐다.

서울에서 같은 직종으로 퇴직한 20여 명의 골프모임이 활발했다. 골프모임이 있는 날은 기분이 들떠 뜬눈으로 날을 새고도 교외의 골프장까지 자동차를 몰고 갔다. 드넓은 필드에서 지인들과 파란 잔디를 거닐며 굿샷을 외치고 얼마나 즐거워했던가.

하지만 그 열기가 모닥불 꺼지듯 서서히 사그라지더니 이즈막에는 그냥 밥이나 먹자고 서울 도심의 식당에서 만나자는데도 부담스러워한다. 30여 년 사귀어온 다정다감한 지인들과의 즐거웠던 골프모임은 이제 아련한 한갓 추억이 되고 말았다.

65세 이상 고령자는 시력이며 순발력 등의 문제로 운전을 꺼려하는 데다 대중교통의 무임승차 혜택이 주어지니 자연스레 운전대를 놓게 된 것이다. 부득이 덩치가 큰 골프 도구를 대동할 수 없어 그 좋아했던 골프와도 멀어지게 되었다. 나도 지금껏 대중교통이 편리한 도시에서 살았다면 도시의 지인들처럼 그리했을 것이다.

퇴직 후 농촌에서 살고 있는 나는 일주일에 두세 번은 차를 몰아 읍내 나들이를 한다. 바둑도 두고 활도 쏘고 골프를 치는 등의 여가

활동을 하고 이런 저런 먹거리를 사오는데 자동차는 필수품이다. 한산한 농촌길이라 노인들도 운전하기 수월하다.

나 또래 도시의 지인들은 대중교통이 편리하여 운전대를 놓게 되자 그 좋아했던 골프도 덩달아 포기해야 했지만, 나는 이곳 농촌에서 대중교통이 불편하여 운전대를 잡고 계속 골프를 즐기고 있다. 편리함이 우리 인간에게 꼭 좋은 것만은 아닌 것 같다. 이른바, '순기능·역기능'이 있음이다.

나는 이곳 충북지역에서 골프를 더 즐기고 실력도 나아졌다. 골프장이 집에서 자동차로 20여 분 거리로 가깝고, 그 비용도 수도권 인근에 비해 훨씬 싸기에 도시에서보다 자주 필드에 나간다.

오늘은 유난히 고속도로 하이패스를 통과할 때 어린애처럼 신이 났다. 내가 골프를 친 지 10년 만에 84타로 가장 잘 친 날이었고, 고속도로 요금소 통과가 마치 승리의 개선문 통과처럼 느껴져서다. 남보다 뒤늦게 맛본 하이패스의 통쾌한 통과, 그 기분을 오래오래 만끽하며 운전대를 잡고 싶다.

이처럼 기분 좋고 편리한 게 어디 하이패스 뿐이랴. 우리 늙은이도 생각만 바꾸면 얼마든지 편하고 보람찬 삶을 누릴 수 있는 방편이 많다. 좀 신경이 쓰이지만 컴퓨터며 스마트폰 등의 신기술 사용도 이롭고 신나는 소일거리다. 육체의 노화야 막을 수 없다지만 생각의 노화는 막을 수 있으니 우리 늙은이에게 이 얼마나 다행인가.

파크 골프

충북 괴산의 산골 마을에 산 지 7년이다. 푸서리에도 심기만 하면 절로 커서 농부들의 마음을 달래준다는 콩 농사가 지난해부터 부실했다. 가뭄 탓도 있었지만 같은 땅에 매년 심어 생기는 병충해도 영향을 미쳤을 것이다.

갈수록 농사일이 알아보게 힘들어져 콩 농사마저 접으니 10월말로 농촌 일이 일찍 마무리되었다. 겨울철 농한기에 농촌에서 지내기가 무척 지루하다. 언젠가 눈이 무릎까지 찼을 때는 한 달여를 갇혀 지내야 했다.

마침 경기도 일산에서 20여 년 만에 서울 변두리로나마 입성을 했다며 좋아하는 아내와 오랜만에 서울생활을 하기로 했다. 아내가 차려주는 밥상에서 느긋하게 식사를 한다. 낮에는 집에서 TV를 보다가 지루하면 지인들을 만나 좋아하는 바둑도 두고 거나하게 술을 마시며 즐긴다. 아무 걱정 없이 먹고 노는 한량생활이 이렇게 편하고 좋을까.

한 10여 일 그렇게 시간 가는 줄 모르고 지내는데 아내가 생뚱맞게도 파크골프를 치러 가자고 제안했다. 아내는 30대 초반부터 배드민턴을 취미며 운동으로 삼았다. 학생이 연필 챙기듯 배드민턴 채 2개를 배낭에 넣어 메고 비가 오나 눈이 오나 배드민턴을 치러 다녔다.

아내의 그 걸어가는 뒷모습은 정겹다. 앙증맞은 배낭에서 배드민턴 채 손잡이가 한 뼘 정도 나와 아내의 걸어가는 보조에 맞추어 단발 머리 뒤 꼭지에서 좌우로 춤을 춘다.

그런데 70대에 들어서서는 배드민턴이 힘들고 위험하여 파크골 프로 바꾸었다는 지인들의 사례를 들며 나에게도 강력 추천했다. 나이 들수록 몸에 맞는 운동과 소일거리가 있어야 한다면서.

나 역시 배드민턴보다 부드러운 운동인 골프를 하는데도 70의 상 노인에 가까울수록 몸과 마음이 따로 놀아 잘 쳐지지 않았다. 그 비 용도 만만치 않다. 묵중한 골프백을 대동하기도 걱정스럽다. 시력 에 순발력까지 떨어진 노인이 교회의 골프장을 오가는 장거리 운전 이 부담이 된다.

이제 아쉽지만 골프를 접어야겠다는 생각을 하고 있던 처지에서 아내의 제안에 솔깃했다. 이때까지만 해도 나는 파크골프가 생소하 여 인터넷의 도움을 받았다. 말 그대로 공원에서 치는 골프놀이다. 1984년 일본 홋카이도에서 시작됐으며, 우리나라에도 80여개의 파 크골프장이 조성되어 있고 이 중 경남 밀양(45홀)과 경기 양평(36홀)이 그 규모가 크다.

일반 골프장과 같이 파3, 파4, 파5가 적절히 들어선 18홀이지만 그 거리와 폭은 골프장의 5분의 1 정도 축소판이다. 경기방식도 골 프와 같다. 약 2시간이 소요되는데 체력적인 부담이 적어 노인과 장 애인에 적합한 운동이다.

장비는 합성수지로 내부를 채운 직경 6cm의 공을 쓰며, 길이 86cm, 무게 600g의 클럽 하나만 사용한다. 골프는 드라이브며 퍼터 등 10여 개의 클럽을 용도에 따라 사용하지만 파크골프는 클럽 1개로 단순하게 마무리한다.

난생 처음 경기도 일산의 성저파크골프장을 이용했다. 성저파크골프장은 지하철 3호선 대화역에서 걸어서 10분 거리로 접근성이 좋고 클럽하우스며 코스도 잘 갖추어 있었다.

안내원이 치는 요령을 알려주었다. 골프 치는 방식과 같았다. 골프를 10여 년간 친 나는 곧바로 적응이 되었고 내친김에 아내의 전담 코치로 나섰다.

'양 어깨만큼 다리를 벌리고, 몸에 힘을 빼고, 양 팔꿈치를 펴고, 공을 보고 , 쭉 밀어내듯 친다'는 기본 동작을 익히도록 몇 차례 자세를 잡아 주었으나 헐거운 나사 풀리듯 엉망이었다. 재빨리 움직일 자세로 서서 공중으로 날아오는 공을 치는 배드민턴에 익숙한 아내가 양발을 땅에 고정시키고 땅에 놓인 공을 쳐야 하는 정반대의 동작을 취해야 하니 그럴 만도 하다.

파크골프를 몇 차례 쳤을까. 아내가 40미터 파3에서 어설프게 친 공이 미끄러지듯 홀로 들어갔다. 10여 년간 골프를 수백 회 쳐 파크골프는 누워서 떡 먹기보다 쉽다고 생각한 나보다 완전 초보자인 아내가 홀인원을 먼저 한 것이다. 이거야말로 실력보다 운이 앞서는 경우가 아닌가. 아내는 두 손을 높이 들고 어린애처럼 날뛰며 기뻐했고, 이 홀인원 한 방은 아내를 파크골프의 매력에 흠뻑 빠지게 했다.

노인의 수명이 길어져 노인 인구가 점점 늘어가는 현상에서 파크 골프는 노인들의 건강과 소일거리로 제격이라 생각한다. 그래서인지 걸음걸이가 불편한 노인도 산책하듯 파크골프를 치며 즐거워한다.

내년의 새봄이 와 공원의 잔디가 파릇해지면 아내와 함께 전국 골프장 순회여행을 할 예정이다. 배낭을 메고 기차며 버스를 타고 다니며 각 지역의 특색 있는 골프장에서 파크골프를 쳐보는 것도 새롭고 즐거운 일이다. 아내는 벌써부터 소풍날을 기다리는 어린애처럼 들떠있다.

인생을 살아가면서 이런저런 취미를 많이 갖는 것도 좋은 일이다. 취미가 많을수록 함께할 지인들이 필요하고 그만큼 인간관계가 원만해진다. 다정한 벗이나 지인과 함께 하는 취미생활은 얼마나 즐거운가. 그보다 즐겁고 알찬 건 부부가 같은 취미를 가지며 정겹게 사는 것이다.

83세의 소망

그날은 2016년 2월 28일이었다. 내가 살고 있는 충청도 괴산지역에 오후 4시경부터 2시간가량 함박눈이 흠뻑 내렸다. 산새들의 지저귐도 동네 개들의 짖는 소리도 멈추고 오직 눈 내리는 소리만 소록소록 들렸다. 그야말로 고요하기 그지없는 눈꽃천지의 신비로운 산골 풍광이었다.

이곳에서 다섯 번의 겨울을 맞이했지만 이번처럼 순간적인 대설은 처음이었다. 그러나 나는 이 신비로운 풍광을 만끽하기도 전에 큰 걱정거리가 생겼다. 아무리 아름다운 설경이라지만 거의 무릎까지 차오른 길은 걷기조차 엄두도 못 냈다. 하지만 아내와 나는 피치 못할 사정으로 다음날 아침 일찍 서울로 나서야 했다.

아내와 쉬엄쉬엄 승용차를 타고 여유롭게 가려던 계획이 확 바뀌었다. 30여 킬로가 넘는 꼬부랑 비탈 눈길을 빠져나가야 평탄한 고속도로와 바톤 터치할 수 있는 농촌의 교통사정도 그렇고 나의 차 상태가 눈길에 완전 무방비 상태여서다.

콜택시를 불러 타고 읍내로 나가 고속버스로 서울까지 가야 했다. 콜택시를 부르니 용케도 마을 입구까지 올 수 있다고 했다. 간신히 온 힘을 다해 눈길을 헤치며 300미터쯤 걸어 나가 마을 입구에서 콜택시를 탔다. 아직도 겨울밤의 어두움이 가시지 않은 새벽 6시 경이었다.

고속버스를 타는 읍내까지야 10킬로도 안 되고 미끄럼 방지장치를 갖춘 콜택시일 테니 걱정할 게 없다고 생각했다. 차가 순조롭게 눈길을 미끄러져 나갔다. 나는 안심하듯 콜택시 기사에게 "바퀴에서 체인소리가 안 나는 것 같은 데 스노우타이어라도 단 것입니까." 하고 물었다. 기사가 "아니요, 나 운전 경력 50년이 넘었고 이까짓 눈길 운전 끄떡없어요." 싱겁게 대답한다.

그제야 기사 아저씨의 얼굴을 자세히 보니 70인 나보다 훨씬 많아 보였다. 나는 언젠가 땅의 표면을 살짝 덮은 눈길에서도 운전대 잡는 손이 떨리고 미끄러질 뻔했는데 이 폭설에도 이처럼 자연스럽게 운전할 수 있다니, 그것도 83세의 고령에. 나는 그야말로 이 산골 농촌에서 운전의 산신령을 만난 듯 기사 아저씨가 우러러보였다.

괴산지역에서 가장 고령의 택시 기사이지만 새벽같이 일어나 사무실 주위의 눈을 치우다가 나의 콜을 받았단다. 다른 젊은 기사들은 '오늘 같은 날은 집에서 잠이나 푹 자는 것이 상책이다.'고 아예 폭설에 항복하고 말았으니 나의 소중한 재산 1만 5천 원은 고스란히 부지런하고 용기 있는 83세 할아버지의 독차지가 된 것이다.

83세라면 농촌에서 일찌감치 일손을 놓을 나이다. 지팡이를 짚고 동네 노인정으로 나가 점심을 얻어먹을 기운만 있어도 아직 살아있음을 뽐낸다고 할 것이다. 그러니 이 83세 택시기사는 얼마나 대단한가. 그 체력이며 용기며 지혜에 감탄할 수밖에. 비록 80세 이상 상노인이라 하더라도 매사에 긍정적이고 자기관리를 잘 하면 40대 한창 젊은이 못지않다는 사실을 엄숙히 인정해야 했다.

우연일까. 서울에서 외손녀를 봐주고 있는 아내가 언젠가 나에게 83세 할머니 이야기를 한 적이 있다. '서울의 단독 집에서 50여 년간 살다가 재개발된 새 아파트로 이사하여 사니 그렇게 편리하고 좋을 수 없다. 이제 사는 것 같다. 이 좋은 세상, 100세까지 오래오래 살고 싶다.'며 옥수수 같은 주름진 얼굴에 잔뜩 미소를 머금은 할머니의 느긋한 모습에서 아내도 부푼 희망을 갖게 되었단다.

금년 봄, 서울에서 값싸게 새집을 장만하여 여생을 살아갈 요량으로 강북 변두리의 한 주택재개발 아파트 분양권을 아내가 큰마음 먹고 샀다. 3년이나 기다려야 새 아파트에 들어가 살 수 있단다. 그 3년을 꼬박 기다리기가 지루하고 심난한 노년의 삶이라 여긴 아내의 마음을 그 할머니가 말끔히 달래준 것이다. 아내는 그 할머니에 비하면 고작 67세요, 아직 동네 노인정에 얼굴을 내밀 순번이 아니니 그럴 만도 하다.

누구나 희망을 갖는다는 것은 참으로 좋은 일이다. 젊은이의 희망찬 모습은 활기가 넘치고 아름답다. 우리 같은 노인이야 큰 희망을 가질 수는 없지만, 아주 작은 희망이라도 가슴에 고이 안고 느긋하게 살아간다면 그 모습이 그다지 추하지는 않을 것이다.

나도 글 좀 써보자

남들은 직장에 다니면서도 봉사를 한다지만 나는 그렇지 못했다. 부끄럽게도 퇴직 후에야 무료함으로 관심을 갖게 되었다. 살고 있는 경기도 일산 주민센터를 방문하여 나와 같은 노인들을 대상으로 글쓰기 자원봉사를 요청했다. 노년에 늦깎이로 글쓰기에 도전해 얻은 경험과 보람을 배경 삼아서다.

두어 달이 지나도록 연락이 없었다. '목마른 자가 우물 판다.'고 담당자에게 전화를 걸었더니 '희망자가 없다.'는 무심한 반응이었다. 수필집(망둥이의 춤) 한 권을 낸 주제에 대단한 슬기주머니라도 가진 양 나댔음을, '고양이는 발톱을 감춘다.'는 속담으로 탓하는 사이, 3년이란 세월이 후딱 지났다.

2011년 4월, 나는 반백년이나 깊숙이 빠진 도시생활을 청산하고 충북 괴산의 한 산골마을에 둥지를 틀었다. 산골의 외딴 농막에서 오롯이 마주하는 글쓰기는 외로움을 달래주는 벗이요, 삶의 보람을 안겨주는 기폭제가 되었고 그 덤으로 〈알짜배기 글쓰기〉라는 책이 탄생했다. 2013년 7월, 내가 글을 쓰기 시작한 지 딱 10년 만이다.

나는 이 책이 출판되자 한때 시뻐했던 글쓰기 봉사를 다시 떠올렸다. 내친김에 읍내의 노인복지관을 방문하여 관장과 담당자를 만났다.

'인생살이 희로애락喜怒愛樂 속에서 느끼고 생각하고 쓰고 읽고 다듬기를 반복하는 글쓰기는 노인성 질병, 특히 치매예방에 탁월한 효과가 있다. 소일거리 면에서도 그 어느 것보다 건전하여 노년을 지혜롭고 당당하게 살아가는 활력소가 된다…….'며, 그 취지를 타울타울 설명하고 돌아왔다.

그러나 이곳에서도 두 달이 넘도록 가타부타 연락이 없었다. 다른 인접 지역인 증평, 진천, 음성군은 물론, 멀리 도시지역인 충주와 청주시 노인복지관까지 넓혀 정중히 노크했다. 일손 부족에 날로 고령화되어가는 농촌지역은 그렇다 치고, 그보다 나은 도시지역은 혹시나 했는데 역시나였다.

그러던 차에 경기도 일산노인복지관에서 뜻밖의 글쓰기 강의 요청이 왔다. 그곳 일을 하는 지인이 나의 글쓰기 책을 보고 특별히 배려한 것이다. 농촌에서 노년의 삶을 주제로 한 글(수필)을 포함한 4쪽 분량의 교육자료를 만들어 읍내 문방구점의 대형복사기로 100여 부 제본했다. 잘깍거리는 기계소리가 나의 첫 글쓰기 봉사를 미리 축하해주는 박수소리처럼 경쾌하게 들렸다.

드디어 2015년 10월 20일, 그토록 바라던 봉사 날이다. 괴산 산골에서 새벽닭 울음소리에 깨어 차를 몰고 일산노인복지관으로 가는 내내 기대감으로 들뜬 기분이었다.

늙은이라고 기죽지 말고 하루 한 줄이라도 글쓰기를 합시다. 2011년, 99세 일본의 할머니(시바타 도요)가 〈약해지지 마〉라는 시집을 내 베스트셀러가 되었답니다. 하루하루 살아가는 모습을 친구와 이야기하듯 가볍게 써나가면 시나브로 익숙해집니다. 좋은 글을 읽고 좋은 단어나 좋은 문장을 잘 기록해두었다가 글을 쓸 때 적절히 인용하세요. 요즈음 한창 인기 있는 유행가 '안동역에서'도 좋은 문장이 있더군요. 한번 들어볼까요?

나는 스마트폰에 미리 준비해간 노래를 틀었다. 노랫소리가 들리자 흥이 난 교육생들이 따라 불렀다. "노래 가사 중 어느 소절이 마음에 듭니까?" 하고 물었더니, 맨 앞자리의 한 여성이 "오는 건지 안 오는 건지 오지 않은 사람아, 안타까운 내 마음만 녹고 녹는다." 라고 했다. 나도 좋아한 대목이라며 맞장구를 치고, 글에 접목하면 좋은 글이 됨을 강조하며 봉사를 마쳤다.

노인 천국인 노인복지관에서의 글쓰기 봉사는 단 1시간, 이것으로 끝이었다. 그간 살손 붙인 교육자료와 입 닳도록 한 강의연습이 아깝고 허망했다. 최근에는 교육대상과 방법을 달리했다. 보훈회관의 국가유공자들, 6.25전쟁 때 아버지가 전사한 나와 같은 처지의 보훈가족을 대상으로 한다.

그간 퍽이나 우리 괴산보훈회관을 드나들면서도 딴 곳만 내다보다 헛물켠 것이다. 지난 4월 어느 날의 점심 무렵, 회관에서 담소하는 9명의 형제들에게 점심을 대접하며 자연스레 글쓰기 좌담을 가졌다. 설렁탕 한 그릇에 큰 덕이라도 본 듯 고마워했고, 이 중 3명이 나에게 글쓰기 지도를 받고 있다.

이름처럼 순하게 생긴 김순덕 형제가 '나도 글 좀 써보자!'고 파이팅을 외치며, '나는 아직 시바타 도요 할머니보다 30살이나 젊다. 이제라도 꼬박꼬박 글을 쓰면 그녀를 따라잡겠지. 굼벵이도 구르는 재주가 있다는디 어디 한번 글쓰기 재주를 부려볼까? ……' 라는 글로 각오를 다짐했다.

같은 글쓰기 봉사임에도 강의실에서 강단에 서서 하는 느낌과 식당에서 방석에 앉아서 하는 것이 사뭇 달랐다. 나는 결국 글쓰기로 이름난 강사는 못 되었지만, 마침내 글쓰기로 정겨운 강사는 된 것이다.

글쓰기 책 저자라고 폼 나게 강단에 서서 글쓰기 강의를 하려 했던 게 아닌지. 내가 글쓰기를 좋아한다고 해서 남도 좋아할 거라고 강요한 게 아닌지. 살짝이라도 발보인 것 같아 짓쩍다.

어쨌든 나와 같은 노인들에게 글쓰기가 건전한 소일거리도 되고 어지러운 마음도 다잡았으면 좋겠다. 게다가 치매도 예방하는 일석삼조一石三鳥요, 진짜 노년의 황금알이 되면 더할 나위 없겠다.

100세 오뚝이체조

공직에서 정년을 맞이한 지 엊그제 같은데 벌써 70이라니. 어느덧 세월의 뒷모습이 저만치 빠져나간 것이다.

나는 젊었을 때부터 단명할 것이라고 생각했다. 아버지는 22세에, 어머니는 45세에 돌아가셨고, 조부모님 등 집안 어른들도 60대 초반에 세상을 뜨셨다. 이처럼 외로운 처지에서 친형제처럼 정담을 나누었던 처남과 동서도 40대 중반에 저 세상으로 갔다.

사람은 누구나 죽는다는 걸 잘 알면서도 건강하게 오래 살려고 온갖 지혜와 노력을 쏟는다. 건강에 좋다는 운동도 열심히 하고 몸에 좋다는 음식도 잘 챙겨 먹는다. 나 역시 그랬다. 이 세상에서 무병장수하는 것만큼 큰 복이 없다지 않은가.

노인의 대열에 끼면서부터 나의 운동은 달라졌다. 젊었을 때 즐기며 자주 했던 등산이나 달리기는 아쉽지만 접었다. 이제는 내 작은 몸 하나 들어설 수 있는 공간이라면 어디서든 가볍게 할 수 있는 맨손체조를 한다.

먼저 온몸 돌리기로 몸을 푼다. 목, 어깨, 허리, 무릎 등 움직일 수 있는 몸의 관절 부위를 좌우로 돌리는 동작을 20회씩 천천히 한다. 그리고는 내 나름대로 고안한 '오뚝이체조'를 본격적으로 한다.

어깨 넓이만큼 양발을 벌리고 오뚝이처럼 앉았다 섰다를 반복하는 것이다. 앉을 때는 양팔을 등 뒤로 바짝 올려 양 손바닥이 뒤쪽을 향하게 감싸고 엉덩이가 장딴지까지 닿게 앉는다. 설 때는 무릎과 허리를 곧게 펴서 양팔을 앞쪽으로 쭉 뻗고 양 손바닥이 위쪽을 향하게 내민다. 앉았다 설 때마다 그 횟수를 훈련병 구령하듯 힘차게 세어 나간다.

이 운동은 온몸의 관절부위를 자극하여 혈액순환이 잘되게 한다. 아침에 일어나서 하면 밤사이 굳은 몸을 부드럽게 풀어준다. 어깨나 허리 등의 몸이 뻑적지근할 때 하면 언제 그랬느냐는 듯이 시원스럽다. 무료하거나 잡념이 생길 때도 하는데 금방 마음이 곧추선다.

주로 집 안 등 나 홀로 있는 곳에서는 틈만 나면 습관처럼 한다. 생각 같아서는 밖에서도 버스를 기다릴 때라든지 틈새에 하고 싶은 마음이 굴뚝같지만, 주위의 눈총이 따가울까봐 삼간다.

아직까지 혈압이나 당뇨 등의 고질병이 없다. 농촌에서 농사를 지으며 수나롭게 지내고, 밥맛과 술맛을 진득이 느끼는지라 나의 수명이 좀 길 것이라는 생각이 든다.

갈수록 평균 수명이 늘어나는 추세에서 주위 사람들이 일찍 죽으면 아이러니하게도 살아 있는 사람들이 그만큼 오래 사는 셈법이 통한다. 나도 그 안타까운 은덕을 보는 것 같아 제 수명을 다하지 못한 분들에게는 그저 죄송할 뿐이다.

처음은 65세가 넘은 것만 해도 다행이고 평균 수명인 78세까지 살면 여한이 없겠다는 생각으로 나의 전용 건강다지기인 '오뚝이체조'를 78회까지 건몰듯 세어나갔다. 그런데 곰곰이 따져보니 기껏 13년 밖에 남지 않은 세상살이의 허무함에 자극을 받았다. 더 오래 살고 싶은 욕심이 생겼다.

67세가 되자 감히 저승사자를 무시하고 88세로 나의 수명을 10년 더 저축했다. 내 나이 67을 기본으로 세고, 앞으로의 기대 수명인 21년을 새로운 기분으로 세어간다.

금년에 70이 되자 아무래도 88세에 이 좋은 세상을 뜨는 날이 18년으로 짧게 여겨져 또 욕심이 발동했다. 욕심이 욕심을 부른 것이다. 나는 저승사자에게 밉보여 지금 당장 저승으로 질질 끌려갈지 언정 나의 수명을 100세로 상향 조정했다.

요즘 이런저런 매스컴에 100세 이상 장수하는 사람들도 이따금 소개되고, 100세까지 가능한 보험도 있다니 100세까지의 장수가 그렇게 터무니없는 주장은 아닐 것이다. 언젠가 어느 건강강좌에서 79세까지 큰 병 없이 건강하게 살면 100세까지 살 확률이 30%로 높다는 정보도 믿어볼만하다.

오늘도 어둠을 뚫고 솟아오르는 아침 해를 바라보며 '오뚝이체조'를 힘차게 한다. 비록 숫자 놀음이지만 살고 싶은 나이만큼 세어나 간다는 마음이 나를 진지하게 만든다. 100살까지 살고 싶어 내 나이 70을 진득이 세고, 이제부터 덤으로 살아간다는 심정으로 새롭게

30까지 세어간다.

이따금 건성으로 세어가다 70과 30이라는 경계치를 지나치는 때가 있다. 정신을 바짝 차리고 하나하나 몸동작에 장단 맞추어 바르게 세어나가면 건강도 다지고 치매예방에도 도움이 되는 이른바, 나와 같은 고령자에게 딱 좋은 심신운동이라고 확신한다.

내 나이만큼의 70까지 한참을 세어나갈 때는 '무슨 나이를 이리도 많이 먹었나?' 하고 부정적 생각이 들어 지루하고 몸과 마음이 개운치 않다. 그러나 오뚝이처럼 일어나 100세까지 살아간다는 새로운 기분으로 30까지 세어나가면 기운이 솟고 홀가분하다. 역시 사람의 기분은 마음먹기에 따라 달라지는가 보다. 비록 10년 내에 아니 내일 당장 죽을지언정 희망을 갖는 긍정의 힘은 나를 흐뭇하게 한다.

지금까지 5년간 나의 전용 오뚝이 체조를 밥 먹듯 했다. 젊었을 때부터 앓았던 허리 통증이 말끔하다. 좀 보탠 것 같지만 예전의 구부정한 등도 곧게 펴진 것 같고 하루하루의 일상이 즐겁다. 맨손체조의 위력! 일상에서 사소한 일 하나라도 살손을 붙이면 좋은 결실을 본다는 걸 새삼 깨단했다.

그래서일까 주위에서 밝고 곱게 늙어간다는 말을 들으면 괜스레 기분이 좋다. '물방아 물도 서면 언다.'는데 이 생명 다할 때까지 나의 전용 보약 같은 '100세 오뚝이체조'를 또바기 하련다.

노후자금

　나는 아직도 장화가 낯설다. 도시에서 줄곧 직장생활을 한 사람이 장화를 신어 볼 기회가 있었겠는가. 이곳 농촌에서 난생 처음 장화를 신었으니 생소하고 불편할 수밖에.

　농촌사람들은 장화에 익숙하다. 논밭에서 일할 때는 물론이고 산에서 나무할 때도, 읍내 장에 갈 때도 애용한다. 도시 사람은 용도에 따라 운동화며 등산화며 구두를 착용하는데 농촌 사람은 오로지 일편단심 장화다.

　장화는 목이 길어 착용하기 불편하다. 어디 걸터앉을만한 자리를 찾아 차분하게 신어야 한다. 양 손으로 한 짝씩 들어 발에 맞추고 입구를 벌려 힘껏 끼워 넣는다. 신으면 발바닥이 딱딱하고 장딴지가 조여져 답답하다. 한여름 신고 일하면 금세 땀이 차, 장화 속에서 발이 가뿐 헤엄치듯 허비적거린다.

　오래 신고 있으면 발이 불어 잘 벗겨지지 않아 애를 먹을 때도 있다. 언젠가 혼자 힘으로 벗기가 벅차 아내의 힘을 빌린 적이 있었는데 아내가 힘껏 장화를 빼내다가 뒤로 넘어져 엉덩방아를 찧기도 했다.

　농촌에서 장화가 없어서는 안 되지만 나에겐 장화가 그리 필요치 않다. 비가 온 뒤 발이 빠진 밭고랑에 들어가 급히 할 일이 있을 때나 신는, 비상대비용이다. 그러니 신기 쉽고 발에 편한 운동화나 등산화를 가까이한다.

내가 이곳 충청북도 괴산에서 농촌생활을 한지 2년째다. 도시에서 멀쩡하게 신다가 가져온 운동화와 등산화가 다 헐어서 못 신게 되었다. 가끔 산책하거나 등산할 때 신는 것들을 매일 신고 일했으니 제 수명을 다할 리 없다.

하는 수 없이 읍내 장터로 운동화를 사러 갔다. 재래장터길 중간쯤의 노점상에서 연갈색으로 매끄럽게 생긴 놈을 골랐다. 신어보니 발이 편하고 모양도 괜찮았다. 허리에 국방색 전대를 찬 50대 중반쯤의 여자가 방긋 웃으며 "제일 좋은 것을 골랐네요."한다.

제일 좋은 물건이라 값이 꽤 비싸겠구나 하고 은근히 걱정했는데 3만 원짜리란다. 아무튼 이곳 장터에서는 제일 비싼 물건을 골라잡은 것이다. 나는 운동화를 신은 채 흥정에 들어갔다. 농촌의 장터는 인정 많고 물건이 싸기도 하지만 역시 흥정이 있어야 어울린다.

"좀 깎아주세요."

"2천 원 빼줄 게요."

나는 운동화를 벗으면서 내친 김에 천 원만 더 깎자고 했더니 "노후자금이 안 되어요."하며 그녀가 손사래를 크게 쳤다. 이익이 안 남는다는 말을 '노후자금'과 연결시켜 그럴듯하게 말한 것이다.

비록 농촌에서 길거리 장사를 하지만 환한 웃음을 머금은 그녀의 눈빛이 예사롭지 않았다. 보통 키에 보통 얼굴의 평범한 여인네임에도 미소 띤 활기찬 모습이 당당하고 멋져보였다. 일찍이 각박한 도시에서는 느껴보지 못한 야릇한 정감이 어렸다. 이곳 농촌에서 순박하게 살아가려 애쓴 보람이랄까. 도시에서보다 마음이 한결 편하고 주위의 사물이 아름답고 정겨워 보인다.

사실 도시에서는 공원을 거닐 때 이리저리 좋아 날뛰고 다니는 개들이 보기 싫었고 그 주인까지도 미웠다. 전철에서 머리에 리본을 달고 옷을 입힌 개를 마치 자식처럼 사랑스레 안고 있는 사람을 보면 비위가 뒤틀리기도 했다. 그런 내가 이곳 농촌에서는 집집마다 키우는 개들이 귀엽고 예쁘게 보인다. 제법 자연에 순응하며 순박하게 살아가는 농촌사람이 된 것이다.

그녀의 활기찬 모습에 나도 생기가 돋았다. 활짝 웃으며 "나도 노후 자금이 부족해요."하고 대꾸했더니, 그녀가 구성진 목소리로 크게 웃으며 "오케이"했다. 그렇게 2만 7천 원으로 낙찰되었다. 나는 5만 원권을 내주고 거스름돈을 받아 바지 호주머니에 넣었다.

여기저기 장터를 돌아다니다 다른 물건을 사려고 호주머니에서 돈을 꺼내보니 2만 7천 원이 나왔다. 거스름돈 2만 3천 원이 들어 있어야 맞다. 그녀가 헷갈려 잘못 내준 것이다.

공돈 4천 원이 생겨 언뜻 재미를 본 것 같아 기분이 좋았다. 그러나 금세 마음이 편치 못했다. 그녀의 '노후자금'이란 그 한마디가 내 마음을 점잖게 타일렀다. 싸구려 시골 장터에서 4천 원을 손해 보면 큰일이다. 그녀의 말대로라면 '노후자금'에 금이 간다.

나의 발길은 어느새 시장길을 되돌아 그녀의 노점상에 다다랐다. 그녀가 나를 보자 "또 살 게 있어요?" 한다. 여전히 늠름한 자태다. 웬만한 사람 같으면 물건을 물리거나 바꾸러 오는 것으로 지레 짐작하고 차가운 눈초리로 대했을지도 모른다.

내가 호주머니에서 그녀가 덥석 건네준 거스름돈을 그대로 돌려주자, 그제야 연유를 알고 정색을 한다. "어머 벌써 치매가 왔나 봐. 내 것인지 남의 것인지도 모르다니. 고마워요 아저씨, 좋은 일 해서 복 많이 받을 거예요." 이번엔 그녀의 공손한 말씨가 내 마음을 흡족하게 했다.

기분 좋은 표정으로 자리를 뜨려는데 등 뒤에서 "아저씨, 고마워요."하는 느릿하고 가느다란 남자의 목소리가 들렸다. 뒤돌아보니 신발 좌판대 뒤편 의자에 한 남자가 앉아 있었다. 그는 더 이상 말하기 힘든 듯 나의 눈과 마주치자 초췌한 모습으로 그저 생그레 웃기만 했다.

"우리 남편이에요. 사업하다 뇌졸중으로 쓰러져 저렇게 되었어요. 혼자 장사하는 것보다 든든하고 심심치 않아서 좋아요." 하고 그녀가 살가운 표정으로 거들었다.

농촌의 장터는 농부들이 손수 재배한 푸성귀며 곡식이며 과일류가 주류를 이룬다. 비좁은 시장길 양편으로 한 평 남짓한 이들 각양각색의 좌판이 엉기정기 쭉 늘어 있다. 그중에 신발 좌판이 끼어 있다면 매우 어설프고 초라해 보일 것이다. 그럼에도 그녀의 신발 좌판은 활기가 넘쳤다. 그녀의 어엿한 마음가짐이 그 분위기를 확 바꾼 것이다.

나는 오늘 이 장터에서 실로 대단하고 존경하고 싶은 사람을 만났다. 사업 실패로 살림살이가 어려운 처지에 남편마저 불구가 되었으니 얼마나 어려움이 많겠는가. 그럼에도 그 울가망을 떨쳐버리고 초라한 신발 좌판을 빛나게 한 그녀다. 언젠가 TV프로에서 본 '인간만세'가 불현듯 떠오르기도 했다. 그녀가 종요롭게 바라는 '노후자금'은 집짓기 벽돌처럼 척척 잘 쌓여 갈 것이다.

나는 장터를 나서면서도 그녀를 연신 뒤돌아보았다. 나와는 아무런 상관 없는 사람이지만 무슨 좋은 인연이라도 맺은 것 같은 야릇한 기분이 들었다. 정말이지 참으로 멋진 여자를 이곳 농촌에서 만난 것이다. 고즈넉한 농촌에서 순박하게 사는 나도 그녀처럼 멋져 보이면 좋겠다.

뒷동산의 할머니 묘소

2014년 2월 2일, 설 바로 다음 날이었다. 이른 아침부터 이슬비 같은 겨울비가 바람 한 점 없는 산골짜기에 보슬보슬 내렸다. 겨울의 끝 무렵으로 아직도 추위가 이어지고 있었지만 그날따라 유난히 포근했다.

아내와 아침 식사를 단출하게 마치고 방 안에서 TV를 보고 있었다. 각종 매체가 도시며 농촌이며 방방곡곡의 설 연휴 분위기를 정겹게 내보냈다. 한참 흥미롭게 TV를 보고 있는데 밖에서 인기척이 났다.

방문을 열고 나서니 40대 후반으로 보이는 한 남자가 꾸뻑 인사를 하며 정중히 말을 꺼냈다. 마을 인근에 사는 할머니가 돌아가셔서 묘소를 뒷산에 모시는데, 넓고 반반한 나의 농장 입구 터를 가설 장례식장으로 쓰게 허락해 달라는 것이었다.

그제야 농장 입구를 살펴보니 장례차와 상객들이 눈에 띄었다. 우리가 살고 있는 집 바로 뒷산에 묘소를 써 시신을 안치한다니 불쑥 꺼림칙한 기분이 들었다. 어렸을 적 우리 고향에서는 마을 안길로 외지에서 시신이 못 들어오고 마을 인근에는 매장을 못 하게 하는 풍습이 생각났다.

그러나 예로부터 양반의 고을이요 인심 좋기로 이름난 충청도는 다른가 보다. 설 연휴임에도 동네 안길에 사는 원주민들이 이미 허락하여 장례차가 마을 뒤편에 있는 우리 농장 길목까지 들어온 것이다. 귀촌한 지 3년밖에 안 된 외지인이고 본 마을과 외딴 곳에 사는 나로서는 선뜻 내키지 않지만 별 도리가 없었다.

나의 허락이 떨어지기가 무섭게 농장 입구의 길가에는 천막이며 간이 식탁과 의자가 설치되고 문상객들이 북적였다. 내가 어떤 상황인지 궁금하여 그곳으로 다가가자 상가 사람들이 반갑게 맞이했다.

고인이 91세 할머니로 건강하게 지내다 돌아가셨단다. 상주들이나 문상객들도 호상이라 여긴 탓인지 초상집 같은 분위기는 느낄 수 없었다. 오히려 웃고 떠드는 사람들이 많아 마치 장수 할머니의 잔칫날 같았다.

상가 사람들이 연신 고맙다며 나에게 떡이며 과일이며 과자 등의 장례음식을 푸짐하게 싸주었다. 그러나 어려서부터 장례음식을 좋아하지 않은 나는 정중히 사양하고 집으로 그냥 돌아왔다.

조부모님과 부모님을 나는 어린 나이에 여의었다. 당시 어린 마음의 큰 슬픔 속에서 상중에 밥 먹을 기운을 차리지 못했다. 일가친척들이 측은히 여겨 밥 한술 뜨라고 입에 떠 넣어주다시피 하여 마지못해 먹다가 비위가 돌아 토한 적이 있다. 그 뒤부터 장례음식은 아예 냄새 맡기조차 거북했다.

집에 돌아와 아내에게 상가 분위기를 이야기하고 상가에서 준 음식을 받지 않고 그냥 왔다고 했더니 아내가 나를 나무라며 대신 받으러 나갔다. 제법 시간이 지나 돌아 온 아내의 양손에는 큼지막한 검정 봉지가 들려있었다.

아내가 하나하나 봉지에서 꺼내 챙기는 것을 보니 나에게 싸준 것보다 더 푸짐했다. 떡이며 과일이며 과자는 물론 심지어 오뎅 국물까지 받아와서 "따뜻할 때 먹어야 한다."며 맛있게 먹었다.

남에게 아쉬운 소리를 하기 싫어하고 집 안의 음식도 그저 살기 위해서 먹는다며 관심 없어한 아내가 그날따라 별스럽고 생뚱맞게 여겨졌다. 그럼에도 아내의 이러한 모습이 싫지는 않았다.

젊은 시절에 곳곳하고 깔끔했던 아내의 성격도 서서히 달라지기 시작한 것 같다. 아마도 속절없는 인생의 늙음을 축하한다는 이른 바, 첫 번째 코스인 환갑을 지나고서부터일 것이다.

집에서 자신이 장만한 음식보다 밖에서 다른 사람의 손이 간 음식을 더 좋아하고 맛있게 먹는다. 결혼이나 장례식 등의 음식은 손님들이 맛있게 먹어야 진심으로 축하하고 위로하는 정표가 담긴다고 생각하는 것 같다.

나는 그날 밤 뒷산의 묘소가 떠올라 뜬눈으로 밤을 지새웠다. 어려서부터 한 가족인 조부모님과 부모님의 시신을 보았고, 성인이 되어서는 처오빠와 동서의 시신을 보았다. 정을 주고받은 일가친척들의 시신은 조금도 무섭지 않았다.

허지만 생전 얼굴 한번 보지 못한, 그날의 이웃마을 할머니 시신은 자꾸만 떠올랐다. 집 바로 뒤편의 묘소에 하얀 수의를 입고 가지런히 누워 있는 꺼림칙한 환상이 쉽사리 가시지 않은 것이다.

보슬비는 하염없이 내리고 적막하기 그지없는 산골의 밤, 그 지루하고 서글픈 밤이 깊어 갈수록 수의를 입은 할머니의 환상이 더 또렷해지고 무서워지기까지 했다.

이 나이에 귀신을 신봉하는 것도 아닌데 왜 자꾸만 수의를 입은 할머니가 떠오르는지. 아무래도 사는 집 가까이에 생각지도 않은 묘소가 새로 생겼다는, 말하자면 혐오감 같은 기피성 감정으로 신경이 곤두섰나 보다.

그러나 아내는 아무런 내색 없이 여느 때보다도 평안하게 곁에서 잠을 잘 잔다. 장례음식을 맛있게 많이 먹어서인지 코를 드렁드렁 골면서 잠에 흠뻑 빠져있다.

다음날 그리도 태연하게 잠을 잘 잔 이유를 아내에게 물어보았더니, "예로부터 장수한 사람의 묘소는 피해를 주지 않고 오히려 복을 준다."며 은근히 복을 바라는 듯 야릇한 미소를 지었다.

묘소의 할머니가 10여 년 전에 돌아가신 어머니와 같은 연배라며, 왠지 돌아가신 어머니가 고향 뒷산에 계신 것처럼 미덥게 느껴진다는 둥, 따뜻한 봄날이 오면 할머니의 묘소에 소박하고 정겨운 꼬부랑 할미꽃이 필 거라는 둥, 아내는 할머니의 묘소를 어렸을 적 고향의 그리운 추억으로 삼은 것이다.

그러나 나는 어려서부터 묘소를 꺼림칙하게 여겨왔다. 뒷동산의 할머니 묘소라는 같은 실체를 놓고 아내와 정서적으로 극과 극의 반응을 보인 것이다. 사람은 마음먹기에 따라 웃고 우는 인생으로 변한다는 참뜻을 새삼스럽게 곱씹어본다. 머지않아 뒷동산의 할머니의 묘소에 할미꽃이 곱게 피어 아내를 정겹게 맞이해 주길 기대한다.

소나무 보호자

600여 평의 땅을 개간하는 날이다. '위잉, 위잉, 위이이잉…' 벌목꾼의 나무 베는 소리가 소방차의 사이렌 소리보다 요란하다.

예전에는 농사지을 땅이 부족하여 남의 야산 자락을 야금야금 깎아내려 논과 밭을 만들고 곡식 한 말 한 되라도 더 거두려 애썼다. 그러나 지금은 다르다. 농촌인구가 줄고 고령이어서 농사일이 힘들거니와 별 수익도 없어 농사짓기 좋은 땅에만, 그것도 마지못해 짓는 실상이다.

야산과 인접한 밭인데 20여 년을 야산과 친구처럼 어울려 놀더니 잡목이 우거졌다. 어디가 밭이고 어디가 산인지 모를 정도다. 아카시아나무와 은사시나무가 30여 미터의 장대키를 자랑하며 진을 치듯 군락으로 늘어서 있다. 잡목들이 이루 헤아릴 수 없을 만큼 빽빽하다. 야산에서 억세고 잘 큰다는 참나무도 아카시아나 은사시나무에게는 얼굴도 못 내민다.

아카시아나무는 번식력이 강하여 어떤 땅에서나 잘 자라고 꽃향기가 좋아 벌꿀을 만드는 농부들에게 인기다. 은사시나무는 잎이 은색으로 아름답기도 하지만 가벼워서 나무젓가락을 만드는 재료로 쓰인다. 하지만 나에게는 어느 것 하나 쓸모없다. 아무리 좋은 거라도 자신의 취향이나 사정에 맞지 않으면 헛것임이다.

　　　　　　　　　　　　　　　　　　　　　　　　제4부

지금에 와서 누가 이런 땅을 개간하여 사용하겠는가. 더구나 진입로가 없는 맹지인데 말이다. 그럼에도 내가 이 땅을 사서 개간하는 건, 보통 밭의 4분의1 수준인 헐값에다 내 땅을 통하면 찻길이 날 수 있어서다. 나무를 베어내고 땅을 고르는 등의 비용이 만만치 않지만 아늑한 산자락에 자리하여 전원주택이 들어서면 잘 어울릴 거란 기대감도 한몫했다.

그런데 땅 위쪽이며 좌우 주변에 야산의 잡목들이 많았다. 주로 참나무인데 직경 30센치나 되는 대목도 10여 그루 버티고 있었다. 농촌에서는 이러한 잡목들로 인해 그늘지거나 비바람에 넘어지는 등의 피해를 대비해 주변 나무들을 베어내도 되는 관습이 있다.

나는 산주의 허락 없이 베어내다 동티가 날까봐 알렸는데 '내 땅의 나무 하나 흙 한줌 건들지 마라'라는 그의 혹독한 회답을 받았다. 나의 농막 이웃 산에 그의 선친묘소가 있어 한두 번 만났고 명함까지 주고받았는데 난감했다. 겉으로 보기엔 50대 중반쯤의 좋은 사람 같았는데, 사람의 속과 겉은 정말이지 알 수 없나 보다.

마침 추석 전이어서 그가 선친묘소에 성묘 올 때 현지에서 상황을 잘 설명하고 선처를 바랄 요량으로 파수꾼처럼 내내 지켜보았는데 허사였다. 성묘하고 간 건지, 아예 오지 않은 건지 도무지 알 수 없다.

그렇게 추석이 지나고 2019년 10월 하순경, 나는 내 땅의 주변 잡목들을 무조건 다 베어내기로 결심했다. 그 뒷감당은 나중 일이었다. 벌목꾼의 날카로운 기계톱소리에 대목이 맥없이 베어 넘어질 때는 통쾌감마저 들었다. 주변까지 비다듬고 나니 기대 이상의 애당기는 집터가 되었다. 길도 없는 야산 황무지의 변신, 좀 보탠 것 같지만 탄광에서 금을 캐낸 듯한 쾌거다. 벌써부터 아늑한 산자락의 소박한 한옥이 눈에 선하다.

나는 나의 땅 주변 야산을 둘러보다 20여 미터 떨어진 언덕바지에 소나무 3그루를 발견했다. 가까이 다가가 살펴보니 꼬맹이 아름드리만한 적송이 가엽게도 무성한 참나무에 억눌려 누렇게 시들어 가고 있다. 20년도 안 된 애송이 잡것들이 100년 넘은 어른 소나무를 버릇없이 괴롭힌 탓이다.

적송은 우리나라 토종이요 보호수이며 그자태가 고상하고 아름답다. 그러니 도시의 아파트 단지마다 일등 정원수로 내세울만하다. 당연히 주변의 잡목을 베어내고 보호해야 한다. 그럼에도 내가 거기까지 침범해서 잡목을 베어낼 용기는 나지 않았다.

나는 나의 땅에 해를 미치는 주변 나무도 산주의 반대를 무릅쓰고 베어낸 것에 내심 마음 졸이고 있다. 자기 땅의 나무 10여 그루를 베어낸 죄 값을 받으라고 나를 법정에 세우고도 남을 사람이기 때문이다.

그즈음 한 TV프로에서 주인으로부터 학대받는 강아지를 동물 애호가들이 나서서 보호하는 장면을 감명 깊게 보았다. 소나무들을 볼 때마다 마치 학대받은 강아지들처럼 가엽게 느껴졌고 금방 죽을 것만 같아 안타까웠다.

몹쓸 잡목들의 괴롭힘에 죽어가는 소나무를 가까이서 지켜보는 내가 보호하지 않으면 누가 보호하겠는가. 나는 용기를 내어 소나무 주변의 잡목들을 깨끗이 베어버렸다. 어차피 땅주인이 법정에 세울 거라면 이 건까지 맞물려가는 것도 괜찮겠다는 생각, 아니 야릇한 오기가 발동했다.

소나무들의 모습이 확 달라졌다. 너렁청한 언덕바지에서 햇살을 온몸에 잔뜩 받는다. 곧게 쭉 뻗은 몸통은 적색으로, 삿갓 모양의 이파리들은 함치르르 푸르게 빛난다. 마치 빨간 옷을 입고 초록 삿갓을 쓴 건장한 세 사나이가 나를 보며 빙그레 웃는 것 같다.

새봄이 기다려진다. 소박한 한옥을 짓고 적송 3형제와 더불어 노년을 오붓하게 지내고 싶다.

백돌이의 꿈

어느덧 65세 고령자의 대열에 끼어들었다. 남은 인생이 얼마일까. 남자의 평균 수명을 넉넉히 쳐 주더라도 20년밖에 남지 않았다. 비록 볼품은 없으나 남은 인생 후회 없이 잘 살아가고 싶다. 죽기 전에 하고 싶은 일, 이른바 '나의 버킷리스트'를 정해두었다.

1. 숙부님과 화해하기
2. 이모님들 모시기
3. 조상묘소 참배 가족 나들이하기
4. 지인들 접대하기
5. 골프 90세까지 치기

'1. 숙부님과 화해하기'는 몇 년 전에 어설프게 끝났다. 숙부님은 내가 고등학교에 들어가자 없는 살림이 거덜난다며 애옥살이를 하는 어머니를 괴롭혀 결혼했고, 우리 집 전 재산의 절반이나 되는 논밭 몇 마지기를 감쪽같이 팔아 가족을 등지고 멀리 처가 쪽으로 떠나버렸다.

조부모님은 숙부님의 비정함에 시름시름 앓다 내가 고등학교를 마칠 무렵 돌아가셨다. 지지리도 가난한 집으로 시집와 21세에 청승과부가 되신, 더없이 가엾은 어머니를 속이고, 아버지 국가보훈

보상금과 조상 대대로 모신 문중 땅까지 챙긴 숙부님이었다. 멀쩡한 문중 땅을 두고도 45세에 병환으로 저 세상으로 가신 어머니의 영면을 공동묘지에 모신 자식으로서 얼마나 원한이 많았겠는가.

하지만 숙부님이 폐암말기로 병원에 입원하게 되자 나는 그 원한의 아픔을 억누르고 서울에서 전남 광주로 문병을 갔다. 한창 젊었을 때의 독기 어린 모습은 온데간데없고 80 고령의 수척한 모습을 보는 순간 나도 몰래 흐느꼈다. 숙부님은 3개월 뒤 돌아가셨다. 나는 사촌 동생들과 장례를 잘 치르고 고향 선산묘지에 영면해드렸다.

내 어렸을 적 기억으로 숙부님은 돼지고기를 무척 좋아하셨다. 좀 더 일찍 건강하실 때 마음을 확 열고 돼지고기보다 더 맛있는 한우 최상품을 대접해드리지 못한 게 후회스럽다.

'2. 이모들 모시기'는 2016년 추석 전에 잘 치렀다.

이모들은 네 분이 살아계신다. 어려운 처지에서도 공부 잘하는 내가 기특하다며 잘 돌봐주셨다. 시골에서 값나갈만한 닭이며 참깨 따위를 읍내 장날에 팔아 학교가 끝날 때까지 교문에서 기다렸다가 학비에 보태 쓰라며 큰돈을 주시기도 했다.

그 덕분으로 학창시절을 마치고 공무원이 되었지만 형편이 어려워 이모들께 도리를 다하지 못했다. 서울 인근에 두 분 계시고 전남 영광의 농촌마을에 두 분이 계신다. 애초에는 서울로 모시려 했으나 시골 이모들이 80대의 고령이고 차멀미가 심해 부득이 전남 영광에서 모셨다.

외사촌 동생들이 추석맞이 고향 선산묘소 벌초를 겸해 이모들을 모시고 왔다. 20여 명의 대가족이 전통 한식집에서 오붓하게 점심 모임을 가졌다. 이모들께는 30만 원의 용돈을 드리고, 동생들에게는 지역 특산물인 영광굴비를 추석선물로 주었다.

이모님들이 나에게 베풀어주셨던 그 은덕의 그림자에도 못 미치지만 이모들과 동생들이 어찌나 좋아하던지, 지금도 그 환한 모습들이 떠오르면 가붓하다. 어머니가 살아계신다면 얼마나 좋아하실까. 조용히 눈을 감고 '불효자는 웁니다.'를 나직하게 불러본다.

3. 조상묘소 참배 가족 나들이하기

자식으로 딸만 둘이다. 서울에서 자라고 결혼하여 10년 전 출가했다. 최근 상조회사가 성행하고, 죽은 사람을 고급 리무진에 모셔 장례를 치르는 것을 무슨 큰 효도인양 내세우고 있다. 죽은 사람이 알아 줄 리 없다. 차라리 그 시늉만이라도 살아생전에 하는 편이 낫다.

딸네들과 고향 선산묘소에 인사드린다. 인근 영광 법성포 해안가 경관 좋은 곳에서 홀가분하게 하룻밤 머물며 갓 잡은 생선회를 안주 삼아 술을 좋아하는 사위들과 거나하게 마신다. 다음날 돌아오는 길에 고창 선운사의 풍천장어를 맛본다. 1박2일 조상묘소 참배 가족나들이다.

2017년 나의 고희기념으로 이 나들이를 자식들에게 부탁하려 했으나 작은 딸이 임신문제로 어려움이 있어 연기했다. "내가 죽으면 화장하여 이곳 부모님 곁에 묻어달라."며 그 자리를 자식들에게 보여주련다. 가로 10, 세로 30센티의 작은 비석과 방긋 웃는 영정사진도 준비해 둘 것이다.

4. 지인들 대접하기

이 세상에 태어나 나와 인연을 맺고 지금까지 이어온 사람들을 모른 척 세상을 떠날 수는 없다. 처음은 100여 명의 지인을 호텔 연회장으로 초대해 만찬을 가질 생각이었으나 속된말로 '가오다시'로 오해 받을 수 있겠다는 생각이 들었다. 그리되면 알토란 같은 연금으로 살아가며 소박한 정감을 표시하려는 나로서는 참으로 안타까운 일이다.

지인들이라야 7개의 친목 모임 사람들이 대부분이니 그 모임이 있는 날 크게 한턱을 내련다. 모임이 없지만 나를 배려해준 선배들이나 후배들도 따로 자리를 가질 것이다.

2018년 11월에 일곱 분의 80대 연로한 선배님들을 점심때 모셔서 그분들이 좋아하는 참치요리를 대접해드렸다. 모시려 한 한 분이 병환으로 못 오셔서 안타까웠다. 70의 문턱에 들어선 나도 하루가 다르게 몸 상태가 나빠지는 걸 느끼는데 그분들은 어떠하겠는가.

형편을 고려하여 매년 한 모임씩 가질 계획이다. 나도 이참에 지금까지 못 먹어본 고급 요리를 지인들 덕분에 먹어 보련다. 벌써부터 군침이 돈다.

5. 골프 90세까지 치기

나는 61세에 골프를 시작했다. 퇴직 후 묵새기는 것도 무료하고 골프 대중화로 비용도 싸져 접하게 되었다. 이즈음 '늦게 배운 도둑이 날 새는 줄 모른다.'고 골프에 열성이다.

매일 아침 운동 삼아 1시간 정도 스윙연습은 기본이고 어린애 장난감 가지고 놀듯 틈만 나면 골프채를 잡고 산다. 인적 없는 산골 호젓한 나의 농막 주변의 잔디밭이 나의 전용 필드다. 20평 남짓 좁은 공간에서 어린애처럼 즐기고 있다. 호주머니 사정상 정규 필드는 한 달에 한두 번 정도 나간다.

내 깐엔 잘 쳐도 매번 100타를 넘기니 '백돌이'라는 별명이 붙었다. 나이 들수록 마음을 비우고 또박또박 부드럽게 쳐야 한다는, 또바기 골프는 해거름의 내 초라한 삶에 방향타요 활력소가 된다.

90세에 90타를 치고, 100세에 100타를 치는 기적의 '에이지슈터'는 꿈도 꾸지 못할 것이다. 90세까지 골프채를 놓지 않고 다부지게 버티기 만해도 이 얼마나 행운인가. 90세전에 저승사자가 데리려 오면 멋진 스윙을 보여주며 "아직 골프가 끝나지 않았으니 기다려 달라."고 하련다.

느티나무 세상

우리의 농촌마을 어귀에 들어서면 그 마을의 수호신인 정자나무를 만날 수 있다. 수종은 느티나무, 은행나무, 팽나무 등인데 이 중 느티나무가 가장 많다. 높이가 26미터, 지름이 3미터까지 크는 거대 나무로 수명도 길다.

한여름철 제 잎사귀를 다 드러낸 느티나무의 길찬 형상은 마치 거대한 초록 파라솔 같다. 생김새가 좋고 그늘이 잘 져 정자나무로 안성맞춤이고 줄기가 곧고 튼실하여 목재로도 우수하다. 그러니 산림청에서 밀레니엄 나무로 선정할 만하다.

꽃은 5월경에 피는데 주의 깊게 살피지 않으면 만나기 힘들다. 나무 밑바닥에 떨어진 좁쌀 모양을 유심히 살펴보고서야 느티나무의 꽃을 만나는 행운을 얻는다.

요즈음은 도시에서도 가로수와 조경수로 느티나무를 흔히 만난다. 경기도 일산의 공원길은 유난히 느티나무가 많다. 20여 년 전 도시를 건설할 때 심은 게 어쩌나 잘 자랐는지 그 유용을 한껏 뽐낸다.

나는 매일 아침 6시경 운동 삼아 공원광장 가장자리로 난 오솔길을 걷는다. 그리고는 공원 입구 쪽 느티나무 아래에 설치된 일명 '함프로'라는 운동기구를 애용한다. 거꾸로 매달리는 기구인데 몸의 근육을 풀어주고 혈액순환을 잘되게 한다고 하여 사람들에게 인기가 많다.

평소에 앉거나 서서 느티나무를 많이 보아 왔지만 별다른 느낌은 없었다. 그러나 함프로에 매달려 거꾸로 올려다보는 느티나무 세상은 달랐다.

봄철 나뭇잎의 새싹은 맨 위쪽부터 아래쪽으로 서서히 번지듯이 돋아나 파릇한 새 기운으로 힘차게 성장한다. 그러나 막 파릇하게 돋아난 잎사귀도 벌레가 먹어서인지 작은 구멍이 나서 시들하다. 또 어떤 잎은 몹쓸 병이 들었는지 검붉게 변해 간다. 잎들의 세상도 인간처럼 태어난 곳에 따라 이런저런 풍파를 겪기도 하고 병마에 시달리기도 하는가보다.

한여름에는 하늘이 보이지 않는다. 빼곡히 사방으로 쭉 뻗은 큰 곁가지가 십여 겹이 넘고, 그 마디마디마다 이루 헤아릴 수 없는 작은 곁가지에서 제 모습을 다 드러낸 느티나무 잎들이 방해한다.

나는 나의 눈길을 방해한 느티나무 잎들을 한참을 쏘아본다. 폭이 3센티요, 길이가 7센티 정도일까. 마치 가을철 제맛을 자랑하는 전어 떼들이 수많은 군단을 이루어 고요 속의 푸른 바다에서 유영하는 것 같다.

어느 날인가 바람 한 점 불지 않는 청명한 아침, 느티나무 잎을 여느 때처럼 함프로에 매달려 거꾸로 바라보았다. 맨 위쪽의 한 잎이 살짝 움직인 게 아닌가. 신기하여 눈을 부릅뜨고 자세히 살펴보니 아주 작은 뱁새 한 마리가 보였다. 그 많고 많은 잎 중에 딱 하나의 잎에 딱 한 마리의 새가 날아와 앉은 것이다. 아무리 작고 가냘픈 느티나무 잎이라도 뱁새 한 마리의 쉼터는 되는가 보다.

바람이 세차게 부는 날은 나뭇잎들이 요동을 친다. 그런데 나무 한가운데의 잎들은 끄떡없다. 가장자리의 잎들이 죽어라 흔들거리며 방패막이 되어준 것이다. 어떤 잎은 자기 몸을 희생하며 방패막이 되고 어떤 잎은 그 보호 속에서 무사태평하다.

그래서일까. 중앙의 노른자위 가지에서 편히 잘 자란 잎들은 곱고 무성하다. 그러나 그 주위의 가장자리에서 풍파와 부대끼며 힘들게 자란 잎들은 볼품없고 빈약하다.

어느덧 쌀쌀한 초가을이다. 그 풍성했던 파릇파릇한 잎들도 힘없이 늙어간다. 새싹은 맨 위쪽의 어린 나뭇가지에서 먼저 돋고 자라는데, 낙엽은 맨 아래쪽 나이든 나뭇가지에서 먼저 든다. 어린 가지의 잎이 파랗고 싱싱하게 오래 사는 게 마치 우리 인간 세상과 같다.

단풍이 절정을 이룬다는 10월 말이다. 은행잎보다 약간 붉은 색을 띠지만 그런대로 보기 좋다. 같은 나무에서 태어난 잎인데 아직도 파릇한 젊은 혈기로 뽐내는 것도 있고, 검은 반점 투성이로 초라하게 빌붙어 있는 것도 있다. 저 수많은 잎 중에 내 모습은 어떤 모습일까. 지금 한창 노랗게 물들어가는 아름답고 건강한 잎이면 좋겠다.

코끼리 가족

    그간 임시거처로 컨테이너 농막에서 10여 년 지내다 2021년에 단출한 농가주택을 지었다. 마당을 넓히고 배수로를 내려 주택 옆 산의 법면을 깎아내리자 큰 바위가 나타났다. 바위가 워낙 크고 단단하여 땅파기로 이름을 날린 포크레인도 두 손을 높이 들었다.

    이걸 어쩌나, 파헤친 산을 복원할 수도 없고 그냥 놔두자니 흉물이다. 시도 때도 없이 산골 농부의 삶터를 엄습하는 폭우에 맞서려다 일이 더 커졌다. 자연을 훼손한 죗값을 톡톡히 받는다고 생각하니 가슴앓이가 되었다. 물줄기를 큰 바위가 가로막고 있으니 걱정이 태산이다.

    하는 수없이 내가 수년간 농사를 지으며 애용한 농기구들을 대동해 배수로를 내야 했다. 바위 가장자리를 빙 돌아 곡괭이로 땅을 찍어내고, 호미로 바위 틈새의 흙을 긁어내고, 끌과 망치로 바위 가장자리 모난 부위를 깎아내고, 삽으로 흙과 돌의 잔해를 개미 먹이 나르듯 치우는 일이 한 달여 이어졌다.

    70대 중반의 체력에 맞게 쉬엄쉬엄 하는데도 땀이 비 오듯 했다. 노동일 중에 가장 힘들다는 땅파기 작업을 난생 처음 오래 해보았다. 하지만 일이 지루하거나 그리 힘들지 않았다. 끌과 망치로 바위 가장자리의 모난 부위를 곱게 깎고 다듬을 때는 마치 내가 조각가

인양 보람과 자긍심도 가졌다.

　나의 정성이 통했는지 물이 흐를 수 있는 길과 공간이 생겼다. 거대한 포크레인이 할 수 없는 일을 꼬마 일꾼들과 해냈다. 오만가지 도구도 잘만 사용하면 우리 인간처럼 제 나름의 역할을 하여 쓸모가 있는 게다.

　바위 위쪽부터 가장자리를 따라 양 갈래로 빙 돌아 파낸 구불구불한 물길이다. 마당의 빗물은 앞 쪽의 배수로가 산 쪽의 빗물은 뒤쪽의 배수로가 자연스럽게 잘 받아 낼 수 있다. 직선의 급속한 외길 물길보다 안정감과 운치도 있다. 흐르는 물에 술잔을 띄우고 시를 읊으며 놀이를 했다는 신라시대의 '포석정鮑石亭'이 불현듯 떠오르는 건 지나친 망상일까.

　배수로를 가지런히 다듬고 바위를 깨끗하게 물로 씻어내니 흉물스럽던 바위 모습이 달라졌다. 가까이서 보면 바위 세 개가 서로 엉켜 난삽하고 무겁게만 보이던 게 뒤로 물러나며 점점 멀리서 보니 점점 좋은 이미지로 변했다. 10여 미터 거리에서 보니 유난히도 맨 좌측의 가장 큰 바위가 돋보였다. 마치 코끼리가 엎드려 쉬고 있는 모습이다. 어떤 사물이나 보는 마음과 각도 그리고 거리에 따라 달라진다는 걸 실감했다.

　아침에 일어나면 맨 먼저 창밖의 코끼리 바위를 본다. 볼수록 정겹다. 집을 방문한 지인들에게 코끼리 바위라고 자랑삼아 설명하면 내 나이 또래는 수긍하는데 젊은 쪽은 코끼리보다 남성근 같다고 했다. 그리 보니 바위 앞쪽부위인 달걀 모양의 큰 머리와 뒤쪽부위인 둥글넓적한 긴 등 모양을 연상하면 남성근 같았다. 그래서 제 눈에 안경이란 말이 생긴 거다.

하지만 나는 남성근으로 인지하는 데 거부감이 들었다. 그만큼 내가 고리삭은 건지 모르지만, 집 안에서 매일 보아야 하는 바위 형상이 남성근보다는 코끼리로 보는 게 더 편안하고 정감이 있어서다.

새집을 지을 때 묵중한 포크레인이 마당을 누벼 땅을 다지고 또 다졌다. 그럼에도 비가 좀 많이 오면 흙마당이 빗물로 파헤쳐져 보기 싫고 그 보수비용과 수고가 따른다. 어린 시절 내가 살았던 집도 산골에 있었지만 마당의 땅이 폭우로 파헤쳐진 적이 없었다. 오랜 세월 우리 선조의 발자취가 시나브로 다져 바위처럼 굳어진 게다.

나는 100여 평의 마당에 잔디를 심었다. 땅을 평평하게 잘 고르고 40센티 정사각형으로 잘라진 잔디떼를 퍼즐 맞추듯 하나 둘씩 정성껏 심었다. 나 홀로 내 맘에 딱 맞게 느긋하게 일하는 즐거움처럼 쏠쏠한 게 있을까. 시간 가는 줄 모르게 며칠 만에 드디어 마당 전체가 잔디밭이 되었다. 봄과 여름에는 파랗게 가을과 겨울에는 노랗게 변하여 평온한 이미지를 주고 폭우에도 땅 파임을 보호할 것이다.

초여름 흙마당에 심은 잔디가 뿌리를 내리고 풋풋하게 잎을 드러내니 마당의 정경이 한결 아늑하고 운치가 있다. 고즈넉한 산골, 더 없이 고요한 마당의 큰 바위가 푸른 초원에서 엎드려 쉬고 있는 어미 코끼리요, 그 숨소리가 들리는 듯하다.

그렇게 매일 보는 어느 날인가, 나는 바위 전체 형상이 코끼리 가족으로 보였다. 좌측에 제일 큰 바위가 엄마 코끼리, 우측에 아빠 코끼리, 가운데에 아기 코끼리가 푸른 초원에서 나란히 엎드려 쉬고 있는 정겨운 모습이다. 하나의 바위가 코끼리라는 좋은 이미지로 친숙해지자 나머지 두 바위도 그리 편승한 선善순환 효과다.

코끼리 가족은 나의 동반자요 수호신이다. 코끼리는 땅 위에 사는 생명체 중에 가장 크고, 75 정도의 지능을 가지며 어미 중심으로 집단생활을 한다. 인간처럼 가족이 죽으면 눈물을 흘리고 추모하는 행위를 한다고 한다. 코가 길고 큰 짐승끼리 모여 다닌다 하여 '코끼리'라는 멋진 이름표를 누군가 붙였을지도 부른다. 나 홀로 호젓한 산골에 든든한 코끼리 가족이 있어 외롭지 않다. 나를 지켜주기 위해 어느 날 신비롭게 땅속에서 나타난 수호신이 아닌가.

코끼리 어미 바위는 나의 일기 예보관이다. 아침에 둥글넓적한 긴 등이 밝으면 맑고 좋은 날씨요, 어두우면 흐리고 비가 오는 날이 많다. 그날 하루의 날씨는 방송국 기상예보 보다 더 정확하다.

코끼리 어미 바위는 어머니가 생각난다. 6·25전쟁에 아버지를 잃고 22세에 홀로 되신 어머니, 산골 빈농으로 나를 피땀으로 키우신 어머니, 한 많은 설움과 고통을 겪으며 끝끝내 이 자식의 효도 한 번 못 받고 45세 젊은 나이에 저 세상으로 가신 어머니, 오늘 따라 어머니가 사무치게 그립다.

이곳 고즈넉한 산골 대자연의 품 안에서 정겨운 코끼리 가족을 만난 건 노년의 크나큰 행운이다. 코끼리 가족과 더불어 오래오래 행복하게 살고 싶다.

한국수필(2023. 2) 게제

애국가 4절

6·25전쟁에 아버지가 군인으로 전사하셨다. 내가 초등학교 4학년 어느 봄날인가, 아버지의 유골을 받았다. 지금처럼 현대식 화장터의 분말이 아니었다. 나무불에 검게 그을려진 앙상한 뼈 조각들이었다. 그때까지 아버지가 살아 계신 것으로 여긴 어머니는 입에 대지도 않던 술과 담배로 슬픈 나날을 보내셨다.

산간벽촌, 가장 찌든 우리 집에 아버지마저 잃은 건 빈곤과 슬픔의 극치였다. 얼마나 배고프고 먹을 게 없었으면 어머니가 쥐를 잡아 아궁이 불에 구워주며 참새고기라고 속였을까. 정말이지 어렸을 때 그 쥐고기는 진짜 참새구이처럼 생겼고 맛이 있었다. 바람소리에도 행여 아버지가 오실까 문지방을 황급히 넘나든 눈물 많던 어머니는 그 빈곤 속에서 우리 형제를 키우시느라 얼마나 고생하시고 슬퍼하셨을까.

어머니는 내가 강원도 최전방 군복무 중, 저세상으로 가셨다. 요즈음 그 흔한 쌀밥에 소고기 한 끼 못 대접하고 서울 구경 한 번 못 시켜드렸다. 숨을 거두신 마지막 모습마저 지켜보지 못한 불효자식으로 내 삶에서 영원히 지울 수 없는 철판낙인이 찍혔다.

사죄하는 마음으로 지난 50여 년간 추석명절 즈음에 고향의 부모님 묘소를 참배해 왔으나 어찌 부모님의 은혜에 미치겠는가. 그마져 이젠 70대 중반의 나이로 어렵게 되었다. 장거리 운전이며 길도 없는 험한 야산묘소를 찾아 벌초하기가 부담되어서다.

그즈음 내가 노년의 보금자리로 삼은 충북 괴산에 국립호국원이 개장되었다. 아버지 곁에 어머니도 모실 수 있어 지난해 9월, 큰 맘 먹고 부모님 묘소를 파묘하고 화장하여 안장했다. 부모님의 영면을 국가에서 영원히 보호해 준다니 참으로 고마운 일이다.

부모님 묘소의 흙을 조심스레 포크레인으로 파내며 손수 유골을 수습할 때는 숙연하면서도 심란했다. 아버지 유골은 어머니보다 15년쯤 더 오래되었고 화장한 뼛조각 형태여서 혹시라도 유골의 잔해가 남아있지 않으면 어쩌나해서다. 아버지 유골의 실체가 없으면 화장이 안 되고 화장이 안 되면 부모님을 호국원에 모실 수 없기 때문이다.

만약 아버지 유골을 단 한 점이라도 수습할 수 없다면 어머니 유골 일부를 아버지 유골인양 편법을 써야 하지 않을까 하는 못된 생각이 퍼뜩 들기도 했다. 다행히도 거의 흙처럼 변한 한 줌 정도의 유골을 수습할 수 있었다.

어머니 유골은 머리와 다리 부분이 잘 보존되어 있었다. 나는 어머니 치아를 보고 울컥거리다 못해 통곡했다. 살아생전 어머니는 어금니 전체가 충치로 고생하셨는데 그 일부도 남아 있었다.

어머니는 농촌에서 밥벌이로 바빠 안행버스를 갈아타고 8시간이나 걸려 도시(광주)의 병원에 갈 시간도 형편도 안 되었다. 응급처치를 집에서 했다. 어머니가 식칼로 잘게 짓이긴 마늘을 쇠주걱에 올려놓고 아궁이 불에 끓으면 나에게 건네주었다. 나는 성냥개비 끝에 솜이 감긴 귀 후비개로 그 마늘 액을 찍어서 어머니의 까맣게 구멍 난 충치에 조심스럽게 문질렀다. 잠시라도 고약한 치통이 사라지고 위안이 되신 것이다. 그때 내 나이 10살쯤이라면 그 충치 중 일부를 65년 만에 다시 본 것이니 어찌 자식으로서 통탄하지 않겠는가.

한 달에 서너 번 읍내 나들이 때면 호국원의 부모님께 인사드린다. 비록 직경 22센치 원형의 아주 작은 자연 분묘이지만 가까이서 자주 인사드리고 벌초 부담도 없어 홀가분하다. 제아무리 크고 좋은 명당 묘소라도 자식들의 발길이 끊기면 잡초만 무성할 뿐이다.

지난 2023년 6월, 제68회 현충일에 부모님을 참배하고 괴산호국원 추념식에 참석했다. 나와 같은 유족 2천여 명이 자리했고 보기 드물게 군악과 예총이 따른 성대한 추모 행사였다. 부모님 묘역 바로 아래 현충탑에서의 행사여서인지 부모님 제사 모시듯 경건한 마음이 들었다.

10시 정각 사이렌 소리에 추모 묵념을 할 때는 군인들이 간간이 예총을 쏘았다. 호국영령에 대한 추모 의식이지만 나에게는 전장에서 총탄에 맞은 아버지의 가슴 아픈 삶이 연상되었다. 22세에 전쟁터에 나가 24세에 생을 마감하신 아버지, 내가 태어나서 잘 크고 있는 지조차 모르셨을 아버지, 얼마나 가족과 고향산천을 애타게 그리워하며 눈을 감으셨을까.

애국가 제창을 군악대 반주에 맞추어 4절까지 했다. 여느 때와 감회가 사뭇 달랐다. 1절부터 마음이 경건해지며 애국심이 깃들고 4절이 끝나자 눈시울이 붉어졌다. 난생처음 경건한 마음으로 목청 높이 제대로 불렀다.

4절 '이 기상과 이 맘으로 충성을 다하여, 괴로우나 즐거우나 나라 사랑하세. 무궁화 삼천리 화려 강산, 대한 사람 대한으로 길이 보전하세.'를 부르며 마무리 할 때는 정말이지 시들어가는 이 노인의 기상에도 애국심이 솟구쳤다.

최근에 이곳 괴산 노인복지관 노래교실을 꾸준히 다니다 보니 애국가 같은 4분의 4박자 단순 음표 정도는 익숙해졌고 가사도 1절부터 4절까지 16마디 52자로 똑같아 부르기 쉬웠다. 하지만 내 마음은 한편으로는 공허하고 안타깝기도 했다.

'동해물과 백두산'은 마르고 닳도록 나라를 잘 보전하자는 상징인데 과연 지금은 어떤가. 백두산은 남의 나라가 되었고 동해물은 두 동강 났다. 최근의 우크라이나 정세를 보듯 우리 한반도에도 긴장감이 감돌고 있다.

'남산 위의 소나무'는 철갑을 두른 듯 굳건하고 한결같은 우리 국민의 기상을 상징하는데 과연 지금은 어떠한가. 나라 사랑 걱정보다 사욕과 정파에만 몰두하는 사람들이 의외로 많은 것 같다.

'무궁화 삼천리 화려 강산'은 참으로 애석하게 되었다. 여름철

100여 일을 무더위도 이기며 궁핍 없이 단아하게 피어나는 우리 국화(國花), 무궁화를 쉽게 대할 수 없다. 일본의 벚꽃은 곳곳에서 뽐내고, 진해며 여의도며 벚꽃 축제가 화려하게 열리는 데도 말이다.

애국가를 부르며 선각자들의 나라 사랑 정신을 애찬하고 싶어졌다. 애국가 가사를 만들었다고 추정하는 윤치호·안창호……, 애국가를 작곡한 안익태, 애국가를 국가國歌로 공포한 백범 김구 등 나라 사랑 선각자들의 희생정신! 정말이지 애국가 가사의 '즐거우나 괴로우나' 아니, '자나 깨나, 앉으나 서나' 오직 나라사랑만 했을 것이다.

이번 현충일 추념식 다음 날부터 나는 매일 아침 6시에 '애국가 4절'을 정성껏 부른다. 애국 선각자들의 숭고한 나라사랑 정신에 깊이 감사하며 하루 일과를 또바기 시작한다. 나의 노래 실력도 건강도 시나브로 좋아지는 것 같다.

마지막 건강검진

살아 온 내 세월 아니 벌써 77 희수稀壽다. 큰 질병으로 고생한 건 없다. 전립선 비대와 심혈관이 좋지 않아 20여 년 전부터 약을 먹고 있지만 노인성 질환이라 여기며 살아간다.

2년에 1번씩 국가 무료 일반 건강검진을 잘 받아오고 있다. 그럼에도 이런 나의 건강을 염려하여 전문병원의 유료 검진도 받아왔다. 금년부터는 그 유료 검진을 받지 않을 생각이었다. 비용도 부담이 되지만 무엇보다 대장 내시경을 할 때 대장을 청소하는 일이 무척 고통스럽고 불편하기 때문이다.

무려 6시간 동안 5리터의 물과 약을 먹고 10여 차례나 화장실에 들락거리는 것도 그렇지만 나를 더 괴롭히는 게 있다. 대장을 청소하는 데 약과 잘 어울리는 생수를 마시고 나면 특이 체질인지 뱃속이 차갑고 한기를 느끼며 머리가 아파서 나이 들수록 견디기 어려웠다. 그러나 아내가 마지막으로 한 번만 받아보라고 성화여서 2023년 4월, 경기도 일산병원 단골 검진자로 VIP 대우라는 종합검진을 받았다.

아내는 나의 건강에 의심 가는 데가 있다는 것이다. 우리국민 대표음식인 삼겹살을 일주일에 2, 3회 구워 안주삼아 소맥을 마시는 게 대장에 좋을 리 없단다. 하지만 나는 노인은 육식을 해야 그나마 근육도 줄지 않고 기력이 생겨 건강에 도움이 되고 술맛도 나는 일석이조의 음식 취향이니 별 문제 없을 거라 항변했다.

결과는 아내의 추측이 맞았다. 대장에 용종 3개가 생겨 작은 것 2개는 검진 시 제거했는데 큰 것 1개는 소화기내과 전문의 시술이 필요하며, 1년 이내에 시술하지 않으면 악성 대장암으로 변이될 수 있다는 충격적인 진단을 받은 것이다. 대장내시경 검사는 다른 부위보다 2년을 걸러서 받았으니 4년이 지난 셈인데 그사이 큰 용종이 생긴 것이다.

아내의 주장대로 내가 최근에 기름기가 많은 육식을 자주 먹어 용종이 생겼고, 그게 생장촉진 거름발이 되어 크기를 조장했다는 주장이 성립하는 걸까. 병원에서 꼭 그렇다고만은 단정하지 않았지만 식습관도 어느 정도 영향을 주는 만큼 지나친 육식은 삼가라고 했다.

소화기내과 전문의가 대장의 큰 용종을 수술하는 일정이 3개월 후에 잡혔다. 이번에는 건강검진 때보다 더 깨끗하게 장을 비워야 한다며 약이며 관련 자료를 보이며 일일이 설명하고는 보호자의 입회가 필요하다고 했다.

나에게 우선 보호자는 70대 중반의 아내다. 늙은 부부가 건강 때문에 마음 졸이며 병원에서 하루 정도 지내야 한다는 게 서글펐다. 아내가 선뜻 나서주어 고맙기는 했지만 건강관리를 잘못한 내 탓에 노쇠한 아내를 보호자로 내세워 고생을 시킨다니 말이다.

한 치의 오차도 없이 시간과 물량 그리고 약을 먹어가며 또다시 6시간의 대장 비우는 사투를 했다. 3개월 만에 어쩔 수 없이 다시 해야 하는 그 괴로움을 감내하는 심정이 오죽할까. '혹시라도 악성 용종이면 어쩌나' 하는 심적 부담까지 겹쳐 심란하기 그지없었다. 예전에는 장을 비우는 동안 TV도 보고 다소 여유를 가졌는데 이번에는 기력조차 희미하여 환자처럼 침대에 누워서 견뎌냈다.

　새벽부터 대장을 비우고 오후 2시에 잡힌 시술일정에 따라 병원에서 대기하는데 내 차례가 3번째였다. 나와 똑같은 증상의 환자인데 다른 점은 내가 가장 늙은 환자요, 아내가 가장 늙은 보호자였다. 어찌 보면 내가 그들보다 더 나이 들어 병든 거라 위안될 수도 있지만 젊은 층의 부부보다 우리 늙은 부부가 처량하게 느껴지는 건 왜일까. 한마디로 우리보다 10여 년 더 젊다는 게 부러워서일거다.
　나는 수면 내시경으로 큰 용종을 제거하는 시술을 받았다. 다른 사람들은 멀쩡한 상태에서 하지만 나는 신경이 예민해서 그런지 도저히 감당이 안 되었다. 수면에서 깨어나니 아내가 곁에 있었고 시술이 잘 되었다고 했다. 하지만 그게 선종인지 악성인지 가려야 하는 절차가 남아 10일 후에 다시 전문의 진료를 받아야 했다.
　다행히 10일 후의 진단결과 선종이어서 마음이 놓였다. 만약 암이라면 또다시 대장을 비우는 고통에 대장의 절반을 잘라내야 하는 큰 수술과 항암치료를 해도 고령이라 완치를 장담할 수 없단다.

진료의사가 "80세 이전에 마지막으로 대장내시경 검사를 꼭 받으세요" 하고 진료를 마쳤다. 이제 대장내시경 건강검진도 80세가 넘어지면 병원에서 초고령이라 꺼린단다. 늙기도 서러운데 병원의 진료마저 부담스러워하는 초고령, 그 가엾은 인생길이 나에겐 3년밖에 남지 않았다.

　지난해도 처제와 군대 동기가 암으로 죽었다. 정든 인연들이 나의 곁을 영원히 떠났다. 머지않아 나도 정든 인연을 이 세상에 남긴 채 홀연히 떠날 것이다. 그때까지 큰 병마 없기를 바란다.

추억에서
그리움을 느끼다

복권 뭉치

퇴직 후 3년쯤 지나서야 그동안 방치한 서재를 정리하기로 마음 먹었다. 업무와 관련된 책자며 자료들이 여기저기서 쏟아져 나왔다. 사무실에서 미처 처리하지 못해 집에까지 가져와 밤샘을 하기도 했고 한때 소중했던 자료들도 이제는 짐만 되는 종이 쓰레기에 불과하다.

그날, 서재 바닥을 치울 때였다. 구두 박스가 눈에 띄었다. 해묵은 먼지가 더께로 앉은 박스의 뚜껑을 열어보니 놀랍게도 복권뭉치가 가득 들어 있는 게 아닌가. 그것도 대부분 주택복권과 올림픽복권이었다. 100장씩 묶어 놓으면 20여 뭉치는 될 것 같으니 어림잡아도 2천 장이다.

당첨발표가 나오고 허탕인 것은 마음 상해 그 자리에서 짓궂게 찢어버린 것 같았는데, 낙첨된 복권을 지금까지 이토록 정성스럽게 보관해왔다니. 그동안 이사를 서너 차례 다녔는데 그때마다 이 박스도 덩달아 따라다녔을 것을 생각하니 어이가 없었다.

당연히 폐기 대상이다. 하지만 차곡차곡 담긴 복권뭉치를 보니 문득 지난날 복권을 샀던 기억, 특히 주택복권에 대한 추억이 아련히 스쳤다.

숫자가 적힌 둥근 과녁이 어지럽게 돌아간다.

"준비하시고, 쏘세요!"

사회자의 구령에 맞추어 누군가 활시위를 당겼다가 놓는다. 활을 쏘는 사람들은 복권추첨 방송에 출연한 가수들이었던 것으로 기억한다.

시위를 떠난 화살은 5m쯤 떨어진 과녁을 향해 파르르 날아가 꽂힌다. 빨간 미니스커트 차림의 미녀들이 어떤 숫자에 꽂혔는지 화살을 살짝 들어 보여주며 싱긋 웃는다. 당첨 번호를 빨리 알고 싶어 안달복달하는 마음을 초대가수의 구성진 노래가 달래준다.

6등 한 자리 숫자부터 시작해 5등 두 자리, 4등 세 자리, 3등 네 자리를 거쳐 2등 다섯 자리 숫자를 맞혀나가는 방식이었다. 1등에는 조(組)추첨이라는 마지막 관문이 따로 있었고, 1등 번호와 맨 끝 숫자만 다른 '아차상'이나 1등과 번호는 같으나 조가 다른 '다행상'이라는 것도 있었던 것 같다.

매주 토요일 저녁이었던가, 주택복권 추첨 방송 시간이면 다방 안은 조용히 술렁거렸다. 다방 아가씨의 살가운 당첨 응원에 커피에서 쌍화차로 주문을 변경하는 기분파도 있었다.

한 주일 내내 주머니 속 복권 한 장을 만지작거리며 고된 하루하루를 견뎌내는 가난한 서민들, 복권이 덜컥 당첨되어 하루아침에 내 집을 마련하는 행운이 찾아와주기를 얼마나 고대하고 또 고대했던가.

우리나라 정기발행 복권의 출발은 주택복권으로 1969년 9월, 첫 발매를 시작했다고 한다. 판매가는 1매당 100원이었고 1등 당첨금은 300만 원이었다. 당시 서울 주택 한 채 값이 200만 원 안팎이었던 시절이니 상당한 액수였다.

이후 1등 당첨금은 1978년에 1,000만 원으로 뛰었다가 다시 서너 차례 올라 2004년에는 5억 원에 이르렀다. 그러나 복권 통폐합과 로또복권의 열풍 속에 추억이 깃든 주택복권은 발매 37년 만인 2006년 역사 속으로 사라졌다.

당첨금 액수의 변화를 살펴보던 중, 한 가지 흥미로운 사실을 발견했다. 1등 당첨금 수준이 처음 복권이 발행됐던 때나 37년 후 중단된 때나 결국 '집 한 채 값'이라는 점이다. 단순히 액면가만 따지면 지난 37년 동안 집값이 무려 170배나 오른 셈이다.

또 복권 구입과 늘 관련된 것이 있었다면 그것은 꿈이었다. 어미 돼지 한 마리가 새끼들을 거느리고 집으로 들어왔다는 돼지꿈, 집이 홀랑 타버리는 불 꿈, 피를 보며 죽는 사망 꿈, 조상님이나 산신령이 나타나 복권을 사라고 말해주었다는 예언 꿈 등은 복권 당첨자들의 단골 길몽으로 알려졌다.

내가 맨 처음 주택복권을 산 것은 아마 1974년 11월이었을 것이다. 그 무렵 나는 군에서 막 제대해 공무원 생활을 시작했지만, 워낙 가진 것이 없어 한동안 서울 강북 변두리에서 처가살이를 하는 신세였다.

어느 날인가 저녁 무렵 낙엽이 떨어져 앙상한 나뭇가지만 즐비한 오솔길을 따라 홀로 남산에 올라갔다. 남산 주위로 높이 솟은 건물들이 웅장하게 도열해 있고 멀리 아득히 보이는 지평선까지 수많은 주택들의 불빛이 밤하늘의 별들처럼 무수히 반짝거렸다. 그 많고 많은 집 가운데 내 집 한 채가 없다니, 더욱이 처가살이라니……

　정말이지 내 꼴이 너무도 초라했다. 그렇지 않아도 부모님을 일찍 여읜 탓에 외롭고 서러움에 겨워했던 나는 눈물을 펑펑 쏟아내고 말았다. 주택들의 불빛이 반짝반짝 나의 눈물에 아롱거렸다. 박봉의 공무원 월급으로 어느 세월에 내 집을 마련할 수 있을지, 정말이지 요원한 일이었다. 집 없는 설움을 해소하기 위해서는 주택복권에 당첨되는 수밖에 없다는 어처구니없는 망상에 빠져들었다.

　그때부터 그 방법이 아니면 평생 집을 가질 수 없는 팔자인양 거의 매주 복권을 사기 시작했다. 돌이켜보면 일확천금을 바라는 엉뚱한 짓이었지만, 언젠가는 꼭 대박을 터트릴 것이라는 희망을 잃지 않았다.

　복권을 무작정 아무 때나 산 것은 아니다. 나름대로 복권 사는 날을 정했다. 행운을 가져다준다는 야릇한 꿈을 꾸거나, 이렇다 할 꿈을 꾸지 않은 때는 버스에서 어른에게 자리를 양보한다든지, 길을 묻는 사람에게 안내해 준다든지 조금이라도 남에게 선행을 한 날에 샀다. 이런 저런 마땅한 구실이 없을 때는 공돈이 생길 때 샀다. 이를테면 점심이나 술자리에서 내가 사려고 하는데 다른 사람이 대신 낸다든가 할 때다.

　그렇게 지난 세월 복권을 꾸준히 사왔건만 다행인지 불행인지, 나는 1등 당첨번호 6자리 근처에도 가보지 못했다. 그러나 언젠가는 대박을 터뜨리겠지 하는 기대감에 부풀어 허탕 친 허탈감을 뒷전으로 하고 습관처럼 사왔다. 좋게 말하면 복권 열성자요, 나쁘게 말하면 복권 중독자였다. 어쩌다 가뭄에 콩 나듯 3자리 숫자가 맞아 4등 1만 원에 당첨되어 복권 10매를 당첨금으로 받은 것이 가장 큰 행운이었다.

주위의 지인들도 복권을 사는 것 같다. 어떤 이는 자신이 짜 맞춘 고유번호로 10년째 꾸준히 사온단다. 대박을 터트릴 때까지 사다가 안 되면 후손에게 그 번호를 물려주겠단다. 복권번호의 대물림이란 게 멋쩍지만 그 끈기와 정성, 언젠가는 행운의 여신이 점지할지 모를 일이다.

요즘도 나는 여전히 복권을 산다. 로또복권이 그것이다. 전에는 주택복권에 당첨되어 집을 사기를 바라는 욕심이 늘 앞섰지만, 지금의 로또복권은 사뭇 다르다. 그 발간 취지에 동조하여 산다.

판매수익금의 일부를 저소득층의 복지사업이며 국가보훈대상자 등의 지원금으로 활용한다고 한다. 그 지원금의 태산의 티끌 같은 액수이지만 나도 모르게 동참하고 있는 것이다.

나의 경우, 아버지가 6·25전쟁 중에 군인으로 전사하신 관계로 그동안 국가로부터 많은 혜택을 받아왔다. 뒤늦게 알고 보니 과거 주택복권 수익금의 일부가 나와 같은 보훈대상자에게도 혜택으로 주어졌다고 한다. 그렇다면 내가 샀던 주택복권의 수익금이 나에게 되돌아온 셈이다.

이제 나는 대박이 아닌 '작은 나눔'으로 복권을 산다.

홍시

K여사님이 점심 때 후식으로 홍시를 가져왔다. 정원에서 자란 감나무에서 따온 거란다. 시중에서는 좀처럼 구하기 힘든 자연산 홍시가 한 박스 가득이다. 그것도 홍시 중에서 제일로 쳐주는 대봉이다.

하나를 먹었다. 정말 붉은 빛깔처럼 황홀한 맛이었다. 먹고 나서 무심코 "정말 환장하게 맛있네!"라고 했더니 주위의 여사님들이 까르르 웃었다. 둘이 먹다가 하나가 죽어도 모른다는 울릉도 호박엿에 비할까. 인색하고 성질 고약한 놀부도 달랜다는 꿀맛에 비할까. 달콤하고 물렁한 게 어찌나 맛이 있던지, 먹고 나서도 한참동안 혀가 달짝지근함에 녹아내린 것 같다.

나는 하나 더 먹고 싶어 여사님들의 눈치를 살피고 있는데, 이런 나의 속내를 알아챘는지 더 먹으라고 권한다. 철없는 아이 아이스크림 먹듯 게걸스럽게 금세 또 하나를 먹어치운다. 그런데도 홍시가 몇 개 더 남아있다. 여사님들은 한 개씩을 먹고 나서 더 이상 먹을 기미가 없어 보였다. 나는 문득 홍시를 무척 좋아하는 아내가 떠올랐다.

염치 불구하고 홍시 두 개를 손에 들었다. 그런데 어찌나 물렁한지 짓이겨 질것만 같아 온전하게 집에 가져가기가 곤란했다. 나의 딱한 모습을 지켜본 여사님들의 도움으로 좋은 방도를 찾아냈다.

식탁에 놓인 물컵 속으로 감 하나가 앙증맞게 딱 들어갔다. 컵에 감 하나씩을 넣고 두 개를 맞대고 비닐봉지로 감쌌다. 무슨 보물이라도 공수하는 듯 감 두 개를 조심스럽게 들고 집에 가서 신발을 벗기 무섭게 아내에게 건넸다.

아내가 컵에서 감을 꺼내보더니 툭 내뱉는다. "창피하게시리, 이러니 공처가란 소리를 들어도 싸지." 하지만 표정은 해맑다. 빙긋이 웃으며 감 하나를 들어 휴지로 살짝 닦는다. 껍질에 꼽재기가 붙어 있을 법 한데도 통째로 입에 넣는다. 어린 아기가 엄마젖을 빨듯 쪽쪽 소리를 내고 먹어치운 아내는 곧바로 남은 한 개마저 손에 들더니 휴지로 닦는다.

'음, 저 놈은 잘 닦아 나를 주려는가 보다.' 하고 속으로 생각하며 점잖게 곁에서 지켜보고 있는데, 아! 글쎄, 그 빨갛고 맛깔스러운 놈이 아내의 입으로 그만 쪽 들어가 버리는 게 아닌가. 나는 군침이 돌아 물고기처럼 팔딱거리던 목젖을 진정시키느라 애를 먹어야 했다.

아내에게 주려고 가져왔으니 아내가 다 먹어야지 하면서도 그 순간만큼은 은근히 섭섭했으니, 그 야릇한 심정은 알다가도 모를 일이다. 내가 "진짜 둘이 먹다가 하나가 죽어도 모르겠구먼!" 하고 퉁명스럽게 말하자, "그러 길래!" 하며 아내가 그제야 미안쩍어 했다.

어렸을 적, 나는 할머니가 허리춤에서 꺼내주는 홍시를 종종 받아먹곤 했다. 할머니는 일찍이 이가 빠져 잇몸으로 식사를 하셨다.

명절이나 제삿날, 어쩌다 맛보는 배나 사과는 숟가락으로 갉아 드셨다. 그러니 우뭇가사리처럼 말랑말랑한 홍시를 얼마나 좋아하셨을까.

그럼에도 할머니는 홍시가 생기면 허리춤에 넣어와 나에게 건네주곤 하셨다. 그때야 어린 마음에 철모르고 덥석 받아먹기에 정신이 없었지만 지금 생각해보면 먹고 싶은 홍시를 허리춤에 넣어 짓이겨지지 않도록 온전히 가져오시느라 무척 불편하셨을 것이다. 하지만 할머니는 내가 맛있게 먹는 모습에 마냥 흐뭇해하셨다.

어린 시절을 시골에서 보냈던 나는 늦가을이면 하늘 높이 매달린 감을 따는 재미도 함께 맛보곤 했다. 긴 대나무 끝을 한 뼘 길이로 쪼갠 뒤에 그 사이에 연필 굵기의 나뭇가지를 끼우면 V자형 틈새가 생긴다. 그 틈새로 감이 주렁주렁 매달린 가지를 집어넣어 조심스럽게 돌리면 뚝 소리를 내며 가지가 부러진다. 살짝 건드리기만 해도 금방 떨어질 것 같은 홍시도 땅에 떨어뜨리지 않고 따낸다.

그러나 감나무 맨 꼭대기에 아슬아슬하게 매달린 감은 어른들도 따내기 어려웠다. 그 감은 까치밥으로 남겨둔다. 초겨울이 올 때까지 잿빛 하늘을 배경으로 빨갛게 매달려 있는 홍시는 어린 마음에도 무언가 정감을 주는 또 다른 풍경이었다. 까치가 날아와 그 홍시를 콕콕 쪼아 먹는 모습을 보는 날이면 부러움과 안타까움을 느끼곤 했다.

나는 지금도 어디에서든 홍시만 보면 군침이 돈다. 복잡한 길거리에 자리 잡은 노점을 보면 얄미운 생각이 들어도, 그곳에 맛깔스런 홍시가 눈에 띄면 당장 사서 길을 걸으며 먹기도 한다. 함박눈이 내려 온통 하얗게 덮인 감나무 꼭대기에 남겨진 홍시는 아름답고 신기하다. 그 아름답고 신비한 느낌은 잠시뿐, 나는 이내 따먹고 싶은 충동을 느낀다.

달콤하고 몰랑몰랑한 홍시에 취해 내가 곁에 있는지조차 모르고 홀랑 먹어버린 아내의 순진무구한 표정이 어린애처럼 귀엽게 느껴진다. 글쓰기 모임의 여사님들은 홍시 먹은 내 모습을 어찌 보았을까. 이제야 취한 홍시 맛에서 깨어난 건지 쑥스럽기만 하다.

감나무는 우리에게 맛있는 먹을거리만 주는 것이 아니라 그 일생에서 교훈도 준다. 감나무는 다른 감나무와 접목을 해 심어야 굵고 먹음직스러운 열매가 열린다고 한다.

감은 다른 과일과 달리 겉과 속이 같다. 풋감일 때는 속살도 푸른빛을 띠고, 점차 붉은빛을 띠며 익어감에 따라 속살도 함께 닮아간다. 마침내 감이 무르익어 홍시가 되면 그 속살도 주홍빛으로 변하고 그 맛도 절정에 달한다.

다른 감나무와 더불어 번성하고 다른 과일과 달리 겉과 속이 한결같은 감나무의 마지막 보루인 홍시, 그래서 다른 과일보다 더 달콤한지 모른다. 아니, 내면 깊숙이 더 향기롭고 더 오묘한 맛이 있을 것이다.

여권을 갱신하면서

여권사진을 찍으러 집 근처의 사진관을 찾았다. 여권만기가 5년이니 5년 만이다. 옷매무새를 살피고 거울을 보면서 다른 사진은 따로 찍은 적이 없다는 생각이 들었다.

증명사진은 나의 60여 년 인생길에서 수없이 필요했다. 하지만 주민등록증이나 운전면허증, 직장에서의 신분증 등에 쓸 사진을 그때그때 따로 찍었던 기억은 없다. 여권 사진을 찍을 때 크기 별로 몇 장씩 인화해 달라고 부탁했다. 그러다 보니 어떤 사진은 거의 5년이 지난 젊었을 때의 사진을 '최근 3개월 이내'에 찍은 것처럼 사용하기도 했다. 제때에 꼬박꼬박 사진을 찍는다는 것이 이래저래 번거롭기도 하거니와 비용도 들어서다.

내가 유독 여권을 갱신할 때만 새로 사진을 찍는 그럴 만한 이유가 있다. 다른 증명서보다 발급 비용이 많이 들어 그만큼 가치가 있어 보였다. 모처럼 폼 잡고 해외 나들이에 나섰다가 사진과 실물이 다르다며 공항에서 행여 비행기를 못 탈까봐 지레 겁을 먹어서다.

사진관의 환경은 5년 전이나 지금이나 다름없는데 사진사가 바뀌어 있었다. 5년 전에는 분명 40대 중반쯤의 남자였는데 그 나이 또래의 여자가 나섰다. 나는 일단 그녀가 권하는 의자에 앉아서 포즈를 취하며 한마디 했다.

"전에는 아저씨가 찍었는데 주인이 바뀌었습니까?"

"왜요? 내가 여자라서 잘 못 찍을 것 같아서요?"

"그런 게 아니라 궁금해서요."

그녀의 까칠한 대답에 '궁금하다'는 나의 답변도 궁색했지만, 사실 사진사가 바뀐 것이 궁금하기도 했다. 자격지심 탓인지 내가 원하는 답변 대신 쏘아붙이기부터 하는 그녀가 썩 마음에 들지 않았다. 허름한 옷차림도 그렇거니와 표정이나 말투 또한 무뚝뚝하고 퉁명스러웠다. 동네 사진관에서 상반신만 단조롭게 찍는 증명사진이라지만, 그녀에게 사진사로서의 세련미라고는 눈곱만큼도 찾아볼 수 없었다.

아무튼 내가 노골적으로 불만을 털어놓은 것도 아닌데 눈치 하나는 정말 **빨랐다**. 그녀는 여전히 시큰둥한 어조로 나더러 요리조리 자세를 취하게 했고, 나는 갓 입학한 초등학생처럼 따랐다. 고개를 약간 왼쪽으로 돌리라고 해서 그쪽으로 돌렸고, 입에 힘을 주지 말고 지그시 웃는 표정을 지으라고 해서 그렇게 했다. 퉁명스럽게 구는 여자 앞에서 맥을 못 추고 엉겁결에 사진을 찍었다.

다음날 사진관 근처로 시장을 보러 가는 아내에게 사진을 찾아달라고 부탁했다. 아내가 찾아온 사진을 보고는 얼마나 실망했는지 모른다. 아침저녁으로 세수할 때 거울에서 만나는 내 모습이었지만, 사진의 얼굴은 내가 보기에도 이상했다. 어디가 모자란 사람처럼 어리벙벙하게 보였고 보면 볼수록 내가 아닌 것 같았다.

기분이 팍 잡쳤다. 아직은 그런대로 젊어 보인다고 생각했는데 고리삭은 모습이었다. 5년 전의 여권 사진에 비하면 아주 형편이 없었다. 실망이 큰 나머지 여권사진을 다시 찍어볼까도 생각했다. 하지만 마음을 고쳐먹었다. 여권이 만료되어 일단 새로 만들어 놓기는 하지만 과연 이 여권을 언제 사용할지도 모르고 낭비 같아서다.

직장에 다닐 때는 업무관계로 10여 차례나 해외에 다녀왔지만, 이제는 퇴직했으니 그럴 일도 드물 것이다. 사비로 해외에 나가는 비용도 만만치 않다. 지난해 퇴직기념으로 큰 마음먹고 아내와 함께 호주 여행을 가려 했으나, 생각보다 많은 비용이 든다며 한숨을 내쉬는 아내를 보고 아쉽지만 포기했다. 이런 처지이니 장차 어느 세월에 여권을 보란 듯이 써먹을까 싶었던 것이다.

얼굴 표정은 그 사람의 마음이라고 하지 않는가. 이른바 포커페이스가 아니라면, 화가 난 사람이 온화한 표정을 짓기는 어려울 것이고 슬픔에 젖은 사람이 활짝 웃을 수는 없는 노릇이다. 게다가 여권 사진을 찍을 때 은근히 여자 사진사를 얕보는 심보를 가졌던 게 사실이다.

그러한 좋지 않은 심보가 나의 얼굴 밖으로 새어 나와 그리된 것이리라. 결국 사진이 마음에 들지 않았던 것은 전적으로 내 탓이었다. 사진사를 대하는 마음을 곱게 썼더라면, 어쩌면 좀 더 괜찮은 사진이 찍혔을지도 모른다는 한 가닥 아쉬움을 지울 수 없었다.

나는 사진을 챙겨들고 구청 여권과로 향했다. 지금은 최장기 10년

짜리 여권도 발급받을 수 있다기에 그렇게 해달라고 했다. 여권 서류를 접수하면서 잠시 내 앞에 남겨진 시간들을 헤아려본다.

앞으로 10년 후면 내 나이 70대 중반에 이른다. 그때 또 여권을 갱신하러 이번처럼 증명사진을 찍게 될까. 그때의 내 모습은 어떻게 변해있을까. 아니 5년 전까지만 해도 내가 5년 후 이런 모습으로 늙어갈 것이라고 나 역시 예상하지 못했다. 이런 저런 생각이 미치자 어쩌면 이번 여권사진이 내 삶의 마지막 증명사진이 될 수도 있다는 씁쓸한 기분에 젖어들었다.

문득 나의 삶에서 지금 이 순간이 가장 젊고 활기찬 황금기란 생각이 들었다. 과거는 이미 흘러간 강물이고, 이제 내 앞에 남겨진 삶에서 가장 젊고 생동감 있는 시절이 있다면 그것은 바로 '오늘, 이 순간'이 아니겠는가.

그랬다. 장담할 수 있는 유일한 것이 있다면, 그것은 아마 10년 후 다시 증명사진을 찍는다 하더라도, 그리고 아무리 솜씨 좋은 사진사라 할지라도 이번 사진보다 훨씬 만족스럽지 못한 모습을 내게 보여줄 것이라는 점이다.

그리 생각하니 마음이 한결 편안하다. 새롭게 발급된 여권 첫 페이지를 펼쳐본다. 그런데 정말 희한한 일이다. 놀랍게도 사진의 느낌이 며칠 전 처음 보았을 때와는 사뭇 달라 보인다.

여권 사진은 분명히 내가 맞지만, 아내가 사진을 찾아왔을 때 느꼈던 어리벙벙한 모습이 아니다. 더욱이 사진 속의 나는 오늘보다 더 젊은 날의 모습으로 나를 보며 싱긋 미소 짓고 있다.

잉어빵

그날은 초겨울 날씨치고는 매서우리만큼 추웠다. 여느 때처럼 퇴근길에 전철을 탔다. 종로 3가역에서 경기도 일산의 집까지 가는 코스다. 퇴근 무렵인지라 전철 안은 사람들로 북새통을 이루었다. 나는 엄마의 무릎에 앉은 여자 어린 아이 앞에 서서 가게 되었다.

어린 아이는 하얀 종이봉지에서 잉어빵을 하나 꺼내어 먹고 있었다. 잉어 모양의 머리부터 한 입씩 야금야금 먹어가는 모습이 어찌나 귀여운지 보기만 해도 퇴근길의 피곤함을 잊게 했다.

잉어빵 하면 풀빵이 생각난다. 6·25전쟁 후의 궁핍한 사회에서 탄생한 풀빵! 밀가루가 아까워서 되게 반죽하지 못하고 벽지에 풀칠하는 정도로 무르게 반죽하여 만들었다고 해서 붙여진 이름이다. 누가 처음 고안했는지는 몰라도 참으로 걸작 중의 걸작이다.

나의 어린 시절, 그러니까 초등학교 5학년 때쯤으로 기억한다. 가을 운동회 연습 때에 처음 도시락을 싸갔다가 한 입도 먹지 못했던 일이 생각난다. 다른 친구들은 도시락을 맛있게 먹으며 허기진 배를 채웠지만, 나는 식은 보리밥과 김치가 뒤섞인 도시락의 시금털털한 냄새 때문에 비위가 상해서 견딜 수가 없었다.

도시락을 먹느니 차라리 굶는 쪽을 택할 정도였다. 그렇다고 한창 자랄 나이에 끼니를 거를 수도 없어 나는 학교 주변의 구멍가게에서 풀빵을 사먹어야 했다. 나의 음식 체질은 좀 별난지 풀빵도 식은 것은 입에 맞지 않았다. 그래서 즉석에서 풀빵을 굽는 아주머니의 손놀림을 보며 뜨끈한 것을 먹었다.

당시 풀빵을 굽는 판에는 달걀 크기의 동그란 구멍이 30여 개쯤 있었다. 그 구멍 속을 둥그런 솔로 기름칠을 하고 반죽을 따르고 앙꼬를 넣고 차례로 뒤집는다. 그리고는 구워진 풀빵을 꺼낸다. 나는 10개씩을 선 채로 호호 불어가며 마파람에 게 눈 감추듯 잘도 먹어치웠다. 이따금 잘못 구워져 앙꼬가 삐어져 나온 것이 있으면 한두 개 덤으로 받아먹기도 했다. 공짜라 그런지 오히려 그 맛이 더 좋았다.

딱히 언제쯤부터인지는 모르나 풀빵이 붕어빵으로 되었다가 최근에는 잉어빵이란 이름으로 바뀌었다. 밀가루 반죽이며 팥을 쪄서 짓이긴 앙꼬는 같으나 모양과 씹는 맛이 약간 다르다. 풀빵의 모양은 원래 동그랗던 것이 잉어 모양으로 보기 좋게 바뀐 것이다. 풀빵은 씹을 때 물컹거리고 잉어빵은 바삭거린다.

내가 어렸을 때 그토록 즐겨 먹었던 잉어빵을 어린 아이가 맛있게 먹고 있는 게 보기 좋았다. 잉어빵은 요즈음 초콜릿이며 피자 등에 밀려 거들떠보지도 않는 아이들이 많다. 그러니 전철에서 엄마와 다정하게 이야기하며 잉어빵을 맛있게 먹는 아이가 나는 볼수록 정겨웠다. 나이가 어려 보이는데도 또박또박 경어를 쓰고 말하는 모습이 하도 귀여워 내가 물었다.

"너 몇 살이니?"

"네 살이에요." 아이는 서 있는 내 얼굴을 올려다보느라고 고개를 있는 힘껏 젖히고 의젓하게 대답했다.

"너 참 예쁘구나." 나는 미소 지으며 칭찬해주었다.

"고맙습니다." 아이도 기분 좋은 듯이 방긋 웃으며 대답했다.

"아저씨가 칭찬해 주셨는데 잉어빵 하나 드려라." 옆에서 지켜보던 아이 엄마가 흐뭇한 표정으로 말했다. 그러자 아이가 종이봉지에서 선뜻 잉어빵을 하나 꺼내 나에게 주었다.

"아니다. 너 먹어라." 하고 사양했지만 단풍이 잘 든 은행잎 같은 아이의 예쁜 손이 나의 손에 잉어빵을 살짝 쥐어준다. 나는 잉어빵을 받고 당황했다. 콩나물시루처럼 빡빡한 전철 안에서 사람들의 눈치를 보며 먹자니 쑥스럽고, 그렇다고 안 먹자니 아이에게 미안했다. 그래서 잉어빵을 손에 든 채 조금 미적거리고 있었더니 아이가 나를 빤히 치켜 보며 재촉했다.

나는 더 이상 아이의 초롱초롱한 재촉의 눈빛을 모른 체할 수가 없었다. 하는 수 없이 잉어빵을 단숨에 입속에 넣었다. 서너 번으로 나누어 천천히 베어 먹어야 제맛이 날 터인데 주변사람들의 눈치가 무서워 한입에 다 몰아넣은 것이다. 순간 아이가 깔깔 웃으면서 한 술 더 뜬다.

"아저씨, 입 크다. 맛있지요?"

입에 가득 찬 잉어빵을 우물우물 씹느라 나는 대답조차 할 수 없었다. 그저 북적이는 사람들 사이에 끼어 달아오른 표정으로 고개만 끄덕여 주었다.

그때였다. 콧물이 나는 듯하더니 느닷없이 재채기가 나왔다. 며칠 전부터 감기 기운이 있어 약을 먹고 잠잠해졌다 싶었는데 다시 도진 것이다. 얼떨결에 손으로 입을 틀어막았지만 허사였다. 오히려 손가락 사이의 공간으로 씹다 만 잉어빵의 잔해들이 수없이 분사되어 나를 빤히 쳐다보며 예쁘게 웃고 있는 아이의 얼굴로 날아갔다.

아이의 얼굴은 내가 씹다 만 잉어빵의 잔해로 뒤범벅이 되었다. 그 예쁘게 웃던 모습은 어느새 사라지고 아이가 소스라치게 울고 있다. 나는 당황하여 몸 둘 바를 모르고 아이 엄마에게 그저 "미안합니다."라는 말만 되풀이할 수밖에 없었다.

그런데 아이 엄마는 아이의 얼굴을 휴지로 닦아주면서 뜻밖에도 웃고 있는 게 아닌가. 아이 엄마까지도 잉어빵의 잔해들이 날아가 이마며 머리 부위에 무슨 종기가 난 듯 보기 흉한데도 말이다. 그런 아이 엄마가 웃으니 주위사람들은 어쩌겠는가. 다들 한 편의 코미디를 본 듯 전철 안은 삽시간에 웃음바다가 되었다.

나는 그때 무척 당황하여 웃음도 안 나왔지만, 3년이 지나 이 글을 쓰면서도 웃음이 절로 난다. 그때 그 아이가 준 잉어빵을 전철에서 맛있게 못 먹어준 게 못내 안타깝기도 하다. 사실 나야말로 잉어빵을 진짜 맛있게 먹을 수 있는 사람인데 말이다. 그 잘난 체면 때문에 고마운 아이에게 몹쓸 짓을 하고 말았다.

사우나장에서

내가 한창 젊었을 때, 그러니까 30대 중반쯤이라 기억한다. 당시 호프로 통하는 생맥주가 독일에서 처음 들어왔고 어찌나 맛이 있었는지 모른다. 퇴근길에 딱 한 잔만 하고 가자는 동료들의 등살에 밀려 호프집에 가지만 어디 그리 되는가.

톡 쏘는 새콤달콤한 맛을 가슴 속 깊이 시원하게 안겨주는 맥주 맛은 하루 일과의 피로를 말끔히 씻어내기에 충분했다. 500cc 한 잔을 단숨에 먼저 마시는 사람이 "여기 맥주 한잔 더요!" 하고 기분 좋게 외치면, 나머지 일행도 덩달아 흐뭇한 미소를 지으며 따라가기 마련이었다.

그 무렵 어느 토요일 오후, 퇴근길에 곰살가운 직장 선배를 따라 사우나장에 간 적이 있다. 웬만한 사람은 답답하여 사우나장에서 한 시간 이상을 견딜 수 없지만 그는 두 시간이나 버티었다. 온탕과 냉탕을 여러 차례 들락거리다가 그것도 부족하여 섭씨 90도나 되는 한증막에 들어가 땀을 뺐다. 나 역시 사우나를 좋아해 그를 따라 했더니 땀이 비 오듯 흘러내렸고 몸무게가 무려 2kg나 빠지기도 했다.

사우나가 끝나고 우리는 곧바로 호프집에 들렀다. 온 몸의 땀을 있는 대로 다 빼낸 갈증상태라 얼마나 목이 말랐겠는가. 우리는 호프 8잔씩을 마셔댔다. 나는 그 뒤로 그 기록을 깨지 못했지만, 사우나 하면 맥주가 생각나고 맥주 하면 사우나가 생각나는 이른바, 사우나·맥주 애호가가 되었다.

몇 해 전까지만 해도 직장에 다닐 때는 일주일에 한 번은 사우나장에 가서 땀을 빼고 맥주를 마시면 기분이 좋았다. 맥주를 맛있게 마시기 위해 일부러 사우나장에 간 것이다.

지금의 나의 사우나 방식은 젊었을 때에 비해 확연히 달라졌다. 땀을 많이 내 갈증상태에서 맥주 맛을 좋게 하려고 온탕과 냉탕을 번질나게 들락거리는 무모한 방법은 쓰지 않는다. 땀을 닦고 몸을 수련한다는 차분한 마음가짐으로 한다.

사우나장에서 건강을 위해 남달리 하는 방법이 수영이다. 나는 냉탕에서 수영을 한다. 공중장소에서 어린애처럼 첨벙대며 수영을 하는 것은 아니다. 사우나장의 냉탕에는 물을 탕 안으로 들여보내는 곳이 있다. 물이 쉴 새 없이 빠르게 배출되는데 그 물살에 다가가서 몸을 밑으로 내려 깔고 헤엄을 치듯 손을 젓는다.

그러면 세찬 물살과 몸이 마주쳐 제자리에 떠있게 된다. 고개만 내놓고 물속에 떠있는 모양새가 마치 개헤엄과 같다고나 할까. 그러니 주위사람이 수영을 한다고 탓하지 못한다. 그저 세찬 물살을 맞으며 잠시 몸을 식힌다고 생각할 것이다.

나는 또 황토방 건식 사우나에서 마음을 다스린다. 황토방에 들어가 주위를 살펴보면 조그마한 구멍들을 발견하게 된다. 새끼손가락 하나 정도 들어갈 만한 크기의 구멍 앞에 다가간다. 그 구멍은

깊이가 보이지 않고 새카만 암흑처럼 보인다. 그 구멍 앞에서 정좌를 하고 응시한다. 가부좌를 틀고 좌선하는 모양새를 취하고 싶지만 알몸인지라 보기 흉할까봐 참는다.

마음이 울적하거나, 걱정거리가 있거나, 기분 나쁜 일들이 있으면 몽땅 생각해내고 하나씩 끄집어내어 그 구멍 속으로 집어넣는다. 깊고 새카만 낭떠러지 같은 구멍 속으로 온갖 잡념들을 가차 없이 버린다.

조용히 눈을 감고 명상에 들어간다. 조용한 호수, 파란 하늘, 드넓은 초원, 산골짜기의 옹달샘 등등. 내가 평소에 아늑하고 마음 편하게 느끼고 있는 풍경들을 떠올린다.

마음이 편안해진다. 때로는 입가에 야릇한 미소가 번지며 몸이 붕 뜬 느낌이 들기도 한다. 좀 보태서 말하면 마치 해탈이라도 한 듯 마음이 편안하고 안정된다. 그사이 이마에서 땀이 뚝뚝 떨어져 자리를 적시면 샤워를 하고 사우나를 마친다. 몸이 가볍고 상쾌하다.

설거지

'설거지'란 단어를 국어사전에서 찾아보면 두 가지 뜻이 있다. 첫 번째는 음식을 먹고 난 뒤의 그릇 따위를 씻어서 치우는 일이고, 두 번째는 여기저기 널려있는 물건 등을 거두어 치우는 일이다.

우리는 일반적으로 첫 번째의 뜻에 익숙해 있다. 두 번째 뜻으로 예를 들어 보자. 아이들이 갖고 놀다 여기저기 널려 있는 장난감들을 거두어 치우는 것을 설거지라고 생각하는 사람은 별로 없을 것이다. 이처럼 엄연히 국어사전에 등재되어 있는 뜻도 평소에 잘 안 쓰니 생소하고 어색하게 느껴진다.

그럼에도 요즈음에는 국어사전에 없는 뜻도 그럴듯하게 잘 변통해 낸다. 가령 직장에서 남이 벌려 놓고 그만둔 일의 뒷마무리를 설거지라고 표현하기도 한다. 직장에서 설거지를 잘하는 사람으로 평판이 나 있으면 능력이 있는 사람이다.

보통은 일을 맡으면 처음 얼마간은 잘 챙겨나간다. 그러다가 나중에는 이것저것 복잡하게 꼬이면 일을 그르치고 만다. 이처럼 직장에서 남이 그르친 일을 잘 해결하는 사람은 분명 유능한 사람이다. 이에 비해 집안에서 설거지를 잘하는 사람, 특히 남자의 경우는 아직도 그리 좋은 평판으로 인식되어 있지는 않은 것 같다.

우리가 먹고 살아가는 데 매일매일 음식이 필요하다. 그 음식물의 뒤끝을 말끔하게 정리하는 설거지는 귀찮고 싫은 일이지만 평생 동안 하지 않으면 안 된다. 만일 설거지를 하지 않고 그냥 내버려 두면 어떻게 될까. 하루만 설거지를 하지 않아도 지저분한 음식찌 꺼기가 묻은 그릇들이 쌓여 흉물스럽게 보인다. 음식찌꺼기의 썩어 가는 악취가 지독하다. 그 지독한 악취가 좋은지 날파리들이 떼거 지로 몰려와 집 안을 더럽히고 어지럽힌다.

설거지는 손에 물을 묻혀가며 지저분한 그릇을 씻는 치다꺼리다. 그러니 누가 좋아하겠는가. 집안에서 설거지통의 구정물에 묵묵히 한평생 손을 대온 아내가 새삼스레 고맙게 느껴진다.

남자들이 집안일을 돕는데 가장 싫어하는 것이 설거지라고 한다. 사실 남자에게는 설거지가 잘 어울리지 않는다. 식사 후 밥그릇에 묻은 밥알이며 고춧가루 하나라도 정성껏 씻어내는 섬세함이 여자 에 비해 떨어진다.

게다가 설거지통의 구정물에 손을 대는 일에는 몸서리를 친다. 물론 고무장갑을 끼고 설거지를 하면 그쯤이야 견딜만하지만 씻어 놓은 뒤의 그릇들의 정리정돈도 여자의 정교함을 따라가지 못한다.

언젠가 직장에서 퇴직한 한 선배가 "설거지도 자주 해보니 재미 가 있더라."라는 말을 듣고 집에서 하릴없이 놀고 있는 사람으로 곱 지 않게 받아들였다. 그런데 내가 직접 겪어보니 재미까지 느낀 다 는 건 좀 지나친 감이 있고 하여간 싫지는 않았다.

나는 퇴직 후부터 곧잘 설거지를 한다. 아내가 손녀를 보러 딸네

집에서 기거하는 동안 혼자서 밥을 지어 먹고 그 설거지를 도맡아야 했다. 아마 아내가 지금처럼 손녀를 봐주는 등의 사정이 없었다면 나는 평생 설거지와는 담을 쌓았을 지도 모른다.

화장실 청소를 하고 쓰레기를 버리는 등의 집안일은 아내 못지않게 잘한다. 그러나 설거지는 정말이지 하기 싫었다. 설거지통 앞에 서 있는 내 자신이 거년스럽고 생각만 해도 초라하게 보였던 것이다. 아마도 이런 배경에는 어렸을 때부터 집안의 장손으로 귀엽게 큰데다, 성인이 되어서도 군대에서 장교로 간부생활을 해온 영향이 큰 것 같다. 별거 아닌 사람이 괜스레 거만을 떤 것이다.

요즈음은 손에 물을 묻히기 싫어 고무장갑을 끼고 한다. 예전에 어머니는 추운 겨울, 꽁꽁 언 구정물 속에서 맨손으로 설거지를 하셨다. 손등이 거북이 등처럼 터 있었고 그 터진 곳 여기저기에 피가 빨갛게 어려 있었다. 어렸을 적 그런 어머니의 손을 보면 까칠하고 밉다고만 생각했다. 그때 어머니의 손은 얼마나 시리고 아팠을까. 이제야 지그시 눈을 감고 지난날 어머니의 튼 손을 생각해보니 가슴이 아리다.

나는 설거지를 하면서 내 나름의 요령을 터득했다. 내가 먹고 내가 하는 설거지 거리는 무척 단출하다. 밥그릇과 국그릇에 수저가 전부다. 반찬은 김치며 고추조림, 깻잎절임 따위로 내가 좋아하는 몇 가지만 냉장고에서 꺼내어 먹고는 뚜껑을 잘 덮어서 원래의 제자리에 되돌려 놓으면 그만이다.

식사를 하고 나면 밥그릇 속에 수저와 젓가락을 넣고 물을 부어 놓는다. 국그릇은 밥그릇과 좀 떨어진 곳에 놓고 역시 물만 부어 놓는다. 설거지 거리를 설거지통에 몽땅 다 집어넣고 하나씩 꺼내 세제를 써서 깨끗하게 잘 닦으면 편할지도 모른다.

하지만 나는 쌀로 지은 하얀 밥을 담은 밥그릇과 된장이며 고추장이며 야채들로 잡탕이 된 국을 담은 국그릇을 한통속에 넣는 것은 개운치 않게 생각한다. 좀 비약한 비유 같지만 마치 청렴결백한 사람과 온갖 비리를 저지른 사람을 한통속으로 대하는 그런 기분이 든다고나 할까.

국과 반찬그릇은 세제를 써서 잘 닦지만 밥그릇은 밥알만 좀 묻어 있고 깨끗할 때에는 세제를 쓰지 않고 그냥 물로만 씻어낸다. 괜히 깨끗한데도 일부러 세제를 써서 환경오염에 이르도록 자초할 필요는 없다는 생각에서다.

씻어낸 밥그릇과 국그릇은 물기가 빠져 잘 마르도록 설거지통 옆의 그릇 대에 엎어서 정돈해 놓는다. 깨끗하게 정돈된 그릇을 보면 기분이 좋다.

아내가 손녀를 돌보러 가는 바람에 울며 겨자 먹기로 설거지를 하게 된 것이다. 어쩔 수 없는 일인데도 아내가 은근히 기뻐하는 것 같다. 그렇다고 이렇게 글까지 쓰다니 나야말로 팔불출이 아닌가. 엉겁결에 다 써 놓은 글을 지우기도 아까우니, 에라, 팔불출이면 어떠랴.

연필 깎기

내가 연필을 칼로 깎아 쓰기 시작한 것은 아마 초등학교 4학년 무렵이었다. 그전까지만 해도 어머니와 할아버지가 연필을 대신 깎아주셨다. 어머니는 부엌에서 쓰는 식칼을 할아버지는 나무를 벨 때 쓰는 낫을 이용했다. 오랜 세월 각자의 손에 익은 연장을 날렵하게 놀려 내가 지켜보는 앞에서 금세 깎아주시곤 했다.

호기심에 이끌려 두 분의 연장을 빌려 나도 따라 깎아 보았지만 도무지 잘 깎이지 않았는데, 그래도 할아버지의 연장인 낫이 좀 나았던 것 같았다.

하지만 어머니가 그 무딘 식칼로 깎아준 연필은 늘 매끄럽고 좋아보였으며 덩달아 글씨도 잘 써졌다. 나도 어머니처럼 연필을 잘 깎아보려고 무척 애를 썼으나 마음처럼 쉽지 않았다.

조금만 정신을 팔면 손가락을 베어 피를 보기도 했고, 어렵사리 깎은 게 쥐가 무를 갉아 먹은 듯 난삽하였고, 그나마 연필심을 다듬다가 뚝 부러뜨리기 일쑤였다. 그럴 때면 '서툰 목수 애꿏은 연장 탓한다.'는 식으로 심통이 나기도 했다.

내가 연필 깎는 기계를 처음 본 것은 40여 년 전인 1978년 10월, 일본에서 컴퓨터 교육을 받을 때였다. 장난감처럼 희한하게 생긴 물건이 교육장 강단 근처의 탁자 위에 올려져 있었고, 쉬는 시간이면 일본 교육생들이 연필을 깎아 썼다.

나도 일본 사람들이 하는 대로 눈치껏 조심스럽게 사용해 보았다. 기계 몸통에 뚫린 조그마한 구멍 속에 연필을 넣고 손잡이를 몇 차례 가볍게 돌리자 금방 정교하게 잘 깎여 나왔다. 당시 우리나라에선 보기 힘든 물건인지라 신기하기도 하고 마음에 들어 귀국 길에 하나 사다가 사무실에 비치했다.

그때 직원들이 어찌나 좋아하던지 고맙다는 인사를 받기도 힘들 정도였다. 하지만 이제는 디지털 TV 등 첨단 전자제품은 물론이고 연필 깎는 기계까지도 우리의 제품이 세계적으로 우수하다. 당시 직장에서 인기를 끌었던 연필 깎는 기계도 이제 어느 사무실에서나 흔히 볼 수 있다.

손으로 연필을 깎으면 귀찮기도 하고 시간도 걸려 대부분 기계를 사용한다. 하지만 기계로 깎으면 불편한 점도 있다. 연필 끝이 뾰쪽하게 깎여 안정감이 없고 조금만 힘을 주면 똑 부러진다. 가만가만 조심스럽게 써야 하는 만큼 글자 모양도 또렷하지 못하다.

나는 퇴직 후부터 연필을 칼로 깎아 쓴다. 하루하루 심심풀이 찾기 같은 일상이다. 게다가 살짝 스치기만 해도 신문지 몇 겹이 착 갈라지는 날선 문구용 칼이 있으니 얼마나 쉬운 일인가. 연필을 칼로 깎아 쓰면 글씨에 힘도 들어가서 더 잘 써지고 글의 형체도 두툼하고 뚜렷하다.

어디 그뿐인가. 연필을 예리한 칼로 깎아 내릴 때 정신이 집중되고 섬세한 손놀림에 못 이긴 척 도르르 말려 깎여 나오는 연필결의 모양을 관찰하는 재미도 쏠쏠하다. 노년에 은근히 걱정하는 치매에도 시나브로 도움이 될지 누가 아는가.

칼의 놀림에 따라 깎여지는 연필결이 초승달처럼 살짝 굽어지기도 하고 보름달처럼 둥그렇게 되기도 한다. 얇게 깎아내릴수록 둥그런 모양이 생기고 그 크기도 작아진다. 얇을수록 연필결이 둥글게 굽어지는 탄성 때문일 것이다. 결이 좋은 연필을 섬세하게 잘 깎아내리면 서너 겹이나 말린 동그란 모양이 생기기도 하는데 앙증맞은 귀걸이를 연상케 한다.

연필 모양을 내 취향대로 길고 날씬하게도 짧고 뭉툭하게도 깎을 수 있다. 연필결을 다 깎아내면 연필심을 다듬는다. 휴지 같은 종이 위에 비스듬히 살짝 올려놓고 칼로 몇 차례 조심스럽게 스쳐 내린다. 보기도 좋고 부러지지 않으면서 뚜렷하게 잘 써지는 상태로의 정교한 손놀림, 나만의 노하우도 깃든다.

지난날 내가 내 아이들에게도 연필을 깎아주었던 적이 있었던가. 그런 것 같기도 하지만 또렷한 기억은 없다. 언제부턴가 우리 아이들은 연필 깎는 기계를 뒷전으로 하고 샤프펜슬을 가까이했다. 손잡이를 째깍째깍 누르기만 하면 실처럼 가는 연필심을 저절로 내밀기도 하고 들어가기도 하는 요술봉 같은 샤프펜슬을 누가 탐하지 않겠는가. 나 역시 젊은 시절 한창 일할 때는 늘상 호주머니에 고이 간직하고 다니며 사용했었다.

오늘도 연필을 깎았다. 정성들여 잘 깎았더니 앙증맞은 귀걸이 같은 연필결들이 10여 개나 생겼다. 쓰레기통에 버리기 아까워 살짝 코에 대고 냄새를 맡아 본다. 향긋한 냄새가 아련하게 풍긴다. 어렸을 적 연필을 깎으면서 맡곤 했던 그 냄새와 똑같다. 지난 반백 년 동안의 엄청난 문명의 발달 속에서도 연필의 향기는 전혀 변하지 않은 것이다.

나는 오늘따라 유난히 그윽한 연필의 향기에 이끌려 잠시 동심童心에 젖어본다. 책보 속에서 딸랑거리던 양철 필통과 그 안에서 이리저리 부딪치며 나와 유년시절의 애환을 함께했던 형형색색의 연필들을 생각하니 슬며시 입가에 웃음이 번진다.

갓난아이

시집간 큰딸이 얼마 전 아기를 낳았다. 나이 30을 훌쩍 넘겨 뒤늦게 임신한 탓에 그동안 이런저런 걱정이 많았지만, 입덧 한번 심하게 하지 않았고 진통이 와서 병원에 도착하자마자 금방 낳았단다. 순산順産도 아주 선한 순산이다.

나는 딸애의 분만 소식을 듣고 아내와 함께 병원으로 달려갔다. 딸애는 벌써 분만실에서 나와 입원실에 있었고, 나를 하루아침에 할아버지로 만들어버린 외손녀는 신생아실에 있었다.

흔히 가장 고통스러운 것을 가리켜 산고産苦라 부르는 것처럼, 비록 순산이라곤 했지만 사랑스러운 딸이 얼마나 힘들었을까. 갸름한 딸의 퉁퉁 부어오른 얼굴이며 목 주변에 깨알 크기의 붉은 반점들이 무수히 돋아 있음을 보며 출산 순간의 고통을 겨우 상상할 수 있었을 뿐이다. 아기를 낳을 때 온 힘을 쏟아댄 통에 미세혈관이 터져 그리 되었단다. 하지만 딸의 순산과 태어난 아기의 건강함은 나를 기쁘게 했다.

문득 30여 년 전 아내가 큰딸을 낳을 때의 기억이 떠올랐다. 당시 아내는 임신 후 출산 때까지 장장 10개월 동안 무척 힘들어했었다. 임신 초기엔 입덧이 너무 심해 밥 한 톨 제대로 입에 넣지 못해 그렇잖아도 가냘픈 몸이 비쩍비쩍 말라갔고, 안타까운 그 모습에 나는 어쩔 줄 몰랐었다.

그 무렵 어느 날, 아내는 뜬금없이 어릴 적 시골에서 먹던 참게장이 먹고 싶다고 했다. 시골의 숙모님께 부탁하여 급히 보내왔지만, 막상 게 다리 하나 입에 넣기는커녕 울컥거리며 냄새조차 못 맡았다.

마침내 달이 차서 해산날이 다가왔고, 진통이 와서 병원으로 달려갔었다. 그러나 그날부터 꼬박 이틀을 병원에서 뜬눈으로 새워야 했다. 수시로 찾아드는 진통에 아내가 가장 힘들었겠지만, 나 역시 곁에서 전전긍긍 지켜보며 아내의 고통을 고스란히 느껴야 했다.

그런 탓에 나는 딸의 임신 소식을 듣고, 반가움보다는 은근히 걱정이 앞섰다. 아내 편에 소식을 들어보면 입덧도 그다지 안 하는 것 같고, 출산 때 힘을 쓰기 위해 고기도 잘 먹는다고 했다. 다행이다 싶으면서도 간혹 TV드라마에서 애를 낳을 때 일가친척들이 병원으로 달려가 순산하기를 애타게 기다리는 장면을 보게 되면, 어쩌면 조만간 저 모습이 내 일이 될지도 모른다고 생각하곤 했다. 그런데 딸애의 순산 소식에 걱정이 뜬구름의 그림자가 지나가듯 쉽게 걷혔으니, 어찌 기쁘지 않을 수 있겠는가.

나는 신생아실 유리창 너머로 갓 태어난 손녀를 바라보았다. 어찌 보면 둥그렇고 빨갛게 잘 익은 사과처럼 생겼고, 또 어찌 보면 잔잔한 호수에서 금방 피어오른 분홍 연꽃을 보는 듯했다. 이리 보아도 저리 보아도 참으로 예쁘고 귀엽다. 보면 볼수록 신비스럽기까지 했다. 머리털도 5cm 정도로 시커멓게 나 있었다. 생각해보니 큰 딸도 태어날 때 그랬던 것 같기도 했다.

신생아실에는 12명의 갓난아이가 있었다. 몸을 하얀 천으로 둘둘 감아 놓아 얼굴만 내놓고 있는데 마치 12쌍의 쌍둥이를 보는 듯했다. 조그마한 바구니 같은 잠자리에 누워있는 신생아들 모두가 손녀와 같이 예쁘고 귀여웠다.

신생아들의 잠자리 앞쪽에는 이름표가 붙었다. 어머니의 이름 밑에 태어난 일시와 남녀 구분, 그리고 몸무게가 적혀 있었다. 남녀가 태어날 확률이 반반이라 그런지 신생아의 남녀비율도 반반이었다. 3kg를 기준으로 소수점 이하 두 자리까지 정확히 기재된 몸무게 역시 다들 별 차이가 없었다.

신생아들의 얼굴 생김새는 비슷비슷해 보였지만, 그 표정은 가지각색이었다. 세상 모르고 조용히 자는 애, 얼굴을 붉히며 목이 터져라 우는 애, 점잖게 하품을 하거나 넌지시 미소를 짓는 애들……. 그런데 신생아들은 마치 약속이라도 한 듯 다들 눈을 감고 있었다.

나는 아내와 함께 손녀를 보느라 한참 동안 정신이 팔려 있었다. 그때였다. 한 순간 손녀가 눈을 반짝 뜨는 게 아닌가. 분명히 둥그렇고 새까만 눈동자가 보였다. 그 모습이 마치 나를 지켜보는 듯했다. 다른 애들은 눈을 감고 있는데 손녀만이 큰 눈을 자랑이라도 하는 듯 돋보였다. 나는 갓 태어난 아기는 거의 시력이 없다는 사실을 까맣게 잊고 들뜬 목소리로 말했다.

"저것 좀 봐! 우리 아이만 신기하게도 눈을 뜨고 있네?"

"조용히 해요. 누가 들어요. 다른 아이도 한참을 바라보고 있으면 가끔 눈을 떠요."

아내가 옆구리를 툭 치며 웃어 넘겼다.

'고슴도치도 자기 새끼는 함함하다.'고 한다는데, 내가 꼭 그 꼴인 셈이다. 손녀에게만 정신이 팔려 다른 아이들의 행동엔 별다른 관심이 없었던 것이다. 누구에게나 관심을 갖고 배려하면 같은 부류의 사람들인데 자기들만 잘나고 특별한양 나서는 속물적 세태에 나도 모르게 흠뻑 젖어 들었나보다.

딸애는 모유를 먹인다고 했다. 산모와 손녀 모두 건강이 좋아 3일 후 병원에서 퇴원해 아이와 함께 산후조리원으로 들어갔는데, 새로운 문제가 생겼다. 젖이 잘 나오지 않고 젖몸살이 심해 힘들어한다.

체질은 유전이 되는 것인지 아내도 애들을 낳을 때 젖몸살을 심하게 겪었다. 당시 누군가 젖몸살을 가시게 하는 데는 선인장 즙이 특효라고 하여 선인장을 구해 즙을 내 아내의 굳어진 젖가슴에 발라주었다. 그러나 차도가 있기는커녕 오히려 아내의 가녀린 살결에 선인장 가시가 묻어들어 아내를 소스라치게 놀라게 했다.

영하 20도를 오르내리는 한겨울에 큰아이를 낳고 3일 만에 집에 데려와 고생했던 일도 아스라이 떠오른다. 그날 딸아이는 젖도 안 먹고 밤새 요란하게 울어대기만 하였는데, 아이를 달래느라 힘겨워한 아내가 그만 정신을 잃고 쓰러져버린 것이었다.

새벽같이 장모님을 찾아가 아이를 맡기고 아내를 병원으로 옮겨야 했다. 집에서 큰길까지 아내를 업고 나가는데 빙판길에 다리가 휘청거리더니 그만 무릎방아를 찧으며 넘어지고 말았다. 나마저 기운이 없고 맥이 빠져버렸다. 다행히 지나가던 건장한 청년이 아내를 대신 업어주었고, 황급히 택시를 타고 병원으로 갈 수 있었다.

뒤늦게 알고 보니 세를 들어 살던 방에서 연탄가스가 새어나온 탓이었다. 하마터면 우리 세 식구 모두 연탄가스로 죽을 뻔했다. 아이가 세상에 나와 무서운 연탄가스를 먼저 감지하고 울음으로 알려준 것이다. 그것도 모르고 나는 아이가 젖을 안 먹고 부모를 고생시킨다며 그때 한 순간 아이를 원망하기도 했다. 연탄가스가 새는 허술한 셋방에 갓난아이를 방치한 주제에 말이다.

갓 태어나 악착같이 울어대 우리 부부를 살렸던 바로 그 큰딸이 아이를 낳아서 그럴까. 30여 년 전 큰아이를 얻었을 때보다 외손녀가 더 예쁘고 귀엽게 여겨진다. 애가 애를 낳아 내리사랑이 겹쳐서 더 기쁜가 보다.

포대기에 어린 정

"너희들이 아기를 낳더라도 행여 내 신세를 질 생각은 눈곱만큼 도 하지 마라!" 아내가 두 딸에게 단호하게 말하는 것을 나는 여러 차례 곁에서 지켜보았다. 아내는 할머니들이 아기를 봐주다가 낭패 를 본 사례를 들기도 했다. 팔에 힘이 빠져 안고 있던 아기를 놓쳐 다치게 했다든가, 아기를 돌보다가 온몸에 골병이 들어 병원 신세 를 졌다든가, 아무튼 생각만 해도 섬뜩하고 피곤한 것들이었다.

아내는 은근히 또 다른 면에서 아기 돌보는 것을 마땅치 않게 여 겼다. 갓난아기는 세 살 때까지 엄마가 젖을 물려가며 키워야 심성 이 바르고, 엄마 역시 모성애를 느낄 수 있다는 것이다. 친정엄마도 늘그막에 여가시간을 많이 가져야 한다는 이른바, 딸네에게도 좋고 친정엄마에게도 좋은 원원win-win 주장을 펼치기도 했다.

남달리 아귀센 성격인 아내는 반드시 그리하리라 나는 믿어 의심 치 않았다. 그런데 사뭇 놀라운 일이 일어났다. 큰딸이 아기를 낳자 그 당당했던 기세가 슬그머니 사라져버린 것이다. 아내는 요즈음 외손녀를 돌봐주고 있다. 벌써 6개월째다.

아내도 자신이 그동안 호언장담해왔던 것이 면구스럽던지, 처음 에는 "아기 얼굴 좀 보고 오겠다." 며 혼자 다녀왔다. 그러나 불똥은 나에게도 튀었다. 경기도 일산에서 서울 마포까지 1시간 반 가량 전철과 버스를 번갈아 타고 다니기 피곤하다며 나와 같이 가잔다. 결국 내가 승용차로 데려다주고 데려오는 상황에 이르렀다.

한동안 그리하던 아내는 자발적인 결정인지 아니면 딸이 어떻게 제 엄마를 구슬렸는지 모르겠으나, "맞벌이 처지에 내가 아기를 돌봐주지 않으면 어떡하겠냐?"며 묻지도 않는 변명을 늘어놓고, 아예 1주일에 5일간은 딸집에서 먹고 자면서 아기를 봐주고 있다. 정말 알다가도 모르는 게 여자의 마음이라고 했던가. 그리도 드세었던 아내의 마음이 하루아침에 변한 것이다.

매주 금요일 저녁 늦게 집에 돌아온 아내는 그야말로 녹초가 되어 다음날 해가 중천에 뜨도록 늦잠을 잔다. 그러나 월요일에는 딸네가 출근하기 전에 맞추어 아침 일찍 나서는데도 전혀 불편해하는 기색이 없다. 하루가 다르게 새록새록 예쁘게 커가는 손녀를 보고 싶다며 빨리 가자고 재촉까지 해댄다.

아내가 손녀를 돌보는 방법은 딸애와 달랐다. 딸은 손녀가 울면 안아주지만 아내는 등에 업는다. 양손으로 손녀를 들어 살포시 등에 올리고는 포대기로 솜씨 좋게 싸맨다. 그리곤 "자~장, 자~장…" 소리에 맞추어 왼발 오른발에 리듬을 주고 사뿐사뿐 걸어 나가면 금세 손녀가 울음을 뚝 그친다.

아내는 설거지나 집안청소를 할 때도 포대기로 손녀를 등에 업고 했다. 아내의 등에 업힌 손녀는 목을 좌우로 움직여 두리번거리기도 하고 목을 뒤로 젖혀 천장을 주시하기도 한다. 그러다가 몇 차례 하품을 하고는 이내 아내의 등판에 얼굴을 묻고 소록소록 잠이 든다.

한참 업고 있으면 포대기가 느슨하게 풀려 손녀가 아내의 엉덩이에 걸쳐있고 양다리가 포대기 밖으로 빠져나와 덜렁거린다. 그래도 손녀는 기찻길 옆 오막살이 아기처럼 새근새근 잘도 잔다. 그 모습이 어찌나 편안해 보이고 귀여운지 모르겠다. 그저 입가에 흐뭇한 미소가 절로 묻어난다.

그즈음 어느 날, 전철을 타려고 승강장에서 기다리는데 포대기로 아기를 업고 있는 신세대 엄마와 유모차로 아기를 데리고 있는 신세대 엄마를 우연찮게 보았다. 포대기의 엄마가 고개를 옆으로 돌려 아기를 보며 "까꿍" 하자, 아기는 "까르르" 자지러지게 웃는다.

엄마가 왼쪽으로 쳐다보면 아기는 오른쪽으로, 엄마가 왼쪽이면 아기는 오른쪽이다. 엄마와 아기는 포대기로 한몸이 되어 재미있는 엇박자 놀이를 하고 있다. 엄마의 포근하고 믿음직스런 등판에 업힌 아기는 얼마나 편안하고 든든할까. 아기의 웃는 모습이 참으로 예뻤다.

그런데 유모차의 엄마와 아기는 눈높이도 다르고 따로따로 행동하고 있다. 엄마는 굳은 표정으로 전차를 기다리고 있고, 유모차 안의 아기는 주위를 산만하게 두리번거리고 엄마 얼굴조차 올려다보기 힘든 듯 짜증스런 얼굴이다.

오늘날 대다수의 신세대 엄마들이 유모차라는 매개체를 선호하고, 포대기라는 우리의 전통 육아방식을 불편하고 볼썽사납다고 외면하고 있다. 그리하여 포대기에 어린 다정하고 따뜻한 엄마 품 안의 사랑을 무심코 상실하고 있는 것은 아닌지.

요즈음 아내는 손녀를 봐주는 재미에 푹 빠져 있다. 손녀도 엄마보다 할머니를 더 좋아하는 것 같다. 아내와 손녀가 아늑한 포대기 안에서 오붓하게 정이 든 것일 게다. 우리 아이들을 포대기로 업어 키운 30년 전의 젊고 예쁜 아내의 모습이 아스라이 떠오른다.

한국수필 대표 선집 작품(2015)

나의 초상화

학창시절 기숙사생활을 하며 공부한 인연으로 '풍류7인회'라는 친목회를 지금까지 40여 년 이어왔다. 매년 봄과 가을에 부부동반으로 우의를 다진다. 모임의 일원인 K가 10년 전 후두암을 앓은 후유증으로 올봄에 갑자기 쓰러져 경기도 이천의 한 병원에 입원했다.

다행히 의식은 회복되었으나 스스로 식사도 못 하는 중환자 신세가 되었다. 중병에 고령으로 기력마저 약하니 병세가 점점 나빠져 갔다. 우리는 이번 봄 모임을 K의 병문안 겸 이천에서 갖기로 했다.

K가 입원한 병원에 들려 K의 초췌한 모습을 보니 마음이 아팠다. 젊었을 때 남달리 활기찼고 지난해 여름까지만 해도 나의 농장에 와 일손이 되어 주었던 친구다.

유독 K는 나와 친했다. 내가 30대에 서울에서 어렵사리 단칸방 세를 살 때는 6개월마다 이사를 해야 했다. 지금은 세 살이 계약이 2년이어서 여유가 있지만 그때는 우리 같은 민초는 이사를 밥 먹듯 했다. 따져보니 1970년대 고난의 시절 14번이나 이사를 했고 그때마다 K가 도와주었다. 도시의 좁은 골목길을 손수레를 밀고 끌며 한 여름 이사할 때는 땀이 비 오듯 했고 그 고생이 많았다. 그럼에도 자장면 한 그릇에 요기를 하고 얼굴에 미소를 머금고 밤늦게 귀가한 K였다.

누구나 언젠가는 죽는다지만 바람 한 점만 살짝 불어도 금방 떨어져 버릴 낙엽 같은 K의 안타까운 모습에 울컥 슬픔에 잠겼다. 우리는 K의 병상 모습을 마음 편히 바라볼 수 없었다. 이제 다시는 못볼 것만 같은 친구 곁에 오래 있고 싶지만, 가슴 졸이며 가느다랗게 내쉬는 우리들의 호흡마저 K에게 해로울 수 있다 하여 불과 5분도 함께하지 못했다.

다정한 친구가 중병을 앓고 있는 곳에서의 모임은 즐거움보다 건강을 걱정하고 챙기는 심란한 자리가 되고 말았다. 젊었을 때는 이런저런 사정으로 한두 친구가 빠져도 흥겹게 모임을 가졌다. 하지만 노년에 중병으로 한 평 정도의 답답한 병실에서 죽음을 기다리는 가여운 K가 떠올라 예전의 주거니 받거니 하며 즐거워했던 술자리도 갖지 못했다.

우리는 저녁 식사를 먹는 둥 만 둥 하고 일찍 잠자리에 들었다. 예전 같으면 거나하게 취한 뒤풀이로 노래방에 들러 나름의 십팔번을 부르며 밤새 신나게 놀았을 터이지만 부부끼리 맥없이 하룻밤을 보냈다.

다음날 아침 숙소의 인근 식당에서 해장국으로 식사를 마치고 헤어지려는데, 멀리 전라도에서 온 친구들이 이천의 명소인 설봉공원에 가보고 싶어 하여 따라나섰다. 때마침 도자기 축제기간이고 어린이날이어서 가족단위 인파로 북적였다.

몇 년 전 쌀쌀한 어느 가을날에 한가하게 둘러본 공원이지만 지금은 인산인해로 어디가 어디인지 분간할 수 없어 우리는 멀리 설봉산 정상을 쳐다보며 줄곧 언덕길을 따라갔다. 맞은편에 우뚝 서 가로막은 도자기 박물관에 들어서니 초상화를 그려주는 행사가 있었다.

젊은 여성의 밝은 미소를 머금은 샘플 초상화와 H대 미술대학 강사라는 약력이 담겨진 안내판에 눈길이 갔다. 사람의 얼굴을 실제보다 보기 좋게 잘 그리는 화가 같아 30분이나 기다려 내 차례가 되었다.

40대 중반으로 보이는 곱상한 화가가 나의 얼굴을 간간히 쳐다보며 그려나갔다. 가느다란 붓 모양의 펜으로 검정색 물감을 찍어 그리는 손놀림을 보느라 무심코 눈을 아래로 내려 보고 있었더니, 아 글쎄, 눈을 감은 내 얼굴이 탄생해버렸다.

샘플 초상화처럼 웃는 얼굴로 보기 좋게 잘 그려줄 줄 알았던 나는 기분이 상했다. 아무리 훌륭한 화가가 공짜로 그려준 것이라도 이런 초상화는 영 마음에 들지 않았다.

"선생님, 다 그렸습니다." 하며 그가 나에게 건네주자, "왜 하필 눈을 감는 초상화입니까?" 하고 나도 모르게 짜증을 내고 말았다. 그가 빙그레 웃으면서 "눈을 감고 명상하시는 모습이 더 나을 것 같아서요." 한다. 그리고는 내 이름을 묻더니 '명상하는 김병규 선생님'을 초상화 밑단에 써 놓고 그의 서명을 해주었다.

어쨌거나 공휴일에도 쉬지 않고 어린이와 노인을 위해 봉사하는 그에게 감사해야 했다. 나는 눈을 감고 있는 나의 초상화가 어색하고 마음에 들지 않았지만 버리기는 아까워 집으로 가져왔다.

제5부

집에서 이따금 차분히 나의 초상화를 본다. 볼수록 나라는 존재가 실감나고 조용히 눈을 감고 무언가 골똘히 생각하는 내 모습에 애착이 간다. 몸과 마음을 다잡고 오롯이 수행하는 나 자신을 발견한다.

그 뒤, 3개월이 지나 병상에 있던 K는 저세상으로 갔다. 나의 초상화는 K의 명복을 미리 빌어주었던 것이다. 나는 오늘도 나의 초상화와 함께 조용히 눈을 감고 K의 명복을 빈다. 다정한 미소를 짓는 K의 모습이 아련히 떠오른다.

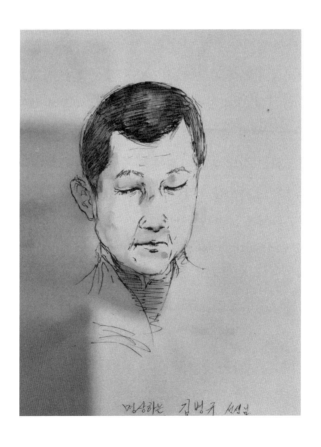

그곳에 가보고 싶다

최근 우리의 국방 안보에 또 구멍이 뚫렸다. 그것도 6월의 호국의 달에 말이다. 강원도 최전방 초소 바로 코앞에서 하룻밤을 보낸 북한군 병사가 다음날 날이 밝아지자, 우리 철책을 흔들며 "북한군이다"고 외쳐서 귀순했다고 한다. '숙박귀순'이니 '대기귀순'이니 '노크귀순'이니 등의 오명을 뒤집어쓴 지 엊그제 같은데 그 치욕적인 국민의 질타를 벌써 까맣게 잊어버린 것이다.

군 관계자의 발표에 따르면, 최전방 철책선 앞이 안개가 짙고 우거진 잡목에 가려 감지 장비가 제대로 작동되지 않아, 북한군 병사의 접근을 인지하지 못했다고 한다. 그렇다면 최전방에서 우리의 안보를 담보하는 장병들은 기계에 의지하는 로봇 군대란 말인가. 그 구차한 변명이 가소롭기 짝이 없고 약비날 지경이다.

호시탐탐 남침을 노리는 북한과 대치한 상황에서 우리 군의 굳건한 안보는 장병들의 강인한 정신력에 달려있다는 사실을 잊어버린 게 아닌지 참으로 안타깝다. 불현듯 지금으로부터 40여 년 전, 강원도 양구지역 최전방에서 근무했던 나의 군대생활이 떠오른다.

나는 예비역장교ROTC로 임관한 지 1년여 만에 최전방 ○○기지(GP)를 담당하는 소대장을 맡았다. 우리 소대는 가파른 경사면을 이룬 1,000여 미터의 험준한 고지에서 북한군 초소와 마주했고 그 경계구역은 900미터에 달했다. 30여 명의 소대원들이 2인 1조로 15개 초소를 담당, 그 경계 범위가 60미터나 되었다.

전기 시설도 안 되어 밤이 되면 초소 주위는 한 치 앞을 볼 수 없었다. 희미한 손전등으로 겨우 발등을 비추며 좁다랗고 가파른 교통호를 따라, 발자국 소리 죽이고 몸을 바싹 낮추며 살얼음판을 걷듯 긴장하며 순찰을 돌았다. 초소 안에서는 숨을 죽이고 예리한 오감五感을 총동원하여 날쌘 들쥐 한 마리의 움직임도 감지하려는 각오로 북한군의 침투를 감시했다.

그처럼 철통같은 경계태세로 임했기에 고도의 침투훈련을 받은 간첩이나 북한군이 우리 철책선을 감히 넘보지 못했다. 자칫 우리 경계를 얕보고 철책에 손을 댔다간 우리 병사들의 총탄에 즉각 사살되었을 것이다. 침투하는 북한군을 사살하는 병사는 '포상을 받고 헬기를 타고 휴가 간다.'는 당시 우리 군의 사기 앙양책은, 그야말로 병사들이 꿈에 그리며 간절히 바라는 소원이었고, 그 행운의 순간을 맞이할 만반의 경계태세로 임했기 때문이다.

야간 근무의 극심한 긴장감과 피로로 인해 주간에는 의당 비좁은 숙소에서 칼잠의 눈을 잠시 붙이고도 사역을 마다하지 않았다. 취사장에서 밥을 짓고 추운 겨울 병사들의 숙소에 온기를 불어 넣을 땔감이 필요했다. 키보다 크고 육중한 통나무를 양어깨에 메고 험준한 야산을 오르내렸다.

어디 그뿐인가. 식수와 세수용 물을 얻기 위해 기지에서 1.5키로 미터 떨어진 계곡까지 내려가 30리터 물통에 물을 가득 담아 힘겹게 등에 지고 와야 했다. 정말이지 원시인 세상 같은 열악한 근무환경에서도 병사들은 국토방위의 사명감과 애국심으로 꿋꿋하게 견디어 냈다.

한 달 후면 제대하는 고참병사마저도 야간의 철책선 경계와 주간의 사역으로 벅찬 나날을 보내야 하는 후배들이 안쓰러워 함께 고역을 나누었다. 서울에서 철물일을 하다 입대한 K병장은 제대 하루 전까지 나와 함께 순찰을 돌며 낡은 철책을 보수하기도 했다. 단단한 철조망 철사를 노끈 다루듯 자르고 풀고 잇고 조여 빈틈없이 견고하게 철책을 보수하는 그의 날렵한 손놀림이 지금도 눈에 선하다.

나는 소대원들의 신상파악을 하면서 초등학교 졸업 학력이 대부분이란 사실에 놀랐다. 당시 70년대 초반은 우리의 가정 형편이 어려워 대학은커녕 고등학교도 제대로 마치기 버거웠다. 그래도 평균 학력이 중졸 이상이었는데 최전방에는 국졸들만 배치된 것이다. '학벌도 없고 백도 없는 놈은 최전방 신세'라는 한탄의 시쳇말이 나돌만했다.

그에 비하면 전기며 수도시설은 물론이요, TV며 오락시설까지 도시의 문화시설 못지않게 잘 갖추어진 지금의 최전방 병사들은 얼마나 호화롭고 편한 군대생활을 하는가. 게다가 야간에도 적의 동태를 탐지하고 저격하는 최신 경계 장비가 배치되어 있고, 학력과 정신력이 좋은 병사를 선발하여 우선적으로 최전방에 근무하게 한다고 한다.

군대에 제 아무리 고학력의 명석한 장병들과 최신 장비를 배치한들 무슨 소용 있겠는가. 그 장비를 관리하고 다루는 장병들의 안보의식이 텅 빈 깡통인걸. 오죽하면 노익장을 자랑하는 아파트 경비원을 최전방에 배치하는 편이 더 낫겠다는, 실로 어처구니없는 생각마저 들겠는가.

지금의 우리 군대는 본연의 국토방위에 부응하는 전투훈련이나 정신교육에는 소홀하고, 병사들의 인권이며 복지 등의 군사행정에는 지나치게 집중하는 것 같다. 장교들이 병사들에게 꾸중 한번 화끈하게 못 하니 어디 군 기강이 제대로 서겠는가.

요즈음 개봉된 영화 '연평해전'이 애국심 코드로 가슴 뭉클하게 떠올라 우리 국민에게 호평을 받고 있다니 그나마 다행이다. 세계가 핵 보유국으로 인정할 만큼 막강해진 북한의 도발을 우리는 철통같은 경계태세로 막아야 한다. 최전방에서 철책선을 지키는 선봉병사들이야말로 더할 나위가 있겠는가.

40여 년 전, 최전방○○기지, 그곳에서 혼신을 다해 피땀으로 나라를 지킨 소대원들이 그립다. 지금 그곳에는 분명 우리 소대원들의 애국 DNA가 남아 있을 것이다. 자랑스러운 그들과 그곳에 가보고 싶다.

그리운 장모님

　노년의 세월이 깊어질수록 지난날의 삶을 아쉬워하는가 봅니다. 장모님, 23세에 홀로 되어 1남 2녀를 키우시느라 얼마나 어렵게 사셨습니까. 그런 보람도 없이 외아들, 집안의 대들보가 조기 축구를 하다 머리를 땅에 부딪쳐 전신마비 불구가 되었지요. 온 가족이 매달려 6개월 동안 지성으로 간호한 보람도 없이 끝내 44세에 저세상으로 떠났습니다.

　장모님은 한동안 식음도 전폐하고 무척 비통해하셨습니다. 그러던 어느 날 가족의 만류를 뿌리치고 혈혈단신 고향으로 내려가셨지요. 가족들의 보살핌이 절실한 때였지만 산간벽촌의 오두막 단칸방에 살림을 꾸렸지요. 어쩌다 저의 간청에 못 이겨 도시로 모셔오지만 기껏 일주일도 못 견디고 시골로 내려가셨지요.

　그렇게 몇 년 동안 아들을 잃은 슬픔에 젖어 사셨습니다. 그런데 말이지요. 또 한 번의 먹구름이 불어 닥쳤습니다. 둘째 사위가 아파트 공사판을 지나다 건물 위에서 떨어지는 통나무에 머리를 맞아 불행하게 죽었습니다.

　이렇게 외아들과 둘째 사위를 잃자 장모님은 몸에 악귀惡鬼가 붙었다고 자괴감에 빠지셨습니다. 죽은 자식들 생각에 온전한 정신으로는 하루도 지탱할 수 없으셨겠지요. 그때부터 입에도 못 대던 술을 마시기 시작했고 점점 술꾼이 되셨지요. 망각만이 고통으로부터 해방되는 길이였을 것입니다. 그래서 독한 소주를 물 마시듯 하셨지요.

어느 해 초여름이었습니다. 장모님을 우리 집으로 모셔오기 위해 시골로 내려갔었죠. 마침 그때 장모님은 고질병인 관절염 치료차 읍내 병원에 가셨습니다. 해가 저물 무렵 마중하러 골목길을 나서다 보니 친구집에서 술판을 벌이고 계셨습니다. 저를 보는 순간 장모님은 어린애처럼 엉엉 우셨죠.

"팔자가 기구한 년이라 자식들을 다 잡아먹는가 보네. 이제 자네밖에 안 남았는디. 내가 어서 빨리 죽어야지, 원통해서 못 살겠네……." 말끝을 흐리며 머리를 제 가슴에 묻고 흐느끼다가 그만 잠이 드셨지요. 장모님을 업고 오두막집으로 돌아왔습니다. 몸이 어찌나 야위었는지 병원에서 받아온 장모님의 약봉지가 오히려 더 무겁게 느껴졌습니다.

장모님을 이부자리에 조용히 눕혔습니다. 거친 숨소리를 들었습니다. 해질 무렵 한적한 시골에서 난데없는 폭풍 속의 파도소리를 들은 듯했습니다. 그 소리를 들을 때마다 저의 가슴은 미어졌지만, 잠시나마 고통에서 해방된 장모님의 편안한 모습을 보았습니다.

자식들을 일찍 잃은 비통함에도 제가 시골에 내려갈 때마다 활처럼 휜 허리를 힘겹게 추스르며 옥수수 같이 주름 잡힌 얼굴로 반가워하시는 장모님! 80대의 고령에도 아랑곳하지 않고 손수 밥상을 차려주신 장모님! 구수한 된장국, 짭짤한 굴비 맛엔 장모님의 따뜻한 정이 물씬 배어 있었습니다. 저에게 베풀어 주신 은혜를 어찌 손가락으로 다 헤아리겠습니까?

남자는 '겉보리 서 말만 있어도 처가살이를 하지 말라.'는 속담이 있지요. 그런데 저는 결혼하자마자 처가살이를 했었지요. 일찍이 부모를 여읜 외로움과 가진 것이라곤 알몸 하나뿐인 빈곤함의 궁색한 선택이었답니다. 서울 변두리 방 두 개짜리의 좁은 공간에 저까지 끼어들어 불편이 더했지만 장모님은 못난 저를 친아들처럼 대해 주셨습니다.

어디 그뿐입니까? 분가하여 단칸방에 세 들어 살 때에 우리 두 딸을 보살펴주시고 손수 업어 키워주셨지요. 15평짜리 아파트로 이사했을 때, 기뻐하시며 사주신 장롱은 40여 년이 지난 지금도 우리 집의 소중한 살림살이랍니다.

장모님! 장모님께서 저세상으로 가신 지 올해로 어언 20년이 지났습니다. 85세까지 너무 오래 산다며 일부러 죽음을 재촉하지 않으셨습니까? 장모님에게 붙어있는 악귀가 큰사위마저 잡아간다는 터무니없는 미신迷信을 신봉하셨죠. 그래서 저와 한 집에 살고 마주 바라보는 것조차도 악착같이 피하셨습니다.

언젠가 집사람이 장모님이 쓰시는 허름한 장롱을 정리하다 영정사진과 삼베 수의를 보고 슬피 울었지만 장모님은 죽음을 예비한 듯 아주 태연하셨습니다. 올망졸망 보따리 속에서 녹슨 수저며

젓가락들이 쏟아져 나와 버리려 하자 "나 죽으면 밥을 손으로 먹을래!"하시며 극구 말리시던 장모님! 이제 한 많은 삶을 등지고 우리 곁을 영원히 떠나셨습니다.

고아나 다름없는 저를 친자식처럼 돌봐 주신 장모님! 어떨 땐 불효의 죄책감으로, 어떨 땐 고마움으로 장모님이 생각납니다. 이제 와서 무슨 소용이 있겠습니까만, 세월이 속절없이 지날수록 장모님을 생각하는 시간이 많고 깊어만 갑니다.

장모님께서 계시는 그곳은 괴로움도 슬픔도 없는 편안한 세상이겠지요. 가을 추수가 막 끝난 이곳 농촌은 참으로 적적합니다. 오늘따라 유난히도 장모님이 사무치게 그립습니다.

그놈의 자존심 때문에

나는 산간벽촌의 농부 아들로 태어나 그 옛날 신분으로 따지면 천민이다. 주위에서 좋게 말해도 그저 평범하다 할 것이다.

내 인생을 돌이켜보면 이런 저런 크고 작은 후회가 수없이 많지만 지금도 가슴 아프게 후회스러운 일이 있다. 인간인 이상 후회 없이 살 수야 없다. 후회는 자신만의 삶의 흐름에서는 곧바로 인지하지 못한다. 주위의 상황과 연계되면서 뒤늦게 깨닫게 된다.

첫 번째 후회는 내가 고등학교를 나와서 고향의 면사무소 공무원이 될 수 있는 기회를 놓아버린 것이다. 1966년에 고등학교를 졸업한 나는 아버지가 군인으로 6·25참전에 전사하서 국가보훈 특례로 면서기가 될 수 있었다. 하지만 난 공부만 잘하면 대학까지도 학비를 보조해 준다는 또 다른 국가보훈혜택에 부잣집 자식들이나 다니는 대학을 가겠다고 분에 넘치게 덤벼들었다.

그 뒤 내가 후회한 것은 어머니가 고향을 떠나 도시에서 45세의 한창 젊은 나이에 돌아가시고 나서였다. 내가 대학을 다니는 바람에 빚을 진 게 고향의 몇 마지기 논밭과 초가삼간까지 다 팔리게 되었고, 결국 어머니가 정든 고향땅을 뒤로하고 생판 도회지인 광주에서 내 뒷바라지로 고생만 하시다 병환으로 돌아가신 것이다.

고향 뒷산에 초라하게 모셔진 어머니 산소에 들를 때마다 90세 되도록 건강하게 잘 살고 계시는 어머니 친구 분들을 뵐 때는 내가 대학을 간 게 왜 그리 후회스러운지, 그분들에게까지 죄지은 불효자로 얼굴을 들 수 없었다.

만약 내가 분수에 맞게 대학을 포기하고 고향 면서기가 되었다면 어떠했을까. 아마도 농사지은 것으로 잘 먹고 살고, 내 봉급은 고스란히 저축하여 재산을 늘려 부유했을 것이다. 고향에서 어머니를 잘 모시고 결혼하여 손자 손녀도 보시도록 했더라면, 지금도 어머니는 고향에서 친구 분들과 다정하게 오래오래 잘 사시고 계실지도 모른다.

두 번째 후회는 1981년도 서울 개포동 15평 아파트에 당첨되어 6개월 살고 판 것이다. 당시 300여만 원의 분양가가 6개월 만에 2배로 뛰었다. 서울 정부종합청사까지 출근하는 거리도 멀고 단독주택을 선호해서 은평구 신사동 산자락 밑에 자리 잡았다. 그런데 내가 산 집은 10년이 되어도 거의 제자리인데 개포동 아파트는 매년 오르고 또 올랐다.

결국 경기도 일산과 서울 강북 변두리주변만 몇 차례 돌고 돌아 2019년 은평구 응암동에 25평 5억 정도의 아파트에 정착했다. 하지만 개포동 15평 아파트는 20억까지 치솟았으니 재산불리기에 얼마나 후회스러운 짓을 한 건가.

재산도 재산이지만 학군도 좋아 애들 교육에도 유리한 신생 강남

지역을 외면한 것이다. 6개월 만에 2배가 오른 것에 현혹되어 눈이 멀어도 한참 멀었다. 태생의 빈곤 트라우마를 극복하려 애써도 내 인생에는 재산 축적과는 거리가 멀었다.

세 번째 후회는 1993년 김영삼 정권이 막 들어서서 청와대 행정관 파견근무를 내가 거부한 것이다. 당시 국비유학으로 일본에서 정보공학 석사를 마친 후였고, 총무처 업무분석관(별정4급)으로 중앙 기관의 과장급대우를 받고 있을 때였다.

애초에는 기꺼이 응했다. 일반부처에서는 별정직이라고 차별을 받는 터에 청와대라는 특수기관은 대부분 별정직으로 행정관(4급)이 실무담당자였기 때문이다. 나는 청와대 인사담당관을 방문하여 내가 할 일을 알아보았다.

'청와대에 설치된 PC의 유지보수 관리'라고 하여 내가 근무할 자리에 가보았더니, 청와대 근무동과 동떨어진 창고 같은 곳에 책상 하나 달랑 놓여있고 주변에 폐기된 PC가 수북이 쌓여 있었다. 그러니까 PC가 고장 나면 보수업체를 불러 수리하는, 속된 말로 도라이버를 가지고 다녀야하는 노동일이었다.

그런 일은 당시 6급 이하 직원들도 싫어했다. 주민등록, 여권발급 원스톱서비스 등 정부행정정보화를 총괄하는 나에겐 너무나도 생뚱맞고 자존심이 상했다. 나는 함께 근무한 6급 공무원을 추천했고 결국 그가 파견을 가게 되었다.

내가 총괄한 행정정보화 사업 중 1994년 대전시를 시범기관으로 시작한 여권발급 원스톱서비스(주민등록등본, 병역증명, 신원확인서 등 제반 구비서류를 생략하고 여권사진과 여권신청서만 제출하면 전국 어디서나 발급이 가능)는 지금도 그 성과가 이어지고 있어 큰 보람을 느낀다.

청와대에 입성하지 못한 걸 후회한 건 최근에 와서다. 정치권, 특히 국회의원들이 청와대 출신들이 많다는 점이고 그들의 인격체가 한심스러워서다. 내가 만약 자존심을 죽이고 청와대에 입성했더라면 그들 못지않은 인격으로 열심히 일할 수 있었을 것이다.

학창시절 마라톤을 잘했기에 매일 아침 청와대 경내 달리기를 하는 김영삼 대통령 측근과 가까이할 수 있었으리라. 5년 안에 비서관 직급에 오를 수 있고, 이어 김대중 정권이 들어섰으니 나의 뒷배는 대단했다. 김대중 대통령과 같은 호남인이고 아들 김홍엽과 같이 ROTC 훈련 받은 군대 동기였으니 말이다.

당시 호남에서는 김대중 대통령 지팡이만 세워놓아도 국회의원이 되었다. 아무렴 나의 공직 경험으로 고향인 영광군수 정도는 거뜬히 마쳤을 것이다. 아니 운 좋게도 더 잘 풀리면 전남도지사까지도 오를 수 있지 않았을까.

인생살이에 자존심을 적절히 살리고 죽이는 지혜가 절실하다고 생각한다. 이제 후회한들 다 무슨 소용이 있겠는가. 그저 일장춘몽이다. 지금의 이 나의 삶에 오롯이 순응하며 이 글로 이 책〈소장행〉의 종지부를 찍는다.

권선복

충남 논산 출생
아주대학교 공공정책대학원 졸업
연세대학교 산학연 기술개발센터 자문위원
중앙대학교 총동창회 상임이사
자랑스러운 서울 시민상 수상
2018년 TV조선선정 대한민국을 움직이는 영향력 있는 CEO
도서출판 행복에너지 대표이사 happybook.or.kr
지에스데이타(주) 대표이사 gsdata.co.kr
대통령직속 지역발전위원회 문화복지 전문위원
새마을문고 서울시 강서구 회장
영상고등학교 운영위원장
전) 서울시 강서구의회의원(도시건설위원장)
전) 팔팔컴퓨터전산학원장

자신의 책을 세상에 내고 싶다는
작은 소망은 도서출판 행복에너지의
창립으로 이어졌다.
12년 만에 1,100여 종에 달하는
도서를 출간한 중견 출판사로
회사를 발전시켰다.

행복을 부르는 주문

- 권선복

이 땅에 내가 태어난 것도
당신을 만나게 된 것도
참으로 귀한 인연입니다

우리의 삶 모든 것은
마법보다 신기합니다
주문을 외워보세요

나는 행복하다고
정말로 행복하다고
스스로에게 마법을 걸어보세요

정말로 행복해질것입니다
아름다운 우리 인생에
행복에너지 전파하는 삶 만들어나가요

긍정의 힘

- 권선복

우리마음에 긍정의 힘을 심는다면
힘겹고 고된 길 가더라도 두렵지 않습니다.

그 어떤 아픔과 절망이 밀려오더라도
긍정의 힘이 버팀목 되어 줄 것입니다.

지금 당신에게 드리겠습니다.
열린 마음으로 받아들일 수 있는 긍정의 힘.
두 팔 활짝 벌려 받아주세요.

당신의 마음에 심어진 긍정의 힘이
행복에너지로 무럭무럭 자라날 것입니다.

"(글을) 쓰면 (인생이) 달콤하다?"
행복한 삶을 위해 필요한 시간은 하루 7분!

누구나 쉽게 다가설 수 있는 '수필'을 중심으로 한
손쉬운 글쓰기, 기적의 글쓰기!

하루 7분 기적의 글쓰기 | 김병규 지음 | 값 15,000원

내 인생과는 전혀 상관이 없을 것 같았던 일들이 느닷없이 행복으로 혹은 불행으로 다가오는 순간을, 세인이라면 누구라도 살아가면서 한두 번쯤은 느끼게 된다. 그렇다면 '글쓰기'는 분명 행복에 가까운 쪽이라고 자신한다. 하루에 5분은 즐거운 마음으로 이 책을 읽고 2분은 자신만의 유쾌한 글을 쓴다면 말이다. 『하루 7분 기적의 글쓰기』의 첫 장을 펼침과 동시에 어제보다 행복해진 오늘을 맞이하고, 오늘보다 행복한 내일을 기다려 보자.

'행복에너지'의 해피 대한민국 프로젝트!

〈모교 책 보내기 운동〉〈군부대 책 보내기 운동〉

한 권의 책은 한 사람의 인생을 바꾸는 힘을 가지고 있습니다. 한 사람의 인생이 바뀌면 한 나라의 국운이 바뀝니다. 그럼에도 불구하고 많은 학교의 도서관이 가난하며 나라를 지키는 군인들은 사회와 단절되어 자기계발을 하기 어렵습니다. 저희 행복에너지에서는 베스트셀러와 각종 기관에서 우수도서로 선정된 도서를 중심으로 〈모교 책 보내기 운동〉과 〈군부대 책 보내기 운동〉을 펼치고 있습니다. 책을 제공해 주시면 수요기관에서 감사장과 함께 기부금 영수증을 받을 수 있어 좋은 일에 따르는 적절한 세액 공제의 혜택도 뒤따르게 됩니다. 대한민국의 미래, 젊은이들에게 좋은 책을 보내주십시오. 독자 여러분의 자랑스러운 모교와 군부대에 보내진 한 권의 책은 더 크게 성장할 대한민국의 발판이 될 것입니다.

제 16 호

감 사 장

회계법인 공명
윤 남 호 님

귀하는 평소 군 발전을 위해 아낌없는 관심과 애정을 보내주셨으며, 특히 1,500권의 병영도서 기증을 통해 장병들의 복지여건 향상과 독서문화 확산에 도움을 주셨기에 전진부대 장병들의 마음을 담아 감사장을 드립니다.

2022년 6월 14일

제1보병사단장
소장 강 호

제 5 호

감 사 장

㈜대운산업개발
대표이사 함 경 식

귀하께서는 평소 군에 대한 남다른 애정과 관심으로 끊임없는 성원을 보내주셨으며 특히 양서 기증을 통하여 쌍용부대 병영독서문화 정착에 큰 도움을 주셨기에 군단 전 장병의 감사하는 마음을 담아 이 감사장을 드립니다.

2022년 2월 14일

제 2 군 단 장
중장 장 광